林徽因
传

颜婧 著

Linhuiyin
Zhuan

问四月天
坂不过林徽因

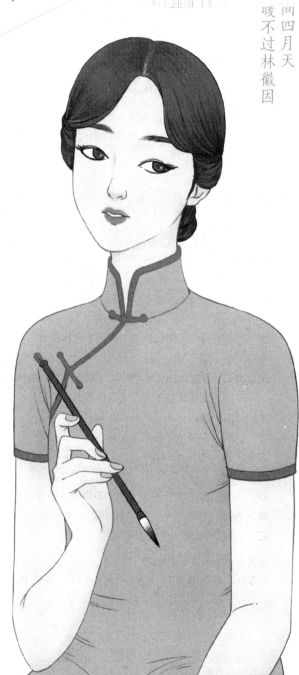

江苏凤凰美术出版社
全国百佳图书出版单位

图书在版编目（CIP）数据

万古人间四月天　最暖不过林徽因／颜婧著. —
南京：江苏凤凰美术出版社，2014.7（2019.8 重印）

ISBN 978 - 7 - 5344 - 4204 - 9

Ⅰ. ①万… Ⅱ. ①颜… Ⅲ. ①传记文学 - 中国 - 当代
Ⅳ. ①I25

中国版本图书馆 CIP 数据核字（2014）第 011824 号

策　　划　王继雄
责任编辑　曹昌虹
版式设计　乐活时代
责任监印　唐　虎

书　　名　万古人间四月天　最暖不过林徽因
著　　者　颜　婧
出版发行　江苏凤凰美术出版社（南京市中央路 165 号　邮编：210009）
　　　　　北京凤凰千高原文化传播有限公司
出版社网址　http：//www.jsmscbs.com.cn
印　　刷　三河市宏图印务有限公司
开　　本　880mm×1230mm　1/32
印　　张　7
版　　次　2014 年 7 月第 1 版　2019 年 8 月第 2 次印刷
标准书号　ISBN 978 - 7 - 5344 - 4204 - 9
定　　价　39.80 元

营销部电话　010 - 64215835

江苏凤凰美术出版社图书凡印装错误可向承印厂调换　电话：010 - 64215835

序：悲情才女林徽因

蓦然回首，曾有"民国第一才女"之称、"一身诗意千寻瀑"的她，已经离开这个世界半个多世纪了。虽然她的一生如此短暂，但在这个缺乏才女而盛产"超女"的时代，林徽因仍然绽放出无人替代的美丽而耀眼的光亮。

无疑，才女大多是悲情的。

曾作《胡笳十八拍》《悲愤诗》，能诗善歌，通晓音律，聪慧灵逸，而"旦则号泣行，夜则悲吟坐。欲死不能得，欲生无一可"的蔡文姬是如此。

出身于士大夫家庭，18 岁时嫁给太学生赵明诚，被人誉为"神仙眷侣"，而又"寻寻觅觅，冷冷清清，凄凄惨惨戚戚……怎一个愁字了得"的李清照是如此。

成长在新旧变动中，处于潮头的书香世家，"从小得到优越教养，在中西领域之间、文化之间……都是去来自如"，文理相通，"多少带一些文艺复兴色彩"的林徽因也不例外。

林徽因的人生是悲情的。

作为一名书香世家走出来的大家闺秀，林徽因自幼生活环境优越，又受得天独厚的家庭教育和教会学校教育，但是，同样也有普通人成长的阵痛和新旧交替时代家庭生活的痛楚。童年的她，"爱自己的父亲，却恨他对自己母亲的无情；她爱自己的母亲，却又恨她不争气；她以长姊真挚的感情，爱着几个异母的弟妹，然而，那个半封建家庭中扭曲的人际关系却在精神上深深伤害过她"。身为林家长女又早慧的林徽因，过早地独立承担起原本不属于她这个的年龄的责任，她更早地进入成人世界。仅有 13 岁的她，就以长姐的身份来照顾同父异母的弟妹和生病的二娘，还兼顾家中搬家等诸多事宜。

1925 年，其父林长民突然遇难离世后，一夜之间，身在大洋彼岸留学的林徽因就从令人羡慕的大家闺秀成为了一个家道中落的失怙孤女。留学国外，远离家乡和亲人，又遭逢家庭不幸，当时林徽因不过 21 岁，作为长女，她却必须迅速地成长和担负家庭的责任。

林徽因的一生纵然多姿多彩，但总体而言，总是艰辛多于幸福，疾病与战乱消耗了她太多的宝贵时间。她曾经感慨道："日念平白吃了三十多年饭，始终是一张空头支票难得兑现，好容易盼到孩子稍大，可以全力工作几年，偏偏碰上大战，转入井臼柴米的阵地，五年大好光阴又失之交臂。近来更胶着于疾病处残之阶段，体衰智困。"她在《秋天，这秋天》写道："悲哀，归根儿蒂结住/在这人生的中心！"

林徽因的事业是悲情的。

在中国现代文学史上，林徽因也是一位独树一帜的作家，她在推动新月派（特别是后期新月派）、京派的形成和发展过程中贡献颇多，同时，在中西文化交流史上，也留下了自己的足迹。

单就创作的绝对数量而言，林徽因无疑是低产的作家，文学也从不是她的主业。林徽因常常在灵感一至，挥笔写下后便束之高阁，朋友们不向她索稿，她是轻易不发表的。她的一生中，写过的东西远比发表过的要多得多；战乱又带来了文稿的遗毁，佚失的文字远比保留下来的多得多。林徽因生前作品没有结集过，保存到今天的文学作品不过有诗歌 60 余首，小说 6 篇，散文 10 余篇和一部完成了三幕的话剧。

曾有"万种风情无地着"的浪漫才子——林徽因的父亲林长民曾说："做一个有天才的女儿的父亲不是容易享的福，你得放低你天伦的辈分先求做到友谊的了解"。林徽因从不缺优秀诗人的才华，在20世纪30年代的北京文艺圈里，林徽因声名远播。但她毕竟不是一位专业的文学创作者，她的专业是建筑学，从事文学创作与文学活动仅仅是她的业余爱好。但是这并不妨碍她对文学的热爱和参与的热情，她正是以"爱好者"的姿态介入到"圈内人"的活动当中。具有悲情意味的是：如果她全力从事文学创作的话，她也许会超过同时代的冰心或张爱玲，令人扼腕叹息。

再说她的建筑专业吧。林徽因早在16岁在英国伦敦圣玛丽女子学院读书期间，她便确定建筑是她一生追求的事业，那是一种把艺术创造和人的日常需要结合在一起的工作。"回中国以后，她轻易地引导梁思成走上同一条路。"1924年，林徽因与梁思成到宾夕法尼亚大学读建筑，可是建筑系只收男生，她只好在美术系注册。她没有就此妥协，经过努力，她当上了建筑设计课的辅导员、建筑设计教授的助理，并和梁思成一起上建筑课，创造尽可能多的机会学习建筑，日后成为著名建筑师的哈贝森曾夸赞他俩的建筑图作业简直"无懈可击"。

1927年，林徽因和梁思成双双从宾夕法尼亚大学毕业，她以高分拿到美术学士的学位，梁思成拿到建筑学士学位后继而拿到硕士学位，随即受邀回国创办沈阳东北大学的建筑系，该系是当时全国仅有的两所建筑学训练中心之一。

后来，林徽因与梁思成对中国建筑的大量科学调查研究成果，一起揭示了中国建筑在结构、设计、施工、形式和装饰等方面的内在规律，成为中国建筑历史和理论研究学科的奠基者和创立者。虽然林徽因在中国建筑史上拥有不可替代的关键作用和地位，但是，她充当的主要角色还是梁思成的助手。正因为如此，才有吴良镛院士缅怀林徽因时的这一问"在清华大学建筑学院的门厅里，要不要在梁先生塑像旁补上林徽因先生的像？"

作为接受一流教育的建筑师，林徽因和梁思成可谓生不逢时，战乱只会造成对建筑物的破坏，根本就很少有"建筑"机会，创造不朽名作。因此，他们只能成为建筑史家（在极端艰苦的条件下考察古建筑）、建筑教育家，或者参与校徽、国徽、人民英雄纪念碑浮雕设计（当然这是非常了不起的），或者充当古建筑文物的保护人，就是没有留下建筑名作。这是林徽因以及梁思成的时代悲哀，也是他们建筑师的专业的悲情。为何在京西八宝山公墓，梁思成亲自给林徽因设计的墓碑上只有七个字："建筑师林徽因墓"，这或许从他们的专业悲情方面能够找到另一种诠释。

林徽因的爱情是悲情的。

林徽因一生同三个优秀男人的爱情与纠葛可谓家喻户晓。现在有人这么描述：

一个是与徐志摩共同出演的青春感伤片，浪漫诗人对她痴狂，并开中国现代离婚之先河；一个是和梁思成这个名字并置在一起的婚恋正剧，建筑学家丈夫视她为不可或缺的事业伴侣和灵感的源泉；另外，还是一个悲情故事的女主角，她中途退场，逻辑学家金岳霖因她不婚，用大半生的时间"逐林而居"，将单恋与怀念持续终生。

个中幸福、矛盾和悲情，只有林徽因自己能体味和感知：

"当我去了，还有没说完的话，/好像客人去后杯里留下的茶；/说的时候，同喝的机会，都已错过。/主客黯然，可不必再去惋惜它。/如果有点伤感，你把脸掉向窗外，/落日将尽时，西天上，总还留有晚霞。/……一切小小的留恋算不得罪过，/将尽未尽的衷曲也是常情。/……你原谅我有一堆心绪上的闪躲。/……但原谅吧，我的话永远不能完全，/亘古到今情感的矛盾做成了嘶哑。"

"算做一次过客在宇宙里，/认识这玲珑的生从容的死，/这飘忽的旅程也就是个——/也就是个美丽美丽的梦。"

不管怎样，林徽因，是一个永远不会被人们忘却的名字，或许恰恰是因为她的"跨界"与悲情。

2014 年，是林徽因诞辰 110 周年。本书作者这样评价她："林徽因，前无古人，后无来者，一代杰出的知性女人；林徽因，一位集才气、美质和傲岸于一身的民国女子！人间四月芳菲尽，那是一个唯美而动人的传奇故事；四月芳菲林徽因，那是一个被高山流水所永远吟诵的不朽灵魂！"

我不是林徽因的粉丝，也不是林徽因的专门研究者。以上文字只是读了颜婧的作品后，即兴而作。要想以某种方式纪念或从另外一个角度解读林徽因，还是静静地打开《万古人间四月天 最暖不过林徽因》一书吧。

【目录】

第一卷

建筑学家林徽因：爱上凝固的音乐

我大概是一只鸟。充满了警觉，不容易停留。所以一直在飞。

——林徽因

如果说，对一位女性的极度敬仰来自"先生"的称谓，

那么，林徽因女士则当之无愧。

京城西区的八宝山公墓一隅，是先生长眠之地。

纵一身诗意，洒万般才情，终凝成不朽的隶书七字——建筑师林徽因墓。

墓碑由林徽因夫君梁思成亲手设计。墓碑洁净，碑身无铭。墓碑下方有一块刻着秀丽花圈的汉白玉，这原本是当年林徽因为人民英雄纪念碑亲手设计并试刻的一个碑座雕饰样品，人们把它作为一份独特的纪念，最终奉献给了它的创作者林徽因。

真正的林徽因先生，是作为一位建筑学家而存在的。无字墓碑，或许这是生命里最简洁的告白，更是一个隽永故事意味深长的开端。拨开历史的重重雾霭，一次次走近先生，这让我们有幸去领悟她的建筑思想，感受她的建筑情怀，品味她的建筑人生……

第一章
英伦初识建筑

英国伦敦是林徽因的建筑梦起飞的地方。

羁旅中无意播下的艺术种子，在未来的峥嵘岁月里生根、发芽、开花、结果，直至长成生命中的参天大树。

丘吉尔说过："人创造建筑，建筑也塑造人。"建筑往往比书本还要栩栩如生。正是在远离故国的伦敦，中世纪古建筑群，向 16 岁的花季少女林徽因开启了一扇闪烁着智慧光芒的艺术之窗。

20 世纪初，中华大地上正经历着巨大的政治动荡。

辛亥革命推翻了两千多年的封建专制制度，中华民国建立，民主共和观念深入民心。但北洋军阀纷纷登上历史舞台，割据混战，"乱纷纷你方唱罢我登场"。辛亥革命提高了资产阶级的地位，加上一战期间帝国主义放松了对中国的经济侵略，中国民族资本主义出现"短暂春天"。不少经过"民主""科学"洗礼的进步中国人希望通过西式教育来改变国家和后代的命运，正如梁启超的大声疾呼："今日之责任，不在他人，而全在我少年。少年智则国智，少年富则国富，少年强则国强，少年独立则国独立，少年自由则国自由，少年进步则国进步，少年胜于欧洲则国胜于欧洲，少年雄于地球则国雄于地球。"

民国三年，清华派遣一百多名学生留学美国。这一举措，启迪了国人中的有识之士，他们更加认识到了西式学习的重要意义，从此，国门渐次打开，观察世界、认识世界的文化意识在进步学人中逐渐形成思潮。

时逢 1920 年暮春，一艘由上海到法国的邮船 Pauliecat 正航行在烟波浩渺的大海上。一位白衫蓝裙的少女静静地伫立在甲板上，任惬意的海风吹拂，迎接着黎明的第一束曙光。她极目远眺，望向无边无际蔚蓝的大海，海天相接之处一轮红日正喷薄而出，林徽因顿觉心旷神怡，视野从未有过如此开阔。她的耳畔回响着父亲的谆谆教诲："我此次远游携汝同行。第一要汝多观察诸国事物增长见识。第二要汝近我身边能领悟我的胸次怀抱……第三要汝暂时离去家庭烦琐生活，俾得扩大眼光，养成将来改良社会的见解与能力……。"

那时"国际联盟"创立。林徽因的父亲林长民作为"国际联盟中国

3

协会"的发起人之一，理所当然成为协会的领袖人物。他被派往欧洲访问考察，并要常驻伦敦一年。开明的父亲毅然决定携长女林徽因前往。此时的林徽因出落得亭亭玉立，如一朵含苞待放的白莲。她已经在北平英国教会创办的培华女子中学就读四年，不仅会英文，而且谈吐优雅，举止大方，是父亲最亲密、最知心的朋友和助手。都说女儿是父亲前世的情人，对林徽因来说，真是最好的应验。以聪明伶俐的女儿为傲的父亲，不仅仅希望女儿在国内出类拔萃，更寄厚望于爱女能在更广阔的天空自由翱翔。

"是的，父亲，此次随您欧洲行，开阔的不仅仅是眼界，还应该是我的胸襟。"林徽因一遍遍琢磨着父亲的话，不由在心里暗下决心：此行定不辜负父亲的慈爱和期望。

林徽因最引以为傲的当然也是父亲。

熟识他们的人都说她和父亲长得极像。的确，她曾偷偷拿着父亲的照片和自己对比：高而阔的额头、略含忧郁的眉宇、明亮清澈的眼睛，还有高高的鼻梁、薄薄的嘴唇，甚至连举手投足的神态都是那么相似，眼神中都透着几许执著和率真。俊朗儒雅、才华横溢的父亲，从小就让小林徽因敬重有加。

父亲林长民毕业于日本早稻田大学，擅诗文，更工书法，中南海的新华门匾额即是父亲的手迹。林长民英语、日语都说得流畅自如，素善辞令，雄辩起来更是滔滔不绝。担任外交委员会委员的他，为国为民厘定学则，革除积习，成天都在外奔波忙碌，难得在家享受天伦之乐。这次远游能与父亲朝夕相处，林徽因心里盛满了幸福和温暖。当然，对于第一次走出国门的她，出发时，唯一需要的，不过是一颗好奇、开放的心灵。

林徽因与父亲所乘邮船航行到地中海，恰逢五月四日那天，同船赴法勤工俭学的一百余名爱国学生在船上自发举行"五四运动一周年纪念会"。1919年的五四运动拉开了中国新民主主义革命的序幕，显示了中华民族的进一步觉醒。有学者指出，"这个新政治是从对政治的拒绝中、在'思想战'的硝烟之中产生的。文化和伦理居于新政治的核心。这是现代中国的第一轮'文化与政治的变奏'，我们将在'短促的20世纪'一再听到它的回响。"

林徽因早听父亲说过，巴黎和会之际，正在巴黎的梁启超用电报快速告知时任外交委员会成员暨事务主任的父亲，日本将继德国之后仍享有霸占青岛的特权。正是父亲在1919年5月2日《晨报》上披露了巴黎和会上段祺瑞和日本的密约，文章疾呼："胶州亡矣！山东亡矣！国不国矣！"最后号召："国亡无日，愿合我四万万众誓死图之！"直接导致了五四运动的爆发。林徽因激动地看见父亲站在高高的甲板上发表慷慨激昂的演讲："吾人赴外国，复宜切实考察。若预料中国将来必害与欧洲同样之病，与其毒深然后爆发，不如种痘，促其早日发现，以便医治。鄙人亦愿前往欧洲，以从诸君之后，改造中国。"（见《时事新报》六月十四日刊载的通讯《赴法船中之五四纪念会》）父亲的宏愿何尝不是他对女儿的殷切期望？小小年纪的林徽因再次深深领悟到父亲携自己出国的初衷。

五月七日邮船顺利抵达法国，父女转道去英国伦敦，先暂时入住Rortland旅馆，后租伦敦西区阿尔比恩门二十七号定居下来，时值欧洲各学校的暑期，于是八月上旬林徽因随父亲漫游了欧洲大陆。

读万卷书，不如行万里路。所以，人在旅途，人生如旅。

林长民深晓欲了解世间不熟悉的风景，欲体会世间万物于生命的启示，最有趣、最生动的方式莫过于旅行。或纯粹休闲形式的旅游，或政务形式的观光，不同方式的旅行，它们都可以给予旅行者不同文化的熏陶，并从中获得值得珍惜的人生体验。

或许，人之唯一清醒的时刻，是在离开家园、离开母体文化的那一刻，那会儿才会冷静体察到自身文化的价值和意义。林徽因随父亲的这一路旅行，自然要经历文化背景的沟壑、文化差异的疏离和文化认知的落差。这期间，要吸纳异域的文化养分，要克服自身视野的狭隘，还要寻找认知感、亲切感和快乐感。

欧洲国家所拥有的西方文化，与东方文化迥异。欧洲国家的历史地理渊源，纵横交错，这于林徽因，自然平添了不少神秘感。体验这份神秘，莫如拎上行李，带上渴望新奇的眼睛和耳朵，用自己的双脚去亲自丈量。何况，幸运的是身边还有这么博学而极具文艺气质的父亲指点！

父女俩兴致勃勃地一同乘巴士，坐火车，游历巴黎、日内瓦、瑞士、罗马、法兰克福、柏林等，瑞士的湖光山色，比利时的钻石、动物园，法国的雕塑、名画以及显赫一时的古罗马帝国等，一处处文化名胜，甚至欧洲的一家家报馆都让林徽因大开眼界。两个乐此不疲的身影，满怀壮志豪情。在女儿的眼里，父亲从来就不是不苟言笑的政客，而是充满诗情画意的浪漫文人。爱写游记的父亲情不自禁提笔描述眼中的日内瓦湖风致：

> 罗山名迹，登陆少驻，雨湖烟雾，向晚渐消；夕阳还山，
> 岚气万变。其色青、绿、红、紫，深浅隐现，幻相无穷。积雪

峰巅，于叠嶂间时露一二，晶莹如玉。赤者又类玛瑙红也。罗山茶寮，雨后来客绝少。余等憩 Hotelatchardraux 时许……七时归舟，改乘 Simplon，亦一湖畔地名。晚行较迟。云暗如山，霭绿于水，船窗玻璃染作深碧，天际尚有微明。（一九二〇年八月十四日）

欧洲游，对小林徽因，不过惊鸿一瞥。行旅之际正是和陌生的西方环境互相接纳、互动互补的过程。之后，欧洲印象在少女的心田慢慢清晰可辨。

初来异域，新奇过后，留给小林徽因的就是寂寞和孤独，尤其是忙碌的父亲去欧洲其他国家考察西方宪制的时候，这时的她特别想念远在故国的母校培华女子中学，想念曾经影影不离的从小一起玩耍、一起读书的表姐妹……而天涯异乡的伦敦举目无亲，她平生第一次从早到晚孤零零地打发漫长的二十四小时。

有"雾都"之称的伦敦偏偏阴雨连绵。多年之后，林徽因这样回忆那时情景：

> 我独自坐在一间顶大的书房里看雨，那是英国的不断的雨。我爸爸到瑞士国联开会去，我能在楼上嗅到顶下层楼下厨房里炸牛腰子同洋咸肉。到晚上又是在顶大的饭厅里（点着一盏顶暗的灯）独自坐着（垂着两条不着地的腿，同刚刚垂肩的发辫），一个人吃饭，一面咬着手指头哭——闷到实在不能不哭！（一九三七年致沈从文信）。

好在酷爱读书的小林徽因自有排遣寂寞的妙招。在一个个凄清的雨夜，沏一杯香浓的咖啡，手握一卷书，她或沉浸在维多利亚时代的小说情节中，或如饥似渴地吟诵霍普金斯、勃朗宁、丁尼生的诗歌，或兴味盎然地阅读萧伯纳的剧本……

事情很快也有了转机。望女成凤的父亲在伦敦为女儿请了两名教师分别辅导她的英语和钢琴。英语教师 Phillips，林长民叫她斐理璞，朴实忠厚的斐理璞母女和林徽因一起住在父亲寓所，他们很快成了林徽因在伦敦的第一对无话不谈的好朋友。

斐理璞对这个来自东方的女孩子印象极佳，她长相俊美，一笑起来嘴边漾起甜甜的酒窝。最难得的是这个来自中国的女孩子极具语言天分，简直灵气逼人，没教多久，林徽因就可以用英语跟老师流畅对话了。

斐理璞像对自己的女儿一样喜爱着这个中国学生，她经常带着小林徽因去探亲访友，让她一次次幸运地走进了英国人的家庭。一次，斐理璞兴致勃勃地带林徽因去了一家糖果厂，原来这是斐理璞的亲戚克柏利经营的，小林徽因第一次见到那么多五彩缤纷的糖果，兴奋不已。此后，恬静可爱的东方小公主林徽因就经常收到克柏利的可可糖，前后吃了不下三木箱。满口的可可余香，满心的异国情谊，多年后林徽因仍感慨系之。

八月下旬，林徽因以优异的成绩考入了伦敦的一所名为St. Mary's College的学校，学校距所住公寓两英里多路，走完一段小路，穿过一个幽静的小公园，出园门即到学校。温和慈祥的校长是位七十来岁的老奶奶，热情而诚恳。在这所学校，林徽因的英语愈加娴熟纯正，后来，她一口流利而优美的英文赢得了哈佛校长的女儿费慰梅由衷的赞赏。

每逢艳阳高照的难得好天气，热情洋溢的女房东总会邀上东方美少女林徽因跟她一起外出写生。

她们最常去的地方是剑桥一带，那里一直完好地保持着中世纪以来的传统建筑风貌，到处是几百年来政府不断按原样精心维修的古建筑。交谈中，林徽因得知女房东是一位建筑师，她误以为建筑师就是盖房子的，哪知引来女房东的一番大笑。

建筑师看着迷惑不解的林徽因，娓娓道来："建筑师与盖房子的人是有区别的，房子不仅能遮风避雨，而且蕴涵着艺术意味，建筑与艺术是密不可分的。"慢慢地，在女建筑师的启迪下，勤于思考的林徽因渐渐悟出了建筑师的真正内涵：原来建筑师是一个"把艺术创造与人的日常需要结合在一起的工作"。而且建筑所需的不只是奔放的创造力，更需严谨的测量，技术上的平衡和巧思以及尽可能多的人文体恤，这能让建筑师的聪慧、才干和天分都得以自由施展。

十六岁的林徽因从睿智的女房东身上领悟到了建筑的魅力。悟性极高的她很快就学会了用艺术的眼光去欣赏英国皇家学院等古建筑与周围优美景致的和谐之美。可是落后的祖国还没有建立起西方这样的现代建筑科学。林徽因慢慢萌生了对未来事业的愿望，对建筑这一艺术世界有了朦胧的向往。

当伦敦的租屋期满后，林徽因暂时借住在父亲的好友柏烈特医生家，他家有吉蒂、黛丝、苏珊、苏娜、斯泰西五个热情奔放的女儿，她们成为林徽因在异国他乡最好的玩伴。

1921年夏天，林徽因随柏烈特医生全家前往英国南部的布莱顿海滨避暑，不谙水性的林徽因在她们热情的带动下，一个多月里差不多天天下海游泳。穿着泳衣的姑娘们泡在清凉的海水里自由自在地嬉戏，这是她在自己的国家里从不敢奢望的。湛蓝的天空与蔚蓝的大海相连，头顶上白云悠悠，不时有轻快的海鸥从身边掠过，她一时竟忘却了身处异国的寂寞和惆怅，真切地感受到异域生活的情趣。

一次，女孩子们游累了，坐在沙滩上休息，斯泰西用沙子堆了一个城堡，但总在即将"竣工"时，城堡顷刻倒塌，功亏一篑，反复几次后，斯泰西终于失去了耐心，于是她急切地喊着黛丝："来！建筑师，帮帮忙。"

果然，黛丝很快就用沙子堆成了一座漂亮的城堡。林徽因好奇地问："为什么她们叫你建筑师？"黛丝骄傲地说："我对建筑感兴趣。将来我想做建筑师。"林徽因想起了女房东的话"建筑是一门艺术！"她兴奋地与黛丝击掌："将来，我也想做中国的建筑师！"两个情投意合的女孩在沙滩上开始搭建她们心中那座装有瑰丽建筑梦想的宫殿。

美好的时光总那么短暂。暑期一过，林徽因即和柏烈特一家依依惜别。不久，她就和父亲登上了归国的"波罗加"船，结束了少女时期英伦的美好时光。

虽然在英国仅仅只有一年半的光阴，但却让一位十六岁少女的思想有了翻天覆地的变化。一身皮肤晒得有些黝黑的林徽因，不再是那个羞怯懵懂的小姑娘了，她踌躇满志，怀揣着一个渐渐成熟的梦想，踏上了返回祖国的路途，遥望着海峡那端的大陆，林徽因从心底轻吟着一曲凝固的音乐，那便是"建筑"。

第二章
与建筑起舞

　　"北平四郊近二、三百年间建筑遗物极多，偶尔郊游，触目都是饶有趣味的古建。其中辽、金、元古物虽然也有，但是大部分还是明清的遗构；有的是煊赫的'名胜'，有的是'消沉'的痕迹；有的按期受成群的世界游历团的赞扬，有的只偶尔受诗人的凭吊，或画家的欣赏。这些美的存在，在建筑审美者的眼里，都能引起特异的感觉，在'诗意'和'画意'之外，还使他感到一种'建筑意'的愉快。"（引自林徽因《北平建筑杂录》）

　　林徽因眼里的"建筑意"，将建筑学注入了人文的色彩，是她在建筑学上极富才情的独特建树。从伦敦归来的林徽因不仅在自己心里种下了建筑的种子，她眼里的"建筑意"还最终影响了将来的伴侣梁思成，使他献身于建筑科学。梁思成曾对朋友们说过：

　　"当我去拜访刚从英国回来的林徽因时，她谈到以后要学建筑。我当时连建筑是什么还不知道，林徽因告诉我，那是包括艺术和工程技术为一体的一门学科。因为我喜爱绘画，所以我也选择了接着这个专业。"（引自林洙《困惑的大匠梁思成》）

　　当时的梁思成，在清华校园里完全是一个爱好广泛、全面发展的小伙子。他擅长绘画，任《清华年报》美术编辑；酷爱音乐，是管弦乐队队长，吹第一小号；喜爱体育，获得过校体育运动会跳高冠军。他的外语也相当出色，曾翻译了王尔德的作品《挚友》，发表于《晨报副镌》；才华横溢、精力旺盛的他还与人合译了一本威尔斯的《世界史纲》，由商务印书馆出版。出乎意料，如此活跃的青年才俊，留给同学们的深刻印象竟是"具有冷静而敏捷的政治头脑"。五四运动爆发，"他是清华学生中的小领袖之一，是'爱国十人团'和'义勇军'中的中坚分子。"（引自黄延复《有政治头脑的艺术家》）

当梁思成提出要承父业学西方政治时，开明的父亲梁启超没有规定具有多方面发展潜能的儿子一定走哪条路，但他用自己走过的艰辛之路告诫儿子：不希望他再当政治家。这位曾经领时代潮流之先的风云人物，或许多年的政治奋斗让他身心俱疲，梁启超越到晚年越看重自己文化上的价值，他希望他的儿女们无论如何不要再卷进政治的漩涡中。

年轻气盛的梁思成却不以为然。没想到"梦中的仙子"林徽因的一番高论轻易地就改变了少年的心。

在当时的社会，绝大多数女孩子还在心甘情愿困于缠足的陋习中，把自己的一生幸福寄托在男人身上。而那一刻的林徽因，却已经怀揣事业的梦想，显示出了罕见的理性与智慧。无疑，她也对梁思成一生的立志起了关键的作用。

后来，梁思成发自肺腑地评价林徽因："林徽因是个很特别的人，她的才华是多方面的。不管是文学、艺术、建筑乃至哲学她都有很深的修养。她能作为一个严谨的科学工作者，和我一同到村野僻壤去调查古建筑，测量平面，爬梁上柱，做精确的分析比较；又能和徐志摩一起，用英语探讨英国古典文学或我国新诗创作。她具有哲学家的思维和高度概括事物的能力。"有人说徐志摩、梁思成和金岳霖三位男子成就了林徽因的美丽，似乎她的绝世风华不止是天赐，更是沾了三位旷世奇才的光。然而，徐志摩说正是林徽因给了他诗人的灵感；梁思成也谓自己的建筑之路是听从了林徽因的建议；哲学家金岳霖一生痴恋林徽因，想必正是林徽因"具有哲学家的思维和高度概括事物的能力"！尤其是林徽因和金岳霖精神上的共鸣，应该是红尘中的那种最难得的"心有灵犀觅知音"的结果吧。

1923 年，林徽因毕业于培华女中，经考试获取美国半官费留学资格。次年 6 月，梁思成于车祸后痊愈，林徽因和梁思成一同前往美国就读于宾夕法尼亚大学（简称宾大）。当时美国最好的建筑专业在宾大，法国著名的建筑大师保罗·克瑞特（Paul Cret）就在宾大从教。

他们按计划，利用暑期先在康奈尔大学（Cornell University）学习一些预修课程，为 9 月开学后进入宾大的学习打好基础，也可免修低年级相应的课程。梁思成有清华八年的高中和预科学历，他希望有了这些预修学分，到宾大可以"直升建筑系二年级甚至更高年级"。

林徽因选了"户外写生"和"高等代数"两门课；而梁思成则选了"水彩静物画""户外写生"和"三角"三门课程。

很快，美丽的 9 月如期而至，但林徽因在宾大申请入学建筑系时却受阻，因当时宾大建筑系不招女生，理由是"建筑系学生经常加夜班绘图，女同学无人陪伴不甚方便"。所幸，艺术学院的美术系招收女生。既然美术系和建筑系同属美术学院，林徽因便"曲线救国"，改读美术系，同时矢志不移地选修建筑学课程。

自由浪漫、无拘无束的美国学生一直对中国留学生存有偏见，他们眼里的中国留学生是刻板、僵化的。但林徽因同学的到来完全颠覆了这种看法。她不但五官精致，笑靥甜美，气质娴雅，落落大方，加上有着曾经在英国游学的经历，眼界开阔，很快就融入到了全新的环境中，成了中国留学生学生会里社会委员会的委员。

紧接着发生的一件事，让带有歧视眼光的美国学生对中国人刮目相看。在大学生的圣诞卡设计竞赛中，林徽因设计的作品脱颖而出，一举成名。那是用点彩技法画的一幅圣母像，大有中世纪欧洲圣母像的苍古感，这件珍贵的文物至今还保存在该学校的档案馆中。自此，这位"有着异乎寻常的美貌，不乏活泼和机灵，说得一口流利的英语，而且天生又善于交际"的东方公主大受师生们的欢迎！

1926年春季，林徽因即成了建筑设计这门课的助教。这在当时简直就是神话，完全打破了宾夕法尼亚大学的常规。其实，只有她自己最清楚，机遇，永远垂青聪明而不乏勤奋的人，一分付出即有一分收获，她的勤奋让她美梦成真。她在美术专业上以高分提前获得本该四年完成的学术学位，而且修学了建筑专业的几乎全部课程，其学业成绩之优异和工作能力之突出，让建筑系的老师刮目相看，遂放弃其他男生而聘用这个非正式学建筑学课程的女生做助教！

林徽因的优秀，让她的美国同学比林斯忍不住写了篇文章发表在1926年1月17日的《蒙塔纳报》上：

> 她坐在靠近窗户的一张椅子上，那儿能够俯视校园中的一条安静的小径。但她却总是俯身在一张绘图桌上。她那瘦削的身体和那块硕大的建筑作业板形成巨大的反差……她的作业总是得到最高的分数或偶尔得第二。她不苟言笑，文静、谦逊，从不把自己的成绩挂在嘴边。

林徽因的留学经历没有离开过恋人梁思成的陪伴。梁思成每次去女生宿舍楼下等林徽因，有时要等上半个多小时，因为精心于装扮的林徽因总是对自己的发型、服饰处处挑剔，故而得花不少时间。而那一刻，迟迟不见美人下楼，常常让梁思成焦急不安。好在林徽因每次都应约而至，虽然会姗姗来迟，但见到了心爱的人，梁思成那颗心里也随之释然。梁思成的弟弟梁思永为此调侃，特意写了一副对联："林小姐千妆万扮始出来，梁公子一等再等终成配。"横批是"诚心诚意"。

其实，梁思成何止只是在约会中"诚心诚意"地等待林徽因？在平常的生活和学习中，他也在不断地用自己严谨的处世方式影响着林徽因，林徽因所取得的优异成绩，确实离不开梁思成尽心尽力的呵护和帮助。

林徽因天生具有艺术家的气质，这让她经常灵感乍现，她的草图总是被一个又一个突如其来的创意修改得凌乱不堪。不少时候，临到交作业了，还是一张七零八落的草图，往往就在她束手无策时，梁思成则用他准确而漂亮的绘图技术，让凌乱的草图，眨眼之间焕然一新，随之，一幅工整清晰的作品就呈现在林徽因眼前，这常常让林徽因感叹、惊呼。日后成为著名建筑师的哈贝森（John Harbeson）教授，曾经夸奖他俩的建筑图作业简直"无懈可击"。

林徽因和梁思成，仿佛是天生的建筑搭档，一个灵动，一个严谨，他们这种默契的合作方式一直延续到归国后的工作中。

一个美丽的黄昏，梁思成和林徽因徜徉在充满西方古典主义建筑风格的宾夕法尼亚大学建筑系的花园中，梁思成手捧父亲梁启超从国内寄来的《营造法式》，如同面对天书般而百思不得其解。

《营造法式》是北宋时期曾任工部侍郎的李诫编写整理成的一部古代建筑技术专用书。民国著名藏书家、刻书家陶湘校订丁本《营造法式》刊行后，朱启钤视同精美的文化食粮，迫不及待地送给他的好友、中国的文坛巨匠梁启超，一同分享。梁启超见之后如获至宝，立即刻邮寄给正在美国宾夕法尼亚大学建筑系深造的儿子梁思成和准儿媳林徽因。

一番沉思之后，梁思成和林徽因觉得欧美各国对本国的古建筑已有系统的整理和研究，并已经写出本国的建筑史，唯独中国这个东方文明古国却没有自己的建筑史。当时绝大多数西方学者尚未注意中国建筑的发展和技术，只有日本学术界开始注意中国，其中著名者有大村西崖、常盘大定和关野贞等，他们都对中国建筑艺术有一定的研究。梁思成和林徽因认识到，中国人再不整理自己的建筑史，那么早晚这块领地会被日本学术界所占领。作为未来的中国建筑师，不能容忍这样的事情发生。

显然，由于林徽因在校园里的出色表现，赢得了当地美国人的钦佩。1926 年，当地《蒙大拿报》对林徽因进行采访，标题为《中国女孩致力拯救祖国艺术》。从中我们能领略林徽因青年时期的远大抱负和为祖国奉献的精神：

　　"我曾跟着父亲走遍了欧洲。在旅途中我第一次产生了学习建筑的梦想。现代西方的古典建筑启发了我，使我充满了要带一些回国的欲望。我们需要一种能使建筑物数百年不朽的良好建筑理论。在中国，一个女孩子的价值完全取决于她的家庭。而在这里，有一种我所喜欢的民主精神。等我回到中国，我要带回什么是东西方碰撞的真正含义。令人沮丧的是，在所谓的'与世界接轨'的口号下，我们自己国家独特的原创艺术正在被践踏。应该有一场运动，去向中国人展示西方人在艺术、文学、音乐、戏剧上的成就，但是决不是要以此去取代我们自己的东西。"

美国民主、自由的文化环境，让林徽因感到舒畅和欢欣，她尽情地施展着自己的才华。但同时，她无比清醒：学习外国的成就并不等于放弃我们传统文化中的精华！为中华文明的崛起，林徽因不仅有着一腔殷殷赤子之情，而且还有着自己独到的思维和见解。

而在留学的最初两年中，梁思成和林徽因都经历了失去亲人的痛苦。刚入学时，梁思成的生母李惠仙因癌症病故；1925 年 12 月 24 日，林徽因挚爱的父亲林长民被流弹击中，不幸去世。一个失去慈母，一个失去导师般的父亲，突然失去至亲的悲痛，让他们对生命有了一番深刻的理解。

尤其是林徽因心中的那棵参天大树轰然倒下，让她一度茫然而成天以泪洗面，甚至茶饭不思。梁思成也在承受着生母离世的巨大打击，但他仍在默默地用自己坚实的臂膀来供林徽因倚靠。作为两个大家庭的长子和长女，他们更加明了各自肩头的责任。很快，他们以坚强的意志从极度的悲痛中振作了起来，他们懂得，唯有把心中的痛楚化作更加勤奋用功的学习动力，并去完成辉煌的学业，方能告慰九泉之下的至亲亡灵。

林徽因悲痛之余，也曾担心失去家里经济来源，留学的花费如何为继？甚至有过一念，打算辍学回国。这时，一向偏爱林徽因的梁启超伸出了援手。

梁启超在给儿子梁思成的信中说："徽音（林徽因的原名）留学总要以和你同时归国为度，学费不成问题，只算我多一个女儿在外留学便了。"

但林徽因具极强的独立精神，她默默地打算自己解决留学费用，暗暗决定先打工一年再说。但是，把林徽因视为己出的梁启超不同意。他又写信给梁思成："徽音留学费用还能支撑多少时间？"嘱咐儿子马上回告，以便及时筹款。当时梁家也不宽裕，梁启超准备动用股票利息，甚至说了这样的话："只好对付一天是一天，明年再说明年的话。"在梁家的帮助下，林徽因度过了精神和生活的双重难关。

由于梁思成和林徽因在校的出色表现，1927 年 6 月，他俩结束宾大的学习，并分别获建筑系硕士和美术系学士学位。随后，两人都应邀在保罗·克瑞特（Paul Cret）事务所工作。9 月，梁思成决意以"中国宫室史研究"作为研究方向，向哈佛大学研究生院申请攻读博士学位，从此准备着手开始中国建筑的系统研究。而同时，林徽因进入耶鲁大学艺术学院，师从贝克教授（George Pierce Baker），学习舞台美术，林徽因也因此成为我国第一个在国外学习现代舞台美术的学生。

> "林徽因留学时期的业余戏剧活动，显然是她获得学士证书后进入耶鲁大学戏剧学院的重要诱因。她在著名的 G. P. 贝克教授工作室学习，成为我国第一个在国外学习现代舞台美术的学生。她的天赋及美术和建筑的基础，使得她也得以在这个专业里出类拔萃。"（引自陈学勇《林徽因寻真》）

1928 年 3 月，就在梁思成和林徽因双双收获在美国四年留学生涯的硕果时，他们的爱情也水到渠成，终于结束了大学四年的爱情长跑。3 月 21 日，是《营造法式》的编纂者李诫的生辰，他们选择了这个特别的日子作为结婚日，是想用自己的婚礼，一种特别的方式，来纪念这位伟大的中国古代建筑师。这一天，他们在加拿大渥太华中国总领事馆梁思成姐姐、姐夫处举行结婚典礼。林徽因亲自设计了"中国式"婚纱和花冠，梁思成则为自己心仪多年的林徽因披上了婚纱，戴上了花冠，婚纱和花冠因匠心独运、别致美丽而艳惊四座。

两个情投意合的人于新婚燕尔之际，选择的蜜月旅行竟然是一次欧洲的建筑之旅，但细想之也并不奇怪。事实上，这与父亲梁启超的想法惊人一致：将蜜月旅行与考察欧洲的古典建筑完美地结合起来，去亲眼凝视、亲手抚摸那些在漫漫历史风尘中保存下来的人类建筑精华，去亲耳倾听那些"凝固的音乐"，应该说，这段蜜月中的建筑之旅，为他们今后终生将要从事的建筑事业，留下了一个不乏意义的注脚。

那是一段妙不可言的曼妙时光，甜蜜而没有任何压力。他们在法国、英国、德国、瑞士、意大利、西班牙等国家的古建筑中，尽情地徜徉，同时寻找着书本知识和实体构造之间融合的焦点。他们不停地摄影、画速写、画水彩等。不过，新娘林徽因对着照片有些气恼："在欧洲我就没有照一张好照片，你看看所有的照片，人都是这么一丁点。思成真可气，他是拿我当标尺呀。"娇妻的话语中似乎带着责备，其实也透着无限爱意，因为他们镜头里的摄影对象、主角是那些他们都挚爱着的建筑。在高大的建筑物面前，人类作为一把标尺，意义则在于可以去丈量那些古老的建筑，进而，伴着灵感去设计和构造新的建筑。

<h1 style="text-align:right">第三章
建筑是全世界的语言</h1>

风云莫测，命运无常，当梁思成和林徽因还在幸福的蜜月中陶醉，还在欧洲古建筑群中尽情徜徉的时候，一封"父亲病危"的加急电报送到了梁思成的手中。那一刻，无常的命运再次向蜜月中的林徽因、梁思成露出了狰狞的面目。犹如晴天霹雳，小夫妻俩顿然情绪低落。

父亲林长民遇难让林徽因猝不及防，可谓是林徽因人生中所遭受的第一次痛彻心扉的打击。而这刻公公梁启超的病倒，对她是又一次心灵的重创。她已意识到梁氏家族在渐渐倾覆，而自己已和这个家族唇齿相依，命运相连。父亲林长民浪漫而开明，是朋友似的父亲，舐犊之情，处处可见；而梁启超是父亲似的朋友，一直视秀外慧中的林徽因为自己的亲女儿一般，呵护关怀，无微不至。梁启超曾嘱咐梁思成转告林徽因："林叔的女儿，就是我的女儿，何况更加以你们两个的关系。我从今以后，把她和思庄一样的看待。"识才爱才的梁启超对林徽因寄予殷切期望："他（林）要鼓起勇气，发挥他（她）的天才，完成他的学问，将来和你（思成）共同努力，替中国艺术界有点贡献，才不愧为林叔叔的好孩子。"一旦失去了梁启超细致入微的呵护，林徽因柔弱的肩膀，就必须准备承受看似无法承受的重负。

在焦灼不安、心急如焚中小夫妻俩马不停蹄地回到了阔别四年的祖国，风尘仆仆赶赴到了父亲梁启超的病榻前。

久病的父亲欣慰地看到自己一手促成的金玉良缘，似乎病痛减轻了许多，随即递给孩子们两张东北大学建筑系聘书。

原来慈父梁启超在长子长媳回国前，就为他们规划了回国后的工作，1928 年 4 月 26 日，梁启超给正在欧洲度蜜月的梁思成写了一封长信，信里充满了让人羡慕的慈父情怀：

> 你们回来的职业，正在向各个方面筹划进行，一是东北大学教授（东北为势最顺，但你们去也有许多不方便处，若你能得清华，林徽因能得燕京，那是最好不过了），一是清华大学教授，成否皆未可知……另外还有一件"非职业的职业"——上

海有一位大藏画家庞莱臣，其家有唐画十余轴，宋元画近千轴，明清名作不计其数，这位老先生六十多岁了，我想托人介绍你拜他，当他几个月的义务书记，若办得到，倒是你学问前途一个大机会。你的意思如何？亦盼望到家以前先用信表示。

你们既已学成，组织新家庭，立刻去找职业，求自主，自是正办，但以现在时局之混乱，职业能否一定找着，也很是问题。我的意思，一面尽人事去找，找得着当然最好，找不着也不妨，暂随缘安分，徐待机会。若专为生计独立之一目的，勉强去就那不合适或不乐意的职业，以致或贬损人格，或引起精神上苦痛，倒不值得。一般毕业青年大多数立刻要靠自己劳动去养老亲，或抚育弟妹，不管什么职业得就便就，那是无法的事。

你们算是天幸，不在这种境遇之下，纵令一时得不着职业，便在家里跟着我再当一两年学生（在别人或正是求之不得的），也没有什么要紧。所差者，以林徽因现在的境遇，该迎养她娘才是正办，若你们未得职业上独立，这一点很感困难。但现在觅业之难，恐非你们意想所及料，所以我一面随时替你们打算，一面愿意你们先有这种觉悟，纵令回国一时未能得到相当职业，也不必失望沮丧。失望沮丧，是我们生命上最可怕之敌，我们须终身不许他侵入。

《中国宫室史》诚然是一件大事业，但据我看，一时难成功，因为古建筑十九被破坏，其所有现存的，因兵乱影响，无从到内地实现调查，除了靠书本上资料外，只有北平一地可以着手。所以我盼望你注意你的副产工作——《中国美术史》。这项工作，我很可以指导你一部分，还可以设法令你看见许多历代名家作品。

回来时立刻得有职业固好，不然便用一两年工夫，在著述上造出将来自己的学术地位，也是大佳事。

你来信终是太少了，老人爱怜儿女，在养病中以得你们的信为最大乐事，你在旅行中尤盼将所历者随时告我，以当卧游，又极盼新得的女儿常有信给我。……

梁启超的家信可谓面面俱到，满笺皆是一位学者、长辈对儿女无微不至的关怀。我们从中可以体味到梁启超对子女的深沉父爱。也不难理解，何以他能一手培养出梁氏一门三院士六专家。陈独秀说，人生在世要完成两大任务，一是思想传诸后人；二是肉体传诸后人，梁启超这两大任务均完成得极为出色。作为国学大师，他著述宏富，流芳百世。作为人父，他培育子女，满门俊彦。

1928年上半年，南京国民政府大学院与外交部在清华归属问题上各不相让。大学院力图以统一全国教育学术机关的名义接管清华，而外交部却坚持承袭北洋政府外交部对清华的管辖权，并抢在大学院前头接管了清华的全部基金。由于双方的争斗，搞得清华正常的教务工作难以开展。双方经协商，都同意委派梁启超暂代校务。梁启超原向校长提出过让梁思成进清华的建议，但此时，他极不愿利用手中的职权硬是把自己的儿子塞进清华。血气方刚的梁思成也极不愿意依赖父亲的权利和地位。他有着自己的理智抉择和异于常人的担当。

东北大学成立于1923年4月26日，张学良将军于1928年接任校长，积极网罗人才，全校的师资大部分都留学于英国、美国、法国、意大利、德国、日本、俄国等国的世界名牌大学。在梁思成夫妇旅欧期间，东北大学原想聘请美国宾大建筑系出色的毕业生杨廷宝（梁思成留美时的校友）去当建筑系主任。可他当时已应允在上海一家建筑公司任职，不能北上赴任。为此，他便向校方力荐梁思成，认为梁思成是最为合适的人选，并和梁启超沟通。当时东北大学工学院院长高惜冰是梁思成在清华大学读书时的学兄，他十分欣赏梁思成的学识，也力主梁思成来担任系主任。在征求梁启超的首肯后，6月19日，梁思成夫妇还在欧洲蜜月途中，两张东北大学的聘书便翩翩飞到了梁启超的手里。

不久，梁思成和林徽因便赶在东北大学开学之前走马上任。到沈阳时，清华校友高惜冰已在车站等候，他告诉梁思成："你已被任命为建筑学系主任、教授，建筑学系已招收了一班学生，但一个专业教师都没有，也不知该开些什么课，一切都等你们来进行。"创建中国第一个建筑学系的重担，就这样落到了年轻的梁思成夫妇身上。

第一课上，作为东北大学建筑系首届系主任，梁思成这样告诉学生："建筑是什么？建筑是人类文化的历史，是人类文化的记录，反映着时代精神的特质。"他告诫学生："想要成为一个优秀的建筑师，就要有哲学家的头脑，社会学家的眼光，工程师的精确与实践，心理学家的敏感，文学家的洞察力。总之，要以广博的知识为铺垫，是一个具有较全面修养的综合艺术家。"

在东北大学的第一学期，建筑系四十多名学生，只有他们夫妻两个老师。梁思成既当系主任，又当主力教师，既当学者，又当勤务员，系里的大小事情都要他亲自筹划操心。林徽因既当教师，又当丈夫的得力助手，还要操劳家务，什么事情也都离不开她。由于梁思成和林徽因留学于美国，所以在教学方式上先采取了英美结合式的教学方式。但毕竟欧美教材离国情太远，他们便创造性地将建筑学、美学、历史、绘画史等相关学科融会贯通，注意中西方学识的兼顾，独创了特有的教授方式。

林徽因负责讲授美术课和建筑设计，后来又开了"专业英语"。她的课妙趣横生，深受学生欢迎。她经常挂在嘴边的话是："少一事不如多一事。"她时常晚自习时和学生探讨、修改绘图作业，时常忙到夜深才拖着疲惫的身子回家。她曾就读的美国宾大建筑系不收女生的原因是夜间工作，林徽因的身体力行无意中给了母校一个无言的讽刺。

1929 年 1 月 19 日，一代思想家和国学大师梁启超病逝，享年 57 岁。梁启超自号"任公"，以天下为己任，成为晚清和民国初年学术文化界的一面旗帜。父亲的离世，让梁思成和林徽因悲痛欲绝。梁启超为儿女们留下了世间最宝贵的财富——人格的力量。

有关梁启超的死因，一直让后人感到蹊跷。当时西医刚到中国不久，梁启超力挺西医，有了肾病之后坚持西医手术治疗，然而手术中医生却错把梁启超健康的左肾切除了，患病的右肾反而保留。据说梁启超知晓了这次医疗事故之后，表现出罕见的宽容，不但没有追究，还发表文章为医院辩护，认为不应该因为自己而阻止西医在中国的发展。直到 1970 年梁思成在协和医院住院时，才从他的主治医师处得知父亲真正的死因。

德高望重的父亲猝然离世，作为长子长媳，他们必须坚强地撑起这个大家庭。他们将父亲与五年前去世的母亲合葬在香山卧佛寺东的山坡上，梁思成和林徽因满怀悲痛设计了一座巨大的墓碑，这块高二米八、宽一米七的大理石墓碑，高大古朴，仿若父亲高大的身影。这是梁思成、林徽因夫妻俩归国后含泪设计的第一件作品，送给挚爱的父亲。

料理完公公的后事，已有身孕的林徽因再次默默返回东北大学执教。比之那次父亲的离世，这回林徽因所受的重创，似乎隐痛愈加绵长，磨炼也愈加入骨。同年 8 月，林徽因生下女儿，取名再冰，名字来自孩子祖父梁启超"饮冰室"之书房雅号，其意义不言而喻，既纪念祖父，又勉励子孙继承祖父的衣钵，用功读书，用心做人。

作为建筑系仅有的两位教职人员，夫妇俩在沈阳的工作繁忙而艰辛。当时的沈阳常有土匪出没，当地的老百姓吓得晚间几乎不敢开灯，只有林徽因感觉那场景还有几分诗意："有时我们隔着窗子往外偷看，月光下胡子们骑着骏马，披着红色的斗篷，奔驰而过，倒也十分罗曼蒂克。"虽然初为人母的甜蜜足以慰藉这位浪漫的母亲，但沈阳的天寒地冻极不适宜体弱多病的林徽因，她瘦得脸上的骨头都突出来了。好友徐志摩到东北看望林徽因夫妇时，形容他们"瘦得像一对猴子"。对于梁思成和林徽因来说，东北大学的三年是他们将多年所学所悟的建筑知识付诸教学实践的过程，为他们将来成功创办清华大学建筑系打下了坚实的基础，积累了宝贵的经验。

东北大学名誉校长张学良将军公开招标学校校徽，林徽因设计的"白山黑水"图案一举中标。当时《东北大学校歌》是刘半农写的歌词"白山兮高高，黑水兮滔滔"，"白山兮黑水兮"指的是长白山与黑龙江，其意为东北。林徽因的校徽构思呼应了校歌的内容，整体是一面盾牌，高高的白山之下是滔滔黑水。正上方是"东北大学"的四个古体字，"东北"和"大学"之间的是八卦中的艮卦，同样代表东北，最下端是狼和熊两只凶猛的动物，东北当时受列强的欺侮，意寓形势危急。中间是东北大学的校训"知行合一"，沿用至今。此标志造型古朴、典雅不矫揉造作，"白山黑水"一直成为东北大学的标志，甚至作为整个东北的关键词。谁能想到大气古朴的徽章竟然出自一个柔弱女子的芊芊玉手？

其实很多人对林徽因任教东北大学的这个行为不理解，因为林徽因的父亲是在东北遇难的，而且和张学良的父亲张作霖有脱不开的干系。当年，郭松龄反奉战役惨遭失败，张作霖围剿郭松龄，郭逃跑时，带上了不会骑马的林长民，一行人坐大车，冒大雪，往营口出发。行至辽中境内，被奉军骑兵追上，郭松龄夫妇被卫兵搀扶躲进老乡家的菜窖。而毫无战场经验的林长民，一见追兵，慌忙中躲在了大车底下。大车停在路中央，双方交战，转眼间，不知敌我，林长民身中数弹。被奉军发现后，误认为是日本人，将其拖到村外，一捆秫秸，一瓶汽油，一把火，被活活烧死。胡适说："林长民那富于浪漫意味的一生就成了一部人间永不能读的遗书了！"（引自《人民政协报》2013年06月06日第5版）

林徽因能够抛开杀父之仇而专心投入东北大学建筑系，无疑，有一种心灵的高贵，那是一种发自内心的对建筑学的热爱。

1930年，林徽因肺病日趋严重，不得已回北京治疗，继而听从医生劝告，到香山双清别墅附近养病。大病初愈的她，于次年11月19日晚，在北京协和小礼堂为十几个国家的驻华使节和专业人士进行"中国的宫室建筑艺术"讲座。

礼堂里，灯火璀璨，座无虚席。

林徽因上穿一件珍珠白毛衣，下套一条深咖啡色呢裙，款款走上讲台，如一朵优雅的白莲，浅笑盈盈。

不一会，她妙语连珠的开场白随即吸引了所有的听众：

　　"女士们，先生们！建筑是全世界的语言，当你踏上一块陌
生的国土的时候，也许首先和你对话的，是这块土地上的建筑。
它会以一个民族所特有的风格，向你讲述这个民族的历史，讲
述这个国家所特有的美的精神，它比写在史书上的形象更真实，
更具有文化内涵，带着爱的情感，走进你的心灵。"

　　礼堂里骤然响起一阵阵热烈的掌声。

　　林徽因流利、娴熟的英语再次如汩汩清泉，响起在人们耳畔："漫长
的人类文明历程，多少悲壮的历史情景，梦幻一般远逝，而在自然与社
会的时空演变中，建筑文化却顽强地挽住了历史的精神气质和意蕴，它
那统一的空间组合、比例尺度、色彩和质感的美的形态，透视出时代、
社会、国家和民族的政治、哲学、宗教、伦理、民俗等意识形态的内涵，
我们不妨先看北平的宫室建筑。"

　　接着，她娓娓而谈："北平城几乎完全是根据《周礼》《考工记》中
'匠人营国，方九里，旁三门，国中九经九纬，经途九轨，左祖右社，面
朝后市'的规划思想建设起来的。北平城从地图上看，是一个整齐的凸
字形，紫禁城是它的中心。除了城墙的西北角略退进一个小角外，全城
布局基本是左右对称的。它自北而南，存在着纵贯全城的中轴线。北起
钟鼓楼，过景山，穿神武门直达紫禁城的中心三大殿。然后，出午门、
天安门、正阳门直至永定门，全长 8000 米。这种全城布局上的整体感和
稳定感，引起了西方建筑家和学者的无限赞叹，称之为世界奇观之一。"

　　林徽因低头抿了一口清茶，继续如数家珍，侃侃而谈："中国的封建
社会，与西方有着明显的不同。中国的封建概念，基本上是中央集权、
分层次的完整统一着。在这样的封建社会结构中，它的社会特征必然在
文化上反映出来，其一是以'礼'立纲，建立封建统一的秩序，这是文
化上的伦理性；其二是以'雄健'为艺术特征，反映出封建大国的风度，
试想诸位先生、女士站在故宫的午门前，会有什么感受呢？也许是咄咄
逼人的崇高吧！从惊惧到惊叹，再到崇高，这是宫殿建筑形象的感受
心理。"

　　美丽的建筑师口若悬河，滔滔不绝，虔诚的听众们屏息凝神，生怕
一不留神，耳朵漏掉了一个字。

　　林徽因轻轻拢了一下额前的发丝，继续畅谈："'左祖右社'是对皇
宫而立言。'左祖'指的是左边的太庙，'右社'指的是右边的社稷坛。
'旁三门'是指东、西、北面各两座城门。日坛和月坛分列在城东和城
西，南面是天坛，北面是地坛。'九经九纬'是指城内南北向与东西向各

有九条主要街道。而南北的主要街道同时能并列九辆车马，即'经途九轨'。北平的街道原来是宽的，清末以来逐渐被民房侵占，越来越窄了。所以你可以想象当年马可·波罗到了北平，就跟乡巴佬进城一样吓懵了，欧洲人哪里见过这么伟大气魄的城市！"

这时，一位外国使节彬彬有礼地站起来询问："对不起，林小姐，请允许我提一个问题，马可·波罗同样来自一个文明古国，那里有古罗马角斗场和万神殿，整个古罗马文化，都可在同时代建筑中找到投影。他来到中国的元大都，究竟是什么东西把他震撼了？"

听到如此询问，林徽因嘴角上扬，随即在唇边开出一朵微笑之花，她幽默而不无深意地回答："吸引了马可·波罗的是中国建筑中表现出人和天地自然无比亲近的关系。中国传统的建筑群体，显示了明晰的理性精神，最能反映这一点的，莫过于方、正、组、圆的建筑形态。方，就是刚才我讲过的方九里，旁三门的方形城市，以及方形建筑、方形布局；正，是整齐、有序、中轴、对称；组，是有简单的个体，沿水平方向，铺展出复杂丰富的群体；圆，则代表天体、宇宙，日月星辰，如天坛、地坛、日坛、月坛。不过中国的建筑艺术又始终贯彻着人为万物之灵的人本意识，追求人间现实的生活理想和艺术情趣，正是中国的建筑所创造的'天人合一'，及'我以天地为栋宇'的融合境界，感动了马可·波罗。"

济济一堂的听众席里再次爆发出热烈的掌声。

那一年，林徽因才27岁，但她作为中国第一代女建筑学家的翩翩风度、优雅气质，让外国使节、与会来宾永远难忘，更牢牢记住了她所倡导的"建筑是全世界的语言"。而就在同一天，她的挚友、著名的诗人徐志摩为了从上海赶到北平听这场讲座，不幸坠机遇难，留下了永远的遗憾。

第四章
奏响建筑音符

"梦是一个内脏，为诞生的灵魂准备。"林徽因少女时的建筑梦想，一旦在坚实的大地上放飞，便散发出生命的异彩，那是深入骨髓的对建筑的一生痴恋。

梁思成、林徽因夫妇深爱着建筑，历史的机缘也最终选择了他们。

1931 年，日本侵略中国的野心变得明目张胆，东北形势越来越紧，不久就发生了"九一八"事变，校园里再难容下一张安静的书桌。时任东北大学建筑系主任的梁思成不满于校方行政领导的无理干涉，加之林徽因的肺病日趋严重，彻夜咳嗽，夜不能眠。梁思成携病妻回北平进行治疗。夫妇俩北平赋闲期间，中国营造学社正缺少专门研究古代建筑的人才，慧眼识才的社长朱启钤诚邀梁思成夫妇加盟。两人正踌躇满志，欣然应允。追溯到他们在美国宾大留学时就立下的宏图大志，这不正合他们的夙愿吗？时不我待，应该抓紧时间写一本属于中国本土的建筑史！

在天安门故宫的一角，幽静古朴的西庑旧朝房就是营造学社的办公之地。梁思成夫妇的加入，对于朱启钤来说如虎添翼。他任命梁思成为法式部主任，林徽因为校理，中国营造学社此举实为中国建筑学界的一件大事，自此，也真正开启了现代科学意义上的中国古代建筑文化遗产保护与研究的学术征程。

世间人并不缺少梦想，但能让自己的梦想真正实现的能有几人？动乱岁月人命惟浅，芸芸众生每天还在为生计而四处奔波，建筑学的研究在当时并不是应急之务，还有几人为自己的梦想而孜孜以求，奋斗不已？可就在那艰难岁月里，偏偏就有梁思成、林徽因这样执著的追梦者。

但要完成这样一本划时代的巨著，没有任何捷径可走。当时国内外介绍中国建筑史的资料几乎就是空白，他们必须长年累月地在中国广袤的大地上寻觅研究对象，到荒郊野外去亲自考证、勘察和测绘古建。

当时的日本学者，在对中国古建筑进行了悉心研究之后得意洋洋地宣称，要看中国唐代木结构建筑只能去日本的奈良。梁思成和林徽因立志找到中国本土的唐代木结构建筑。于是，营造学社第一次古建考察即发现了辽代木构建筑——蓟县独乐寺。

1932年春，梁思成和林徽因首次赴蓟县考察独乐寺，当时的营造学社还没有一支像样的测绘队伍。梁思成只好邀请他在南开大学读书的弟弟梁思达同行。六十年后梁思达仍满怀激情地回忆起这次调查：

> 二哥去蓟县测绘独乐寺时，我参加了。记得是在1932年南大放春假期间，二哥问我愿不愿一起去蓟县走一趟，我非常高兴地随他一起去了。……从北平出发的那天，天还没亮，大家都来到东直门外长途汽车站，挤上了已塞得很满的车厢，车顶上捆扎着不少行李物件。那时的道路大都是铺垫着碎石子的土公路，缺少像样的桥梁，当穿过遍布鹅卵石和细沙的旱河时，行车艰难，乘客还得下车步行一段，遇到泥泞的地方，还得大家下来推车。到达蓟县，已是黄昏时分了。就这样，一批"土地爷"下车了，还得先互相抽打一顿，拍去身上浮土，才能进屋。一家地处独乐寺对门的小店，就成了我们的驻地。我这'外行'，只参加了一小部分工作。主要和一位姓邵的先生（即邵力工），一起丈量独乐寺的山门。我爬上山门当中的门头去量尺寸，邵先生在下面把我报的数字记录下来，每个斗拱的尺寸，都必须量准记清，学社的人当然任务更重更忙。那次我度过了一个繁忙、紧张又愉快的春假。二哥和学社的工作人员的严肃认真、一丝不苟、注重科学的工作精神与作风，给我留下极其深刻的印象。

梁思成当年的日记也详实地记载着当时的情形：

> 这是一次难忘的考察，是我第一次离开主要交通干线的旅行。那辆在美国大概早就被当成废铁卖掉了的老破车，还在北平和那座小城之间——或不如说无定时地——行驶。除了北平城东门几英里，我们来到箭竿河。旱季，它的主流只剩下不到三十英尺宽，但两岸之间的细纱河床却足有一英里半宽。借助渡船度过河水后，那辆公共汽车在松软的沙土中寸步难移，我们这些乘客得帮忙把这老古董一直推过整个河床，而引擎就冲着我们的眼鼻轰鸣。在别的难走的地方，我们还得多次下车。为了这五十英里的路程，我们花了三个多小时，但这使人感到兴奋和有趣。当时我还不知道，在此后的几年中我会对这样的旅行习以为常，而毫不以为怪了。

　　自此，梁思成、林徽因，两个痴迷建筑的人，更加乐此不疲地寻访那些古桥、古堡、古寺、古楼、古塔，透过岁月的积尘，勘定其年月，揣摩其结构，计算其尺寸，然后绘图、照相、归档，夫妇俩就在那些年久失修、罩满积尘、梁柱多已腐朽的庙宇里，饶有兴致地去丈量、测绘、探索我国古代建筑的营造法式。

　　林徽因选择建筑这样一个男性化的专业，在那么艰难的野外考察中，林徽因，作为营造学社唯一的女性，跋山涉水，一路上被迫与跳蚤、露宿、风雷、饥饿、肮脏、瘟疫为伍……为一点新发现而欣喜若狂，为一个细节的考据而锲而不舍，林徽因一身病痛，却无怨无悔地陪着梁思成翻山越岭到处寻访古建筑。她不但没有半句抱怨工作的艰苦的话，反而从她心底自然溢出的倾诉，有如艳阳般明媚。1934 年夏，梁思成、林徽因夫妇赴山西野外考察，她在给朋友的信里这样写道：

　　　　"居然到了山西，天是透明的蓝，白云更流动得使人可以忘记很多的事，单单在一点什么感情底下，打滴溜转；更不用说到那山山水水，小堡垒，村落，反映着夕阳的一角庙，一座塔！景物是美得到处使人心慌心痛。

　　　　……向日来眼看去的都是图画，日子都是可以歌唱的古事。黑夜里在山场里看河南来到山西的匠人，围住一个大红炉子打铁，火花和铿锵的声响，散到四围黑影里去。微月中步行寻到田垄废庙，划一根"取灯"偷偷照看那望观音的脸，一片平静，几百年来没有动过感情的，在那一闪光底下，倒像挂上一缕笑意。

　　　　我们因为探访古迹走了许多路，在种种情形之下感慨到古今兴废。在草丛里读碑碣，在砖堆中间偶然碰到菩萨的一只手、一个微笑，都是可以激动起一些不平常的感觉来的。乡村的各种浪漫的位置，秀丽天真。中间人物维持着老老实实的鲜艳颜色，老的扶着拐杖，小的赤着胸背，沿路上点缀的，尽是他们明亮的眼睛和笑脸。由北平城里来的我们，东看看，西走走，夕阳背在背上，真和掉在另一个世界里一样！云块、天，和我们之间似乎失掉了一切障碍。我乐时就高兴地笑，笑声一直散到对河对山，说不定哪一个林子，哪一个村落里去！我感觉到一种平坦，竟许是辽阔，和地面恰恰平行着舒展开来，感觉最边沿的边沿，和大地的边沿，永远赛着向前伸……"（引自林徽因《山西通信》）

　　细致入微的观察、栩栩如生的描述，处处见出林徽因的才情。那正是她心系钟爱的事业所致。即使当她患病住进医院，躺在病床上，关注的不是治疗，竟是医院建筑：

> "……（这所医院）是民国初年建的一座漂亮建筑：一座'袁世凯式'、由外国承包商盖的德国巴洛克式四层楼房！我的两扇朝南的狭长前窗正对着前庭，可以想象一九〇一年时那些汽车、马车和民初的中国权贵们，怎样装点着那水泥铺成的巴洛克式的台阶和通道。"

1936年，为了实地测量古建筑，一身旗袍、婀娜多姿的林徽因与梁思成一起登上了宁静肃穆的天坛祈年殿屋顶。她是中国历史上第一位敢于登上皇帝祭天宫殿屋顶的女性。在一张存世的经典黑白照片上，知性的林徽因与丈夫并肩坐在一起，笑得那么灿烂。那笑容是在启迪世人：人生在世，能够让自己的梦想成真，哪怕为之付出艰苦的努力，并流出艰辛的汗水，那又有何不值呢？

苍天也善待勤勉的人，林徽因夫妇和同仁们在古建筑考察中，最具有划时代意义的一次莫过于五台山佛光寺的发现了。

1937年初夏，夫妻俩和营造学社的同事们一起向五台山进发。山路崎岖颠簸，一行人只有弃车骑着骡子慢慢爬行，后来连骡子也走不动了，他们只得下来牵着骡子步行，辛苦跋涉两天后，终于在夕阳的余晖中远远看见金光四射的宏伟殿宇。他们奔过去，细细打量，硕大的斗拱，飞翘的庙檐，精雕细刻的门窗、柱头，处处都吻合唐朝工匠的巧夺天工。惊喜的发现驱逐了所有人的疲惫，但科学不能只凭直觉，更要精确的考证。身手灵活的林徽因爬上高悬的大殿脊檩寻觅可证的文字依据，经验告诉他们，往往那里会写下建造年代。一片漆黑中，林徽因打开手电，眼前的一幕让她惊慌失措：檩条上栖息了成百上千的蝙蝠和密密麻麻的臭虫……接下来的日子里，林徽因就这样爬上爬下，与蝙蝠、臭虫周旋，终于发现了两丈高的大梁底面有模模糊糊的墨迹："女弟子宁公遇"，其余则模糊一片。她突然想起，在大殿外的经幡上好像见过类似的名字。她急忙核实，果然，经幡上刻着"佛殿主女弟子宁公遇"。林徽因马上向大家报告了这个喜讯，他们搭了一个高支架，清洗掉大梁上厚厚的浮尘，林徽因第一个攀登上去，又花了三天时间才读懂全梁面的题字，原来女弟子宁公遇是捐资建造佛殿的女施主，大殿建于唐朝大中十一年。它是目前中国发现的现存最早的木结构建筑，堪称古建筑奇观。这个伟大的发现粉碎了日本人的预言，堂堂中国人不必去遥远的日本看他们的唐代建筑了。

后来，梁思成在发表于英文版《亚洲杂志》里的《中国最古老的木构建筑》一文中特别提到："佛殿是由一位妇女捐献的！而我们这个年轻建筑学家，一位妇女，将成为第一个发现中国最难得的古庙的人，这显然不是一个巧合。"林徽因与宁公遇这场注定的缘分，虽然迟到了一千多年，但她们共同具有的坚韧信念终究让她们四目相对。林徽因还特别在大殿一隅那尊身着便装、面容谦和的宁公遇塑像前留影，她遥想着宁公遇这位女性的性情，她为了自己的信念捐出了家产修筑这座寺院，日日倾听着晨钟暮鼓，千百年来守护着缭绕的香火和青灯古佛，这也是一份信念的执著吧。

从 20 世纪 30 年代起，至中日战争爆发，林徽因和梁思成两个人坚定的足迹错错落落地刻印在大半个中国上，走遍了全国 15 个省，近 200 多个县，2000 余处中国古代建筑遗构上有他们用标尺划过的痕迹，而他们所做的一切，为中国古代建筑研究奠定了坚实的科学基础。

林徽因不仅陪同梁思成多次参加了古代建筑的野外调查，而且还同梁思成合作或单独撰写了调查报告多篇。其中，林徽因独立完成了 20 余篇有关建筑的论文、报告、序跋，发表在专门的学术刊物——《中国营造学社汇刊》上。它们至今仍被这个行业的专家们认为具有很高的学术价值；而她为我国古代建筑技术的重要工具书《清式营造则例》所写的序，已成为这个领域中所有研究者必读的文献了。

身体固然病弱，但艺术家的精力是旺盛的。在此期间，林徽因还忙里偷闲，为北平大学设计了地质馆和灰楼学生宿舍。

1937 年抗日战争爆发后，朱启钤坐镇北平，林徽因一家随同营造学社和史语所，带着支撑他们精神世界的宝贵资料，一同踏上南下的流亡之路。在梁思成、刘敦桢的带领下，中国营造学社同仁辗转于云南昆明、四川李庄等地继续着建筑文化遗产的保护与研究工作。

相对于前期成就而言，这一阶段的中国营造学社因战争和经费拮据的影响，难以进行田野调查与实地测绘工作，工作的重点便转移到学术著述上来。《中国营造学社汇刊》《中国建筑史》《图像中国建筑史》《建筑设计参考图集》《清式营造则例》《工段营造录》《营造算例》《曲阜孔庙之建筑及修葺计划》《同治重修圆明园史料》等经典学术论著均撰写于这段无比艰辛的岁月。

在四川李庄，当哈佛教授费正清以美国驻华大使特别助理的身份来华专程拜访林徽因一家时，他震惊了，他们家里一贫如洗，简陋不堪。曾经那么光彩照人的一代佳人林徽因躺在堆积如山的资料和文稿中，瘦弱不堪，但饱受病痛折磨的林徽因并不憔悴，她依然神采飞扬，见到老朋友更是兴奋不已，打开话匣子后便口若悬河，侃侃而谈。从梁思成和林徽因身上他读出了中国知识分子的良知与血性。费正清教授不禁感慨："林，我已经明白，你的事业在中国，你的根也在中国。你们这一代知识分子，是一种不能移栽的植物。"

1943 年 11 月，十一万字的《中国建筑史》手稿终于完成，夫妇俩热泪盈眶，感慨万千。这不仅是中国营造学社十二年的心血，更是中国人自己的第一部建筑史。梁思成还写了一个英文的节录本《图像中国建筑史》，在这本书的前言中，梁思成深情款款地写道："我要感谢我的妻子、同事和旧日的同窗林徽因。二十多年来，她在我们共同的事业中不懈地贡献着力量。"

《中国建筑史》和《图像中国建筑史》两部开创性专著，破解了中国古代建筑结构的奥秘，实现了对宋代《营造法式》这部"天书"的现代解读，为中国建筑学作出了独特贡献。

这些论著和相关研究基本上厘清了自汉代至清代古建筑的历史脉络，掌握了自北魏至清代的建筑实物资料。已故著名建筑学家戴念慈将中国营造学社的历史功绩归结为以下五点："首先它把中国传统建筑用现代科学的方法进行整理研究，在十几年的时间里，编写了大量质量高的资料和文章，这是第一大功绩；第二个功绩就是培养了一批研究中国传统建筑的人才，这批人才现在还是研究中国传统建筑的骨干中坚分子；第三个功绩是中国营造学社治学方式方法的影响深远，这方式就是从测绘入手来研究中国古建筑的发展过程和规律；第四个功绩就是把中国的传统建筑学传播到外国去；第五个功绩就是对文化遗产的保护，在中国营造学社时代写出了多篇关于保护古建筑的文章。"但是，戴念慈的总结中似乎忘记了中国营造学社所创造的一个最大的历史功绩，那就是它开创了中国人自己研究中国建筑史学问题的先河，并建立了中国现代建筑史学体系。

1946 年 7 月，林徽因一家由昆明乘飞机返回魂牵梦萦的北平。梁思成被聘为清华大学建筑系主任。但一切尚未就绪，梁思成被教育部和清华大学委派赴美国考察战后美国的建筑教育。同时，他接到耶鲁大学邀请，请他作为 1946－1947 学年的客座教授讲授中国建筑和艺术，普林斯顿大学则邀请他参加"远东文化与社会"国际研讨会。在此期间，梁思成又被外交部推荐，出任联合国大厦设计顾问团的中国代表。梁思成临出发时，把清华建筑系成立和运转的初期工作交给了爱妻林徽因。经历过和夫君在东北大学创建第一个建筑系的白手起家的全过程，林徽因经验十足，她义不容辞地为丈夫做了大量的工作。

1949 年后，作为建筑学家的林徽因，生命中的巨大创造力再次燃放出了璀璨的火焰。

1949 年 7 月，为了给新中国的成立进行筹备，梁思成、林徽因迅速组建了国徽设计组。他们决定设计出不仅具有中国特色而且更具有新中国意志的国徽。林徽因与清华大学建筑系几位教师共同设计了"中华人民共和国国徽图案"，在向中国人民政治协商会议筹备会提交的设计图稿中，选择了用稻穗做外廊，用齿轮来连接左右两边的稻穗，并用富丽的帷幔铺底，以加强国徽整体的稳重感。时任总理周恩来见到国徽设计稿后大加赞赏："稻穗向上挺拔，可以表现时代的精神风貌嘛，从造型上也更为美观。" 1950 年 6 月 23 日，全国政协一届二次会议上，中华人民共和国主席毛泽东提议全体代表起立，鼓掌通过了清华大学国徽设计组设计的国徽。病弱的林徽因在掌声雷动中热泪盈眶。

生活中缺少的的确不是美，而是善于发现美的眼睛。对于美丽的国宝景泰蓝，在其制作工艺的发展中，也应该感恩于一位美丽女子的垂青和眷恋吧？哪怕就是一次病后的散步，一次偶然的发现。因了一个女子的慧眼、慧心，于景泰蓝的传统工艺，那一刻便获得了得以改造并创新的机会。

为了拯救日渐衰落的景泰蓝工艺，清华大学的建筑系专门组建了一个工艺美术设计组，它的主要任务是设计景泰蓝的新图案。此时的林徽因已经病弱到不能提笔构图，但她依然不断为景泰蓝的艺术创作寻找新的突破口。她拖着病体参观了常书鸿举办的敦煌艺术展，在美丽的敦煌壁画前，她灵感乍现，如此绝美的图画如能用于景泰蓝工艺该多好！于是，立刻着手绘制以飞天为主题的景泰蓝图案，烧制出来的景泰蓝简直让人叹为观止！后来，林徽因设计的这款景泰蓝作为和平礼物，赠送给了 1952 年"亚洲及太平洋区域和平会议"的与会人员。当时，苏联著名的芭蕾舞演员乌兰洛娃捧着飞天景泰蓝，爱不释手，连声赞叹："这是代表新中国的礼品，真是美极了！"

林徽因却无暇沉浸在成功的喜悦里，人生中一项更重要的任务正等着她去完成。那就是人民英雄纪念碑碑座纹饰和浮雕图案的设计。

1952 年，严谨的女建筑家一如既往地全身心投入了工作。尽管那时她已经病得不能下床了，她的办公桌就安排在病榻的隔壁，由助手帮忙绘制她的创意。

无数个不眠之夜，她和助手绘制了数百张草图，最终选定用花环来做纪念的装饰，象征和平的橄榄枝环抱着牡丹、荷花、菊花。这个花环，寓意着革命先烈的高贵、纯洁和坚韧，因为正是先烈们用宝贵的生命换来了和平。

美丽智慧的女建筑师用圣洁的花环来祭奠英灵，也用圣洁的花环来默默告慰自己为建筑艺术执著追求的一生。国徽、景泰蓝、人民英雄纪念碑，世人哪怕只参与其中一项工作，也足可引以为荣了。

第五章
魂系建筑

真爱无痕，大爱无疆。在梁思成、林徽因这两位建筑学家的身上，真爱和大爱，得到了最好的诠释。

1944年，时任中国战区文物保护委员会副主任的梁思成，奉命向美军提供中国日占区需要保护的文物清单和地图，以免盟军轰炸时误伤文物。这份材料，是梁思成呕心沥血完成的。但梁思成希望美军也将另外两个不在中国的城市——日本的京都和奈良，也排除在轰炸目标之外。

因了国恨家仇，梁思成先生进入营造学社后从不与日本人交往。在长沙日军敌机大轰炸的烈火中，谦谦君子的梁思成怒吼："多行不义必自毙，总有一天我会看到日本被炸沉的！"

当梁思成提出保护京都和奈良的建议时，在当时的人们看来，这是一个难以理解的建议，而且，也超出他的工作范围。但他毅然这样做了，而且并不是临时起意。他的弟子这样记载当年从事这项工作时的情景："他们住在重庆上清寺中央研究院……每天，梁先生拿过来一些图纸，让罗哲文根据他事先用铅笔标出的符号，再用绘图仪器绘成正规的地图。罗哲文虽然没有详问图纸的内容，但大体可以看出，地图上许多属于日本占领区的范围。而梁先生用铅笔标出的，都是古城、古镇和古建筑文物的位置。还有一些地图甚至不是中国的。当时罗哲文虽然没有仔细加以辨识，但有两处他是深有印象的，那就是日本的古城京都和奈良。"

面对质疑，梁思成这样回答："要是从我个人感情出发，我是恨不得炸沉日本的。但建筑绝不是某一民族的，而是全人类文明的结晶。"由于奈良附近的军事目标众多，1945年，盟军不得不作出对其进行轰炸的决定。而为了最大限度地保护奈良的历史文化遗迹，盟军需要一张标明详细文物地点的地图。这一次，画这张图的，是林徽因。

1948年底，清华大学所在的北平郊区解放了。解放军包围了古都北平。林徽因夫妇想到城内无数巍峨壮观、雕梁画栋的古建筑也许将毁于战火，顿时忧心如焚，寝食不安。

1949年初的一天，两位解放军战士突然造访林徽因家，并摊开北平军用地图，请求他们用红笔圈出一切重要文物古迹的位置，以便万一大军被迫攻城时尽可能予以保护。夫妻俩意外、感动之余，立即应解放军的请求，废寝忘食地编写《全国文物古建筑目录》。此书后来演变成为《全国文物保护目录》，为解放大军在战火中保护文物古建筑提供了重要依据。

1950 年，林徽因受聘为清华大学一级教授，被任命为北京市都市计划委员会委员兼工程师，梁思成是这个委员会的副主任。夫妇二人对未来首都北京的建设充满了美好的憧憬。

18 世纪，北京曾是世界上规模最大、布局最完整、规划最科学、建筑成就最高的封建帝国首都。至今西方大学建筑系的教科书中，北京古城规划仍是浓墨重彩的一笔。又经过两个多世纪的漫漫风尘，千年古都虽屡遭战火，遍体鳞伤，但承载丰富历史文化信息的城市肌体尚存。林徽因在《北平建筑杂录》里深情吟咏："无论哪一个巍峨的古城楼，或一角倾颓的殿基的灵魂里，无形中都在诉说，乃至于歌唱，时间上漫不可信的变迁……"在林徽因眼中，饱经沧桑的亭台楼阁、寺庙塔院是有灵魂的，而且是厚重的历史最可信赖的证物。这些古城楼分明在为昔日的繁华吟咏着缠绵悱恻的挽歌。严谨的科学研究工作并没有损害林徽因诗人的气质。相反，这两方面在她身上总是相得益彰。她能从冰冷的砖木里读出诗意。她所写的学术报告独具一格，许多段落读起来竟像是充满了诗情画意的散文诗。

梁思成、林徽因夫妇想把北京城这"都市计划的无比杰作"，作为当时全世界仅存的完整古城保存下来，使之成为一个"活着的博物馆"留给后人。然而，这种一厢情愿，毕竟来自他们的一身书生意气！万万没有料到，他们一生魂之所牵、情之所系的古建筑研究与保护工作，尤其是北京城的前景规划，注定要在那个"日新月异"的新时代遭到毁灭性的重创。

梁思成说："如果世界上艺术精华，没有客观价值标准来保护，恐怕十之八九均会被后人在权势易主之时，或趣味改向之时，毁损无余。一个东方老国的城市，在建筑上，如果完全失掉自己的艺术特性，在文化表现及观瞻方面都是大可痛心的。"很快，梁思成就切身感受到了这种锥心的痛苦。

1953 年 5 月开始，对古建筑的大规模拆除开始在北京这座古城瘟疫般蔓延。时任北京市副市长的吴晗承担起了解释拆除工作的任务。梁思成听说四朝古都仅存的一些完整的牌楼街将毁于一旦，他急忙找到吴晗据理力争，试图挽回牌楼街的拆除之灾。但最终于事无补，梁思成气得当场失声痛哭。《城记》里有这样的记载："毛泽东对上述争论定了这样的调子：'北京拆牌楼，城门打洞也哭鼻子。'这是政治问题。"

但更令两位建筑学家始料不及的事还在后面。

当时，北京还有四十六公里长的完整的明清城墙，巍巍然，环抱着一座千年古都。林徽因赞誉其为"世界的项链"。1935 年，她在自己的小诗《城楼上》深情赞美：

> 你爱这里城墙，
> 　古墓，长歌，
> 蔓草里开野花朵。

林徽因曾有一个绝妙的构想，想让城墙承担北京城的区间隔离物，同时，变外城城墙和城门楼为人民公园，顶部平均宽度约十米以上的城墙可砌花池，栽种花木；双层的门楼和角楼可辟为陈列馆、阅览室或茶点铺，以供市民休息娱乐、游戏纳凉；护城河可引进永定河水，夏天放舟，冬天溜冰。这样一个环城的文娱圈、立体公园，将是全世界独一无二的"空中花园"。林徽因幻想着未来的北京规划，她期待着一场视觉的盛宴，她还为自己的绝妙设计画出了详细的草图。然而，"城墙公园计划"注定只能是女建筑家的一厢情愿。

> 最终，北京市的规划不仅仅拆毁了城墙、城楼这些"土石作成的史书"，也无情葬送了林徽因的美梦。五百年古城墙，还有那被无数诗人、画家看作北京象征的角楼和城门，在摧枯拉朽中，全被判了极刑。视古建筑为生命的女建筑家几乎急疯了。她拖着病体，到处奔走，大声疾呼，苦苦哀求，甚至到了声泪俱下的程度……然而，据理争辩也罢，苦苦哀求也罢，哪怕强烈抗议也罢，统统无济于事。（引自梁从诫《倏忽人间四月天》）

所有保护北京的古建筑和文化遗产的努力，因为与新时代的城市规划大相抵牾，一条完整的明清城墙转瞬之间即化整为零，大部分墙砖被用作修房子、铺道路、砌厕所、建防空洞。这对于同为建筑家的梁思成夫妇来说，无疑是一场噩梦。

一次出席文化部酒宴，正好碰上了也是清华历史系出身的北京市副市长吴晗，林徽因竟在大庭广众之下谴责吴市长保城墙不力。一向温婉的她冲动地指着吴晗义愤填膺地说："你们真把古董给拆了，将来要后悔的！即使再把它恢复起来，充其量也只是假古董！"激烈的言辞尽显一位建筑学家的执著与刚烈。因为林徽因知道没有古建筑的城市将是一座浅薄的、没有历史厚重感的城市。

现实验证了林徽因沉痛的预言。四十年后，大约是1996年的岁末，北京市开始修缮一小部分破损的明清城墙，整个北京城掀起了一场捐献旧城砖的活动。当然，这个让人啼笑皆非的景观，林徽因永远看不到了，这原本也是她最不想看到的一幕。如果一座建筑，改变了它旧有的面貌，即使勉强维修，它的灵魂早已是消失殆尽。

对于古建筑，人们一边毁坏着，一边在修补着。古建筑是时间和历史的符号，不管现代技术有多么先进和高明，而时间不可能回到原始坐标，历史古迹也不能被修复到原貌，即便修复，正如林徽因所言，也只是一个面目全非、让人别扭的赝品。属于建筑本原的风骨和特质，经过不断人为的劣质修葺，其中的历史和时间会渐渐模糊，原本可以想象、感知的空间，却被人为地擦除和篡改。就像在一幅古画里偏偏走出一个乔装成古人的现代人，再怎么涂脂抹粉，也难掩现代人的气息，哪有古人的一丝味儿？徒生掩耳盗铃之嫌。

古都北京终于跟林徽因的美丽梦想背道而驰了，她心中的那个瑰丽的古都梦，完全在现实中沦陷了。代之而来的则是拔地而起的高楼大厦。五百年来，历改朝换代的兵灾而得以完整幸存的北京古城墙，却在和平建设中被当作封建余孽而被彻底铲除了。林徽因在病榻上眼睁睁地看着这场梦魇一般的情景，除了撕心裂肺般的痛楚阵阵袭来，她还能如何呢？就像对自己的疾病束手无策一样，她只能陷入深深的苦痛之中。

而作为妻子的林徽因，更不会预知，1955年以后的命运将会以一种什么样的姿态等待着她的丈夫。为避免刺激，亲友们封锁了批判"梁思成资产阶级唯美主义的复古主义建筑思想"的种种消息，但女人的第六感觉和身为人妻的敏感，还是让她从细微处察觉出来了。她忧愤交加，拒绝吃药，终于在那个春寒料峭的日子，1955年4月1日清晨，林徽因离开了相濡以沫的丈夫梁思成，离开了她的一对引以为自豪的儿女，离开了她眷恋一生的建筑事业，也永远离开了这个喧闹的世界。

在政治风潮带来的昏天暗日中，美丽的建筑家林徽因终究没能战胜缠身三十年的病魔，走了……

林徽因告别了尘世，告别了尘世里所有喜爱她也或嫉妒她的世人，当然，也告别了她倾注了毕生精力、挚爱的那些数不尽的中华古建筑。她最终离开了这个山雨欲来的世界。与世长辞那一刻，林徽因年仅51岁。对中国文化颇有研究的汉学家史景迁曾说，林徽因是"在寒风凛冽的北京，在最后一堵庞大的古城墙颓然倒塌之时"去世的。虽然她企图拼尽最后一丝力气去保护最后一堵古城墙免于人祸，但古城墙最终还是倒塌了。颓然倒塌的巨大声响，那是古城墙在控诉？在哭泣？美国前总统卡特曾说过：我们有能力建无数座曼哈顿、纽约，但我们永远没有能力建第二个北京。

　　林徽因的遗体安葬在八宝山革命烈士公墓，整座墓体由梁思成亲手设计，墓身没有一字碑文，似乎在无言地倾诉着世人对一位伟大女性的深情缅怀。然而，就像她拼尽全力挽救的北京古城墙没有幸免一样，"文革"中，她的墓碑也被清华大学的红卫兵所砸碎，她在病榻上为人民英雄纪念碑所画的图稿被付之一炬，她灵气十足的诗作文章，也有很多在浩劫中毁失殆尽……或许，早逝对她也是一种仁慈和解脱吧！在那"寿则多辱"的荒唐时代，以她的率真、执著和优雅，一定难逃劫难。她曾经写过一首诗《死是安慰》（原载 1947 年 1 月《益世报》文学周刊第二十二期）：

> 个个连环，永打不开，
> 生是个结，又是个结
> 死的实在，
> 一朵云彩。
> 一根绳索，永远牵住，
> 生是张风筝，难得飘远，
> 死是江雾，
> 迷茫飞去。
> 长条旅程，永在中途，
> 生是串脚步，泥般沉重，
> 死是尽处，
> 不再辛苦。
> 一曲溪涧，日夜流水，
> 生是种奔逝，永在离别！
> 死只一回，
> 它是安慰。

　　死是安慰！好一个死是安慰！林徽因先生终于摆脱了病魔对她的折磨，摆脱了非常人而能承受的身体的疼痛和心灵的创伤。相信，勤勉一生，知性一生，也美丽一生的林徽因，那一刻一定彻底获得了解脱。抛弃了一副被病痛折磨得消瘦不堪的肉体，一位女中人杰，飘飘然然地去了再也没有疾病和伤痛的天国。

记得有这样一句话：死亡是另外一种状态。那当然是指一种宗教精神。其实，死亡不仅仅是一种哲学上的状态，如林徽因先生所悟："于大千世界，于滚滚红尘，于芸芸众生，死亡也是一种安慰。"先生之所悟，不妨看作是一位美丽的建筑学家对生命的深深禅悟！

"一身诗意千寻瀑，万古人间四月天"，这是痴恋了林徽因一生的蓝颜知己金岳霖和另一位林徽因的生前挚友邓以蛰教授联名献给林徽因的挽联。

　　生存的历练成就魅力四射的人生。能够得到上天赐予的灵气，也许不太难，但能让其永远保持并大放异彩则是难于上青天。林徽因的美丽是时代造就的，更是她凭借自身坚强的毅力与不凡的人格在颠沛流离中承受种种磨难，最终成为"近代中国第一位杰出的女建筑学家，在中国建筑史上具有重要的地位和影响。林徽因长期从事中国建筑研究和建筑教育事业，是我国用现代科学方法调查研究中国古代建筑遗构的开拓者，一生追求中国建筑的民族形式。"（引自《林徽因的建筑人生》）。

悟不透的民国旧梦，无以复制的一代才女！民国那一代知识分子群体的独特气质从林徽因的身上清晰可见。而眼下这个物欲横流的快餐时代，虽可以包装甚至批量生产出无数耀眼的明星，但却已经不可能再拥有同样气质的"林徽因"了。"林徽因"，作为一个文化概念，其来自民国时期的温润风华，早已不堪世事之激烈演进和冲击，人间四月天，正在渐行渐远……

第二卷
Chapter . 02

诗人林徽因：
一身诗意千寻瀑

爱的，不爱的。一直在告别中。

——林徽因

在梦里
乘着一叶小舟，踏水而来
粉墙黛瓦、烟雨长廊、古街深弄
小桥流水、波光桨影、垂柳依依
你是幽远的一幅画、一首诗、一阕词……

第一章
江南水韵：坠入凡间的精灵

杭州，林徽因的出生地。上有天堂，下有苏杭，杭州是一座散发着浓厚文艺气息的古城。这位江南女儿自出生的那刻起，兴许就浸润了西子湖畔的诗情画意。

胡适誉林徽因为民国第一才女，或许很大程度上是陶醉于她的诗情。建筑学原本是林徽因一生为之孜孜以求的"主业"，业余写诗，对于林徽因而言，只是属于她的"副业"而已。谁能料及，正是一颗玲珑剔透的诗心，析出了林徽因独立于世的诗人情怀，成就了她美丽而浪漫的一生。

思汝忆汝……

时光流溢在杭州古巷的青石板路上，习习清风，依稀带着呢喃般的吴侬软语，似是在向人间倾诉着什么。森森万树，悠悠白云，一座杭州古城犹如一位久别重逢的故人，又宛如一块被时光打磨过的古玉，温润而清莹。

杭州古城里的里弄小巷不计其数，世事变迁，风云变幻，古城里的那条200余米长的陆官巷，那条曾留下过林徽因呱呱坠地之时哭声的巷弄，那条曾装着林徽因童年梦想的巷弄，如今，已经默然消逝于尘世了。

不见昔日那条宁静而古朴的巷弄，人们只能从西湖边的那尊林徽因的纪念雕像上找到些许的寄托。只缘雕像上散发出的隐隐约约的空灵，或又更让尘世里的那些追寻林徽因的人，平添几许难抑的惆怅和失落。

然而，当你被一个幽幽的历史符号所唤醒的那一刻，又会真实地感觉到，所谓"不以境寂而色逊，不因谷空而貌衰"确实是人之常情。

人们还在怀想着陆官巷的每一个角落，人们还在追忆一直铺向巷弄深处的那条磨得溜光的麻石板路，人们还在寻找林徽因留在巷弄里的童年时光。甚至人们还在想象着温煦的春风带着无边的凉爽；想象着一间老屋和沉睡在夕阳里的绿柳交相辉映；想象着一个俊俏的小女孩，从一幅江南水乡的水墨画里走来……

今夕何夕？历史穿越了深藏在老巷中的时空，谁能怀疑，一个随之而来的旷世美丽正与一条被时光淹没的老巷盈盈相拥。

清光绪三十年，即公元1904年。那一年杭州西子湖畔的荷花似乎开得特别娇艳，莲花朵朵，游人如织。淡淡的荷香随风飘溢，白荷红莲，交相辉映，让人眼迷心醉。而陆官巷里则一如既往的沉静，那条黛青色的麻石路，仍在冷幽无声的巷弄里寂静地守望着身边的生灵。

同年六月十日。陆官巷的一座老宅院里，进士林孝恂的长子林长民的夫人何雪媛正在分娩。这是她嫁到林家八年后的第一次怀孕生产，想到夫君平日里漠然的眼神，她的泪便慢慢浮上眼眶。但何雪媛一想到即将要做母亲，母以子贵，自此，自己或会在孩子父亲的心中金贵起来？满心的喜悦又悄悄地在她心底升起。院子里，一缸白莲正静静地含苞待放。

婆婆游氏指挥着产婆忙前忙后。婆婆曾生育两子五女，做母亲的经验十足。对眼前这个目不识丁又娇生惯养、不善于操持家务的儿媳，婆婆其实一直隐隐不太喜欢的。但对即将分娩的儿媳，婆婆倒平添了几许怜爱和期待。毕竟是为林家添丁进口，何况还是长子的第一个孩子，游氏的期待当然更甚一些。但长民的第一个媳妇死得早，来不及给林家生个一男半女，这多少让婆婆游氏心存几许怨尤。想象得到，眼下何雪媛生下的如果是一个男孩，将是林家的第一个孙子，也是林家期盼已久的香火。即便是女孩，也会视为掌上明珠，因为，对于寂静了许久的林家老宅，那会带来喜气和热闹。

"不管男孩女孩，平安就好，平安就好！"婆婆不停地安慰着儿媳。在婆婆温柔的目光注视下，何雪媛的疼痛似乎减轻了不少。

其实，在等待着儿媳生产的婆婆，也开始焦虑不安起来，她静静地走到用布帘隔开的神龛跟前，在香炉里轻轻插上了三炷香，然后双手作揖，虔诚地对着观音菩萨念念有词。香烟袅袅升起，檀香瞬间弥漫了整间屋子。何雪媛从淡淡的檀香中，依稀感觉到了头发斑白的婆婆正跪在神龛前，凝视着送子观音那无比光洁、慈祥的脸，她似乎听见婆婆在默默祷告："慈悲的观音娘娘，请保佑母子平安，请赐我一个孙子吧！……"

"瓜熟蒂落，到了时辰，孩子会落地的，菩萨也会保佑你的……"婆婆又回到儿媳妇身边柔声安慰。

何雪媛在心里暗暗念叨着，祈求着，迎来了一阵接一阵排山倒海般的剧痛……终于，那一刻来临了，她听到了婴儿的那一声响亮而清脆的啼哭……

她仰起汗津津的脸，用仅存的一点气力问产婆："男……男孩……还……还是……？"

不等何雪媛问完，产婆笑脸吟吟相告："恭喜恭喜，是千金。好漂亮的一个千金！"产婆似乎刻意提高了两分嗓音，好让何雪媛的婆婆也听见。

有人这样说过："或许上苍为了平衡，既然给了林徽因一个十分优秀的父亲林长民，那么为她安排的母亲何雪媛只能是平凡而又平凡的女性了。"（引自陈学勇《林徽因的一生》）这个有趣的"神论"，对于我们理解林长民、何雪媛和林徽因，多少也是一个说辞。天不遂人愿，惟亦不绝人愿，平凡而又平凡的何雪媛，毕竟也给了林家一个交代，她彻底释放了。她来不及再想什么，浑身一下子绵软下来。历经了生命里的一场生死大劫，实在太累，她迅即就沉沉睡过去了……甚至没来得及看一眼自己拼尽全力生下的女儿。

院子里的一缸白莲一夜绽放，清香四溢。

平凡的何雪媛绝对想不到，虽然，她没为林家生下期盼已久的男孩，却为夫君诞下了前世的情人。灵气逼人的女儿赢得了一家人的疼爱。然而，更令她想不到的是，自己的女儿长大后能抵万千儿男！一代旷世奇女之生前身后，自此让世间多少须眉男子魂牵梦萦？

几天后，婆婆游氏抱着襁褓里的女婴来到丈夫的书房。已荣升为祖父的老学究林孝恂细细端详着爱孙。虽为女婴，但小脸蛋粉妆玉琢，尤其是一双黑葡萄般的眼睛，那么纯净、晶亮，直透着一股灵气。这女婴简直就是她父亲林长民的翻版，五官神态，几近如出一辙。而林长民又长得极像其母亲游氏。祖父抱着初生的婴儿喜不自禁，顺手从书架上抽取了一本线装《诗经》，翻到《大雅·思齐》，老人家轻轻吟诵起来：

> "思齐大任，文王之母，思媚周姜，京室之妇。大姒嗣徽
> 音，则百斯男。"

"大任端庄又严谨，文王父母有美名。周姜美好有德行，大王贤妻居周京。太姒继承好遗风，多子多男王室兴。大姒嗣徽音，则百斯男。我的第一个孙女就叫'徽音'吧。'嗣'即继承的意思，'徽音'即美德、美誉也。"老进士久久凝视着爱孙，意味深长地又说："当然，更希望我们家'徽音'作为林家长孙女，能做弟弟妹妹们的表率。"听得出老进士所言的另一层意思，那便是寄希望于儿媳妇，能像周文王的妻子大姒一样继承美德，不断为林家添丁加口。

自此，这美丽而富有文化内涵的"徽音"二字，便独属于这个林家长孙女了。毋庸怀疑，美丽和内涵，一直是人类文化属性中最为重要的两者，而这两者之天衣无缝的完美结合，则实在是可遇不可求的美事！今人看来，林孝恂在故纸堆里找来的两个字，于林徽因，不期成了名副

其实的写照。已经不止于是一个现代文学史上让人仰望的文化概念，林徽因，也应该是中国文化中的一个破天荒的美谈！

后来，林徽音易名为林徽因，又是何故呢？改徽音为林徽因，那已经是20世纪30年代的事情了。

那时候正是林徽音（因）的文学创作鼎盛时期，诗作频频发表，不巧，当时上海也有一位擅写花边文学的男性作家林微音，林微音系江苏苏州人，文字功夫不浅，也算当年上海滩中海派文人里的一个人物。林微音当年在文字江湖中主要吆喝红男绿女的故事，其较为知名的作品是中篇小说《花厅夫人》和《白蔷薇》。林微音与新月诗人兼出版家邵洵美过从甚密，曾在邵主办的《金屋月刊》《时代画报》等刊物上发表过小说。

不过，林微音实在不成器，其让后世诟病之主要原因系因其染上了抽鸦片的恶习。由于一些事情的不如意，林微音的鸦片瘾渐渐上了身而不能自持，本来他在经济上并非十分宽裕，如此便愈发陷入窘境中。而更让当年上海文字界不解的是，林微音居然接受了汪伪汉奸政府的津贴，充当汉奸的喉舌。鲁迅甚至骂其为"最低能的一位""叭儿们中的一匹"。

林微音和林徽音，仅一字之差，但"微"和"徽"在字形和读音上确实极其相似，读者经常张冠李戴。报纸杂志也难免把他们的名字相混淆。为了避免引起误会，林徽音不得不考虑改名。1931年10月5日，林徽音在《诗刊》第3期上首次署笔名"林徽因"发表诗作，徐志摩则在《诗刊·叙言》中附带作声明一则："本刊的作者林徽音，是一位女士，《声色》与以前的《绿》的作者林微音，是一位男士，他们二位的名字是太容易相混了，常常有人错认，排印亦常有错误，例如上期林徽音即被刊如'林薇音'，所以特为声明，免得彼此有掠美或冒牌的嫌疑！"徐志摩的言论看上去不偏不倚，实则和林徽音一唱一和。

但从徐志摩的声明中，似乎读不出林徽音改名的事实，声明只是在强调两者的区别！林徽音本人也感觉到了徐志摩这份声明的分量尚还不足以消除人们可能产生的误会，于是后来才干脆将名字改作"林徽因"，以彻底摆脱无谓的麻烦。林徽音为此专门做了说明："我倒不怕别人把我的作品当成了他的作品，我只怕别人把他的作品当成了我的。"民国才女的口吻里虽然不乏俏皮处，但言辞间尽显一片自信、高傲之心。

从此，林徽音便改名"徽音"为"林徽因"，"林徽因"三个字，也从此铸成了中国文坛上的一块永远的丰碑。

永远的杭州城，永远的林徽因，永远如诗如画的人间四月天！钱塘江的潮水一浪接着一浪地拍打着这座古城，那是在为一个精灵般的婴儿诞生人间而欢欣。

随着白莲绽放而降临人间的那个江南女儿，似乎从出生的那一刻起，就浸染上了人间天堂的天然诗情；从杭州城里走出来的那个江南女儿，用自己的情，用自己的爱，用自己美丽的诗歌，自我塑造了一个不朽的概念，那便是"20世纪中国的才女"。如今想来，林徽因的生母，一位缠着小脚的女人，许久都没有从自怨自艾中走出来的何雪媛，当年或还浑然不觉，自己的女儿就是坠入凡间的精灵！

无疑，林徽因的降生，为杭州陆官巷里的一座古宅深院带来了更多的笑声。多年以后，人们从林徽因的诗作《笑》里，似乎又发现了诗人为笑而来去，为笑而坦然面对人生的那份悠然的情致，诗人笔下的《笑》，洋溢着她的那份天真而纯情的愉悦：

> 笑的是她的眼睛，口唇，
> 和唇边浑圆的漩涡。
> 艳丽如同露珠，
> 朵朵的笑
> 向贝齿的闪光里躲。
> 那是笑——神的笑，美的笑；
> 水的映影，风的轻歌。
> 笑的是她惺忪的卷发，
> 散乱的挨着她耳朵。
> 轻柔如同花影，
> 痒痒的甜蜜
> 涌进了你的心窝。
> 那是笑——诗的笑，画的笑
> 云的留痕，浪的柔波。
> （原载一九三一年九月《新月诗选》）

第二章
姑母启蒙：兰之猗猗扬扬其香

林徽因出生时期，正值晚清，腐朽没落、摇摇欲坠的晚清政府，犹如风中残烛，似乎，稍一不慎，微弱的火苗就会熄灭。

自万恶的鸦片输入中国以来，国民眼睁睁看着各国列强在中国大地上肆意掠夺、蚕食，懦弱无骨的晚清统治者一次次地上演"拱手河山讨他欢"的悲剧，奴颜婢膝之态，几让国民陷入深深的失望之中。

但泱泱中华也不乏有为之士，于是变法维新，晚清统治苟延残喘。而这样一个充满变革，期盼治国开明，渴望国门开放的时期，也让年幼的林徽因受益无穷。

林徽因曾说，杭州只是她的"一半家乡"。林氏一门原籍福建闽侯，曾经是福建一带的名门望族。林徽因祖父林孝恂乃光绪己丑科进士，与康有为同科，被授予翰林院编修。初为政知县候选，历任浙江海宁、石门、仁和各州县。对于林徽因的家族来说，他的祖父林孝恂就是开明的肇始。

老进士一生饱读诗书，儒雅明达，他曾经手书一副对联："书幌露寒青简湿，墨花润香紫毫圆。"这副对联正是老进士儒雅生活的写照。

林孝恂，光绪年间系以进士之身列翰林之选。一生思想开明，关注教育，处世与时俱进，一贯主张"求新还须知故"的教育理念。林孝恂在崇福当知县时，正好遇上废八股、兴学堂之风兴起，作为父母官，林孝恂积极响应朝廷新政，并在杭州设立林家私塾，倡导男女平等，不管男孩女孩都一样接受教育。最独特的是林家私塾设东西两斋，东斋传授国学，西斋教授新学。

林家私塾，名师荟萃，既有林纾主讲四书五经，也有林白水教授天文地理，还有外籍老师给孩子们教授英文、日语等，可谓中西合璧。他曾多次资助族中青年学生赴日留学，这些青年才俊纷纷参加孙中山领导的赫赫有名的革命运动。其中，有持一纸《与妻书》为创建民国而凛然殉道的革命志士林觉民；有与林觉民一起喋血黄花岗的烈士林尹民（林徽因的堂叔），有为光复福建而努力的林肇民。他们最初都得益于林孝恂之开明练达的人文观的滋养，来日终成大事，青史留名。

辛亥革命后，许多前清官吏纷纷选择叶落归根，回老家置田买地，安享晚年，但林孝恂却在上海投股商务印书馆，以助现代出版事业，虽人处晚境，却始终非寻常之辈。

林徽因幼时，一直与慈祥的祖父、祖母为伴。血缘是个很奇妙的东西，它会在后代身上忠实延续。林徽因熠熠生辉的双眸像极了祖父，而精致的五官则又来自祖母的隔代遗传，她骨子里浸润了江南女儿的那份婉约和典雅。

5岁的时候，还是幼稚孩童的林徽因，随祖父、祖母迁居至杭州蔡官巷一座老宅院。在这里，虽然只居住了短短三年光阴，却渐渐启开了一位江南才女极富诗意的情怀。

小林徽因虽然还不谙世事，但特别喜欢这个新家。

一座挨着一座的白墙乌瓦式的旧房子临水而立，风吹水漾，清粼粼的屋瓦倒影俏生生地在水里颤动着，如当年蓝衫白裙的少女一般顾盼生姿。两岸民居的那些斑驳陆离的倒影在波澜微起的河面，柔柔地互为镜像，梦一般让人痴迷。泛着古色古香的石墩石桥默然静立，伴着依依垂柳的小河在静静流淌。一簇簇爬满屋顶的绿色植物，一间间历尽人间沧桑的古宅台门，其间落下多少历史风尘？又记下几多尘世里的故事？白墙黛瓦，铜饰门环，木门、木窗、木栅栏，悠悠而行的小船……古巷两旁，古风袭人，水弯几曲，流韵悠长。

小林徽因朦胧的记忆，曾被江南水乡的悠悠古院填满，依稀，我们还能从她后来的诗作《静院》里寻觅到踪影：

> 你说这院子深深的——
> 美从不是现成的。
> 这一掬静，
> 到了夜，你算，
> 就需要多少铺张？
> 月圆了残，叫卖声远了，
> 隔过老杨柳，一道墙，又转，
> 初一？凑巧谁又在烧香，……
> 离离落落的满院子，
> 不定是神仙走过，
> 仅是迷惘，像梦，……
> 窗槛外或者是暗的，
> 或透那么一点灯火。
> 这一掬静，院子深深的
> ——也有人叫它做情绪——
> 情绪，好，你指点看

有不有轻风，轻得那样

没有声响，吹着凉？

黑的屋脊，自己的，人家的，

兽似的背耸着，又像

寂寞在嘶声的喊！

石阶，尽管沉默，你数，

多少层下去，下去，

是不是还得栏杆，斜斜的

双树的影去支撑？

对了，角落里边

还得有人低着头脸。

会忘掉又会记起，——会想，

——那不论——或者是

船去了，一片水，或是

小曲子唱得嘹亮；

或是枝头粉黄一朵，

记不得谁了，又向谁认错！

又是多少年前，——夏夜。

有人说：

"今夜，天，……"（也许是秋夜）

又穿过藤萝，

指着一边，小声的，"你看，

星子真多！"

草上人描着影子；

那样点头，走，

又有人笑，……

静，真的，你可相信

这平铺的一片——

不单是月光，星河，

雪和萤虫也远——

……

（刊于1936年4月12日《大公报·文艺副刊》）

　　林徽因母亲虽出生江南商贾之家，却不能识文断字。于是，安顿好新家后，擅长书法也爱好吟诗作画的祖母，便一心筹划林徽因的幼学启蒙事宜。最终决定让她的大女儿，即林徽因的大姑母林泽民为小林徽因启蒙。祖母不想让聪明灵秀的小林徽因也重蹈她母亲的覆辙。

林家本是书香世家，祖父、祖母历来极其重视子女的教育。林泽民是林家长女，典型的大家闺秀，娴静自持。自小接受林家私塾教育，诗词歌赋、琴棋书画，样样精通，是兄弟姐妹的典范。大姑母出嫁后，依然常回娘家看望父母。

林徽因的这位大姑母就是林家的一株蕙兰。每日里"雨过琴书润，风来翰墨香"。正是这位娴静优雅、知书达理的大姑母，不仅教小林徽因识字、读书，甚至也教她书法和诗赋。著名语言大师季羡林先生曾说："恩师是人不可缺少的机遇。"在林徽因的求学生涯中，无疑遇到了许许多多多的老师，也承蒙了太多的师爱，但作为启蒙老师的姑母，其对小林徽因的谆谆教诲和循循善诱，不仅让小林徽因具有了良好的文化素养，而且为徽因将来成为一代才女，奠定了坚实的文学基础。大姑母的恩师之情深深地沉淀在了林徽因幼小的心灵深处。

林徽因童年的大部分时光都是和一群表兄弟、表姊妹在一起，他们都住在杭州祖父的老宅院里。二姑母英年早逝，留下一个乖巧的女儿，自小就在林家与小林徽因一起长大。无忧无虑的童年时光，小林徽因不光不缺玩娱的伙伴，也尽享大户人家少爷小姐们方有的闲情逸致。一年四季，祖父的老宅院犹如红楼梦里的大观园，让孩子们寻到了无尽的乐趣。

杭州，人间胜景无数。一到春光明媚的日子，林家的孩子们便在大姑母的带领下，到九溪游园赏花；夏至，又去西湖划船采莲；而遇秋高气爽的日子，则在郊外扑蝶；冬天来了，一群孩子更是兴奋不已，打雪仗、堆雪人，何其惬意！

大姑母特别喜欢聪慧的小林徽因，一直视为己出。和林徽因同父异母的弟弟林暄曾回忆："林徽音生长在这个书香家庭，受到严格的教育。父亲不在时，由大姑母督促。大姑母比父亲大三岁，为人忠厚和蔼，对我们姊兄弟亲胜生母。"无疑，这位贤惠温婉的大姑母弥补了林徽因亲生母亲之性格、文化方面的缺陷，此时林徽因的天地，犹如祖父庭院里的那一片金色阳光，温馨而灿烂。虽然林徽因的童年里也留下过若干阴影，并不像其他的小孩一样无忧无虑，但祖父、祖母和姑母林泽民，无疑成为了林徽因童年生活中最温暖的底色。

林徽因的灵气和好学，让大姑母欣喜，世界上哪位老师，不希望遇见一个天资聪颖、敏而好学的弟子？恰好小林徽因即是。她有极强的语言天分，几乎一教就会。据说成年后的林徽因也能娴熟地使用不同的语言。倘跟丈夫梁思成吵起架来，林徽因会用英语争辩；而跟佣人交流，则用字正腔圆的普通话；至于跟大字不识的母亲何雪媛说话，林徽因便用只有她母亲才听得懂的福州家乡话。

当大姑母发现了林徽因语言上的天赋异禀后，便尽其所能，悉心教导。梳着小辫的小林徽因手捧一册册线装书，在祖父的老宅院里，用清脆响亮的童声，诵背着《声律启蒙》《增广贤文》以及唐诗、宋词中的若干浅显的诗句。清词丽句充实着她小小心田，或许年幼的她还读不很懂字里行间的深意，但她如饥似渴地汲取着中华文化的经典，总是沉浸在淡淡的书香里。手不释卷的小林徽因，成了老宅院里最灵隽的一幕风景，见之，让年迈的祖父、祖母更是疼爱有加。而常年在外忙于政务的父亲，也总在牵挂着自己聪慧的女儿，经常忙里偷闲，回到老宅院，向女儿投去关注和慈爱的目光。他一次次惊喜地发现，自己身上的诗兴墨气已经晕染到了长女的身上，这个赋性灵慧的女儿与自己越来越相似。

差不多每个孩子的童年都有过出水痘的痛苦记忆。水痘病毒极易传染，所以在出水痘期间需要暂时隔离，不能与他人接触。6岁时，小林徽因出过一场水痘，对于几乎所有的小孩都要经历一回的痛苦，林徽因的感受却与众不同。

出水痘的那些天，小林徽因被家人告知不能跟兄弟姐妹们一起玩耍了，不能碰水，不能去外面吹风……满脸满身都是红豆豆，浑身发痒，却既不能抓，又不能挠，那种难受原本是痛苦异常的。但那一刻，本该安安静静地躺在病床上的小林徽因，却还在好奇地问大姑母："我得了什么病？"

"你在出'水珠'呢！忍一下吧，人生就这一回，得过以后就不会再得了。"睿智的大姑母如此安慰她。

原来林徽因的家乡把出水痘叫出"水珠"。"水珠"？多么美丽的名字呀，她一下子觉得自己满脸的"红豆豆"不再丑陋，就像西湖荷叶上晶莹的水珠一样可爱。

原本奇痒无比的水痘，在小林徽因的眼里一下子变得如此神奇和珍贵。她太喜欢"水珠"这名字了，完全忘记了它是一种疾病，心中竟然涌起了一种神秘的骄傲。有时，表姐妹们远远地躲在林徽因房间的窗口外，探着头用怜悯的语气问她："你在出'水珠'么？你很痒吗？很难受吗？"

"我脸上有美丽的'水珠'，你们没有，我怎么会难受呢？我感到喜欢还来不及呢！"小林徽因调皮地打趣道。

这异乎寻常的感受，就像窗口射进来的一缕阳光，让她心中涌起一丝不可捉摸、不可思议却又灵动而恬静的思绪。

多年以后，长大的林徽因才恍然大悟，这不可名状的思绪，这出乎意料的欢欣，那就是诗意！这样诗意的阳光照亮了她诗意的一生。"美丽的'水珠'"，这能否看作是林徽因最早显露的诗人灵气？

第三章
志摩影响：平林新月人归后

徐志摩在英国康桥（即剑桥）留学时，睁开了追寻"爱与自由"的双眼，在寻觅自由与爱情的同时，原本学经济学的徐志摩，生发了诗歌创作的灵感。而在伦敦邂逅的林徽因，如一朵清丽脱俗的白莲，也激发了徐志摩诗意的灵感。天性浪漫多情的徐志摩诗兴大发，为林徽因谱写了一首又一首清丽的爱恋之诗。

在康桥的柔波里，徐志摩在16岁少女林徽因心里留下的不仅仅是爱情的甜柔，还有一颗充满诗意的心。无疑，徐志摩是引领她走进诗歌殿堂的导师。甚至可以这样揣测：如果没有徐志摩，林徽因会走上诗歌创作之路吗？

徐志摩是浙江富商徐申如的独生儿子，徐申如思想开放，头脑灵活，又附庸风雅，喜交名流。徐申如将儿子自费送到美国学经济，是希冀儿子将来能光宗耀祖，也让自己苦心经营的庞大产业后继有人。徐申如指望儿子将来学成归来进入金融界，继承自己的衣钵，从而成为商界能人。父亲为儿子设计的未来之路与儿子后来一意孤行的道路，一直都没有找到契合点，这是徐志摩的父亲所始料未及的。徐申如确实万万没料到这个"不争气"的儿子，竟然选择了去做一个穷困潦倒的诗人。更让徐申如追悔莫及的是，这一切还都是自己亲手酿成的。

徐志摩最初的理想当然跟诗人相去甚远。他在美国的大学学业和研究生学业基本上迎合了父亲的初衷。

1919年6月，徐志摩以优异的成绩从美国克拉克大学毕业，同时获一等荣誉奖。他在日记中这样写道："方是时也，天地为之开朗，风云为之茬色，以与此诚洁挚勇之爱国精神，相腾嬉而私慰。嗟呼！霸业永诎，民主无疆，战士之血流不诬矣！霸业永诎，民主无疆，战士之血流不诬矣！"可见初出国门的徐志摩充满了爱国热情，在美国读书期间更是激情满怀，可谓"少年壮志莫言愁"。

当第一次世界大战停战的消息传到美国时，徐志摩亲眼目睹了美国人民欣喜若狂的激动场面和游行队伍浩浩荡荡长达一公里的壮观。他兴奋不已地写信给国内的恩师梁启超："遂有今日，一扫云雾，披露光明，消息（11 月 11 日上午 2 时 50 分）到美，美国昌狂。"徐志摩虽身在美国，却时刻关心祖国的时局形势，为五四运动之爆发感到异常激动。

后来徐志摩到纽约哥伦比亚大学攻读经济学硕士，从他所选修的课程看，也侧重在政治和经济方面。考虑到徐志摩来自一个实业家庭，于是，做一个中国的亚历山大·汉密尔顿（Alexander Hamilton），当一个精通经济的政治家，便成为徐志摩最高的理想。

应该说，在 24 岁以前，诗歌，不论新旧，与徐志摩完全没有干系，而对于相对论或民约论，徐志摩倒不乏兴趣。徐志摩在哥伦比亚大学读硕士时，一腔情怀还是放在政治上。有一次，当他听历史教师讲完了 19 世纪初年的工业状况，以及工厂、工人的悲惨遭遇后，他由喜欢烟囱变为憎恨烟囱。他哀叹道："现在一切都为物质所支配，眼里所见的是飞艇，汽车，电影，无线电，密密的电线和成排的烟囱，令人头晕目眩，不能得一些时间的休止，实是改变了我们的经验的对象。人的精神生活差不多被这样繁忙的生活逐走了。每日我在纽约只见些高的广告牌，望不见清澈的月亮。每天我只听见满处汽车火车和电车的声音，听不见萧瑟的风声和嘹亮的歌声。"细细品读，不难发现这哀叹里竟然闪耀着诗性的光芒。

在美国留学期间，徐志摩迷上了尼采划时代的作品《查拉图斯特拉如是说》。尼采是 19 世纪德国的哲学家、思想家，也是才华横溢的诗人兼散文作家。徐志摩从尼采那里获得了灵感，动辄"开口就是那一套沾血腥的字句"。

《查拉图斯特拉如是说》是尼采的一部里程碑式的作品，这本以散文诗一般的语体写就的杰作，以振聋发聩的文字，向人类的思想界展示了尼采哲学的真知灼见。这本书，几乎囊括了尼采所有的重要哲学思想。尤其是从书中横空出世的"超人哲学"和"权力意志"的概念，谱写了一曲来自人性的自由主义的壮歌。在这本书里，尼采宣称"上帝死了"，让"超人"出世，于是近代人类思想的天空中，便又多了一道璀璨闪亮的奇异彩虹。

徐志摩读了这本书后，相见恨晚，他说："我仿佛跟着查拉图斯特拉登上了哲理的山峰，高空的清气在我的肺里，杂色的人生横亘在我的眼下"。徐志摩认为"超人"哲学能激发人奋发向上，可以使个人或国家摆脱弱者或弱国地位。他幻想着通过尼采的"超人"，给个人和国家带来获取新生的力量和手段。

徐志摩自称"正迷上尼采"，但对他产生终生影响的却是罗素。徐志摩深深地被罗素的渊博学识和对事物深刻的见解所吸引，罗素勇于面对逆境，坚持追求真理，不向豪门权贵低头的精神，令他十分敬重。1920年9月，徐志摩获得哥伦比亚大学硕士学位，他毅然决定去英国寻找罗素。

没人能料及，徐志摩的英国之旅，竟成为一位诗人辉煌的开始……

那时，徐申如想让儿子继续在英国念书，师从伦敦经济学院著名的经济学教授哈罗德·约瑟夫·拉斯基（Harold Joseph Laski），以完成博士学位。拉斯基同时也是英国的政治理论家、经济学家和作家，在1945－1946年期间曾担任过英国工党主席。但徐父万万没有想到，自己的儿子，正在作为一颗未来的中国诗星，即将在英伦冉冉升起。徐志摩挥挥衣袖告别美洲大陆，彻底放弃了实业救国的抱负。中国自此少了一个汉密尔顿，而多了一位拜伦。

在徐志摩的心中，有一位民国人物一直被其深深地敬重和仰慕，这个分量不轻的民国人物就是林徽因的父亲林长民。林长民是前民国临时参议院和众议院院长，也供职过北洋政府司法总长，属于名副其实的政府大员。在得知林长民父女在伦敦下榻的寓所之后，那一日，徐志摩通过自己在英国伦敦大学政治经济学院留学的江苏籍同学陈通伯引荐，登门拜见了林长民先生。登门拜访的主要动机，乃是因为林长民先生的道德文章和书法艺术确实让徐志摩崇拜不已。那一刻，在林长民的眼中，徐志摩仅仅就是一个高高瘦瘦、长衫飘然的青年学生。连徐志摩本人也没料到，自己日后能和林长民结成忘年之交！而更让世人不能料及的是，林长民和林徽因父女俩，竟然从此改变了徐志摩的一生。

徐志摩自诩："我是个好动的人，每回我的身体行动的时候，我的思想也仿佛就跟着跳荡。"热烈奔放，活泼好学的徐志摩，一踏上英国的土地，便广为结交各界名流：哲学家罗素，著名作家威尔斯、狄更生，艺术家傅来义，汉学家魏雷和卞因，文艺评论家欧格敦、瑞恰慈和吴雅各，此后又陆续结识了萧伯纳、福斯特、毕列茨、康拉德、曼斯菲尔德等著名哲学家和作家。他们对徐志摩一生的影响无疑都是极为深刻的。

到达英国后的徐志摩时年24岁，风华正茂，比林徽因整整大了8岁。那时的徐志摩已是一个2岁孩子的父亲了，而当年的林徽因却还只是一个清纯的中学生。所以，初相识时，林徽因怯怯地叫徐志摩"叔叔"。

徐志摩与林长民初次伦敦见面，便一见如故，很快成为无话不谈的友人。随着和林长民的深入交往，徐志摩与林徽因也走得越来越近。

林长民风流倜傥，仪表非凡，其清雅的谈吐，清奇的相貌，满腹的学问，令徐志摩深深钦佩而引为知心朋友。林长民也同样欣赏徐志摩的才情。事实上，徐志摩早已是梁启超的得意门徒，而梁启超与林长民又是故交，且林长民和徐志摩之情趣相投，性情相近，都是浪漫潇洒、率真幽默之人，故此番林长民和徐志摩相识之门一经打开，两人惺惺相惜，也就顺理成章了。

林长民和徐志摩都深受西方新思潮的感染，兴之所至，即使遇男女私情、闲情风月之类的话题，两人也从不刻意避讳。林长民有句名言："万种风情无地着"。据徐志摩回忆，林长民"最爱闲谈风月，他一生的风流踪迹，差不多都对我讲过。他曾经原原本本地对我说过他的'性恋历史'，从少年期起直到白头时，他算是供给我写小说的材料。"而这些，徐志摩也当然很愿意聆听。而随后林长民与徐志摩上演的一场"爱情游戏"，几让后来国内的遗老遗少们目瞪口呆！原来两个大老爷们，扮演一对热恋中的男女情人，互通情书。其文字之香艳，文采之斐然，令人叹为观止。这足见林徽因的父亲也是一位极其浪漫之人，遂被时人冠之以"恋爱大家"的雅号。

林长民作为过来人和父亲，当然早就看出徐志摩爱上了自己的女儿。徐志摩有事没事便往林家公寓跑，林长民也知道并非完全是来找他的。虽然意识到了徐志摩"醉翁之意不在酒"，但林长民在心里似乎已经接受了这个年轻人。

林徽因初次与徐志摩见面，就给他留下了难以磨灭的印象：清丽优雅，落落大方，林徽因的一颦一笑，都让徐志摩目眩神迷。

徐志摩渐渐发现，这个梳着两条小辫、像是不谙世事的小姑娘，不仅模样俊秀可爱，而且思维活跃，见识明澈，她对文艺作品的理解和对诗歌的悟性都远远超出了她的年龄。当徐志摩惊讶地将他的发现告诉林长民时，这位父亲骄傲地回应："做一个有天才的女儿的父亲，不是容易享的福，你要放低你天伦的辈分，先求做到友谊的了解。"说者无意，听者有心。自此，徐志摩便以朋友的身份与林徽因交往。在很多的闲暇时间，他与林徽因一起谈论各自见闻，涉及风土人情、故家旧事和文学艺术等等话题。而其中最令两人着迷、让两颗心激动不已的，即是那座迷人的文学殿堂。

徐志摩本来就具有浪漫不羁的诗人气质。在进入剑桥大学学习之后，他大量阅读乔治、华兹华斯、拜伦、雪莱、哈代、艾略特等著名诗人和作家的作品，终日沉浸于文学的世界里，并尽情遨游于浪漫主义的文学星空中。在徐志摩看来，其心中的那种浪漫主义激情，终于找到了文学上的知己，他目睹了一位充满才情的少女对文学的诸多敏感，也感觉到了林徽因对文学艺术也充满了热爱，而且那刻，林徽因也正在用少女的那颗朦胧的心感受着、想象着一个新奇的文学世界。

他们有时一起讨论某个作家的风格或某首诗歌的韵味，有时为无意中达到了某种共识而激动不已，但有时也会各抒己见，畅所欲言。这时的徐志摩在对林徽因的一片痴情中，不知不觉地扮演了一个导师的角色，引领她进入英国的诗歌和戏剧世界。其间，产生的许多带有新意的审美观念和审美情趣，甚至同时也迷惑了他自己。他在日记中尽情宣泄自己的情感："正当我生平最重大一个关节，也是我在机械教育的桎梏下自求解脱的时期，所以我那时的日记上只是泛滥着洪水，狂奔着烈焰，苦痛的呼声参合着狂欢的叫响，幻想的希望蜃楼似的隐现着……"

徐志摩与林徽因相遇了，命里注定要真爱一场。浪漫多情的徐志摩忍不住惊喜，把美丽的相遇凝成了那首著名的《偶然》：

> 我是天空里的一片云，
> 偶尔投影在你的波心——
> 你不必讶异，
> 更无须欢喜——
> 在转瞬间消灭了踪影。
> 你我相逢在黑夜的海上，
> 你有你的，
> 我有我的，方向；
> 你记得也好，
> 最好你忘掉，
> 在这交会时互放的光亮！

这首诗，我更愿意理解为是徐志摩欲揣摩林徽因的心思而写的。感情炙热奔放，正坠入情网不能自拔的他，是无论如何做不到"最好你忘掉，在这交会时互放的光亮！"一见倾心而又理智地各走各的方向，这是理性、冷静的林徽因最终做出的选择。

但面对徐志摩热烈而率真的爱情追求，16岁的少女林徽因一时不知所措。我们不妨把林徽因的那首名作《那一晚》，解读为1920年康桥的"那一晚"：

> 那一晚我的船推出了河心，
> 澄蓝的天上照着密密的星，
> 那一晚你的手牵着我的手，

迷惘的黑夜封锁起重愁。
那一晚你和我分定了方向，
两人各认取个生活的模样。
到如今我的船仍然在海面飘，
细弱的桅杆常在风涛里摇。
到如今太阳只在我背后徘徊，
层层的阴影留守在我周围。
到如今我还记着那一晚的天，
星光、眼泪、白茫茫的江边！
到如今我还想念你岸上的耕种：
红花儿、黄花儿朵朵的生动。
那一天我希望要走到了顶层，
蜜一般酿出那记忆的滋润。
那一天我要跨上带羽翼的箭，
望着你花园射一个满弦。
那一天你要听到鸟般的歌唱，
那便是我静候你的赞赏。
那一天你要看到零乱的花影，
那便是我私闯入当年的边境！

最初的慌乱过去之后，林徽因冷静下来。她不断地自责：当初，正是清楚地知道徐志摩是有家室的人，才会跟他无所顾忌地交往，自己怎么可以去做破坏别人家庭的事情呢？那一刻，她想起了被父亲冷落的母亲，想起了母亲终年忧郁、落寂的眼神……

多年以后，华发渐生的林徽因真诚地向儿子倾诉了内心的秘密，她说："徐志摩当时爱的并不是真正的我，而是他用诗人的浪漫情绪想象出来的林徽因，可其实并不是他心目中所想的那样一人"（梁从诫，《倏忽人间四月天》）。这样的理性，让她步入了一个职业妇女的不凡生活，与夫君梁思成相濡以沫，潜心古建筑的研究，同时，自己也成为京派文化圈中的一道最为知性而优雅的亮丽风景。

原来徐志摩眼中的林徽因，是自己人生理想中的女神化身，是自己欲想达到的一种至美至善的境界。那么，徐志摩的人生理想究竟是什么？他的挚友胡适曾这样说过："志摩的人生观是一种单纯信仰，这里面有三个大字：一个是爱，一个是自由，一个是美"，林徽因恰恰把这三者水乳交融成完整的一体。一时，让诗人徐志摩意乱情迷。

英国、伦敦、康桥，本是三个寻常的名词，其对于沉浸在爱情里的徐志摩来说，意义非凡。而对于当时的花季少女林徽因来说，这也是一段永世值得回忆的甜美时光。

林徽因毅然随父亲乘海轮归国。此时林徽因的心情，可以用她后来写的《情愿》一诗作为注解：

> 我情愿化成一片落叶，
> 让风吹雨打到处飘零；
> 或流云一朵，在澄蓝天，
> 和大地再没有些牵连。
> 但抱紧那伤心的标志，
> 去触遇没着落的怅惘；
> 在黄昏，夜半，蹑着脚走，
> 全是空虚，再莫有温柔；
> 忘掉曾有这世界，有你；
> 哀悼谁又曾有过爱恋；
> 落花似的落尽，忘了去
> 这些个泪点里的情绪。
> 到那天一切都不存留，
> 比一闪光、一息风更少
> 痕迹，你也要忘掉了我
> 曾经在这个世界里活过。

临行前，林徽因没有告知徐志摩，徐志摩得知后自然痛苦万分。林徽因走后，为了抒发心中的那份不尽的相思和爱恋之情，他又开始写诗了。星月的光辉让他感动得落泪，伦敦小威尼斯，冷咽得让他咀嚼到了寂寞，薄霜满地的树林让他徒添伤感。徐志摩企图在苦闷和寂寞中奋力燃烧自己的激情，那种强烈的无处可宣泄的各种意念瞬间都被点燃。在燃烧中歌吟的徐志摩，用浪漫的诗行铺满了一页页洁白的稿纸。

但徐志摩并没有追随林徽因而去，而是留在剑桥等待着与结发妻子张幼仪离婚，他要为自己的这份真爱作一个大胆而勇敢的决定，他要做第一个真正为自由而爱的中国人！

从1921年秋开始，徐志摩独自在剑桥呆了约一年的时间，正是有了这种相对安静的独处，在历经了苦痛的爱的折磨后，徐志摩的诗人情怀开始井喷。

徐志摩后来回忆说："那年的秋季我一个人回到康桥。整整有一学年，那时我才有机会接近真正的康桥生活。同时我也慢慢地发现了康桥，我不曾知道过更大的愉快。""我一辈子就只那一春，说也可怜，算是不曾虚度。就只那一春，我的生活是自然的，是真愉快的！（虽则碰巧那也是我最感受人生痛苦的时期）我那时有的是闲暇，有的是自由，有的是绝对的单独的机会。说也奇怪，竟像是第一次，我辨认了星月的光明，草的青，花的香，流水的殷勤。我能忘记那初春的眼吗？曾经有多少个清晨我独自冒着冷去薄霜铺地的林子里闲步——为听鸟语，为盼朝阳，为寻泥土渐次苏醒的花草，为体会最微细最神妙的春信。"

其后徐志摩在诗歌中倾向于"分行的抒写"，也是由林徽因的恋情引发而起的。他在《猛虎集·序》中谈到自己的写诗经历时说：

> 整10年前我吹着了一阵奇异的风，也许照着了什么奇异的月色，从此起我的思想就倾向于分行的抒写。
> ……
> 我的诗情真有些像是山洪爆发，不分方向的乱冲。那就是我最早写诗那半年，生命受了一种伟大力量的感撼，什么半成熟的、未成熟的意念都在指缝间散作缤纷的花雨。

这篇序文是1931年写的，整10年前正是徐志摩在伦敦痴迷林徽因的时期。

归国后的徐志摩继续为诗歌的缪斯所钟情，他的诗歌相继在报纸、杂志发表。蔡元培眼里的徐志摩："谈话是诗，举动是诗，毕生行径都是诗，诗的意味渗透了，随遇自有乐土。"1924年，《徐志摩的诗》结集出版，诗人徐志摩名声大振。他与胡适发起、组织爱好诗歌的朋友一起成立了一个诗社，名叫"新月社"。

"新月社"得名是源自徐志摩崇敬的印度诗人诺贝尔文学奖得主泰戈尔的诗集《新月集》。《新月集》笔触天然细腻，不加雕琢，富于梦幻之情，蕴含童话般纯净的诗意。"新月"作为"儿童"物化的象征，体现了泰戈尔诗中一贯清新自然的风格。"新月"代表希望，如天真无邪一般的初生之物，拥有美好的未来与纯净的童真。诗人徐志摩喜爱"新月"，童心如新月，即或有一些缺憾，却充斥着希望的圆满，往后既是一种未知的变数，又是一种已定的轨迹。徐志摩希望自己和自己组建的"新月社"就像天边的那弯新月，总有一天会走向圆满。新月社从成立的那天起，徐志摩就是"新月社的灵魂"。

从此，在波谲云诡的民国，文学的天空终于有了一弯新月，这弯弯的月牙是那么清新明朗，虽然一时还不够丰盈圆满，但它的淡淡清辉已经点亮了无数双诗人的明眸，开启了一个白话新诗的时代。

　　1931年3月，肺病发作的林徽因在徐志摩的再三劝说下，离开东北大学，来到了北京香山双清别墅附近的平房疗养。在六个月的静养中，难得香山的那一处清闲时光。林徽因被迫离开了自己热爱的建筑事业，她终于可以安享这份来大自然的宁静与休闲。在这种恬静的心境下，早年徐志摩在她心里种下的诗行，也开始抽丝发芽。

　　林徽因心底的诗情抑制不住而一次次喷发，可以说，香山的双清别墅是林徽因诗歌的发祥地。这儿有湛蓝的天空，悠然的白云，清静幽深的山林，婉转鸣唱的小鸟，大自然的这一切恩赐，还有生下女儿初为人母的喜悦，尤其是徐志摩、沈从文、金岳霖、张奚若夫妇等朋友们频繁造访，真诚畅谈，带了林徽因极大的精神慰藉，让林徽因心里充满了无限温情和欢欣，也一次次激发了她文学上的创作灵感。可谓"天时、地利、人和"。

　　于是，林徽因一次次提笔，一次次出手不凡，其抒写的那些情思无尽、意象丰厚的诗行，文字清新绮丽而飘逸，充满自然的意象和情绪，具有独特的艺术魅力，一直得到诗歌界的很高评价，称其艺术上已渐渐臻于炉火纯青之境。

　　她喜欢每个静夜的来临，手握一卷，焚一炷香，披一件洁白的睡袍，去沐浴溶溶的月色，那一刻，便是林徽因的诗心和灵感泛起的时候。她甚至偶尔自我陶醉，自言自语道："看到我这画中人物，任何一个男人进来都会晕倒。"梁思成故意气她："我就没有晕倒！"丈夫没有晕倒没关系，沉浸在诗情画意里的林徽因倒是从香山疗养开始，进入了她人生中最重要的诗歌创作阶段，她所写出的最早的一批诗歌，格律和悦流畅，文字清莹温婉、诗意和诗感轻巧而自然，遂引起了众多文化名流的关注。

　　1931年4月，她的第一首诗《谁爱这不息的变幻》以"徽音"为笔名，发表于《诗刊》第二期：

　　　　谁爱这不息的变幻，她的行径？
　　　　催一阵急雨，抹一天云霞，
　　　　月亮、星光、日影，在在都是她的花样，
　　　　更不容峰峦与江海偷一刻安定。
　　　　骄傲的，她奉那荒唐的使命：
　　　　看花放蕊树凋零，娇娃变做了娘；

叫河流凝成冰雪，天地变了相；
都市喧哗，再寂成广漠的夜静！
虽说千万年在她掌中操纵，
她不曾遗忘一丝毫发的卑微。
难怪她笑永恒是人们造的谎，
来安慰恋爱的消亡，死亡的痛。
但谁又能参透这幻化的轮回，
谁又大胆的爱过这伟大的变换？

　　林徽因从其处女作中获得了极大的文学享受，此后几年中，其诗兴便一发而不可收。她是一位相当感性的人，其丰富的人生感情和诗人情怀，无时不流淌在其诗作中，让人容易受其作品的感染而惊叹生命的精彩或无奈。她把对桃花、夏夜和笑等等人世间诸般事物的爱意，都化作灵性的诗行，去启发人们的思维，以唤醒人们对日渐淡薄的诗歌的热爱。虽然她的声音是微弱的，但只要真心地去谛听，你仍可以听出一种穿越岁月的力量。她的诗作《那一晚》《仍然》《一首桃花》《笑》《深夜里听到乐声》《山中一个夏夜》《深笑》《激昂》《情愿》等被相继刊登在《诗刊》、《新月》、《北斗》、天津《大公报》、《文学杂志》等文学期刊上。

　　林徽因的诗多数是以个人情绪的起伏为主题，进而去掀起思维的波澜，然后去探索生活和爱的哲理。诗句委婉柔丽，韵律自然，受到文学界和广大读者的赞赏，也逐步奠定了她作为诗人的地位。

　　林徽因写于1931年的《仍然》，可以看作是对徐志摩《偶然》的应答之作，也是她自己心迹的坦陈：

你舒伸得像一湖水向着晴空里，
白云，又像是一流冷涧，澄清，
许我循着林岸穷究你的泉源：
我却仍然抱着百般的疑心，
对你的每一个映影！
你展开像个千瓣的花朵！
鲜妍是你的每一瓣，更有芳沁，
那温存袭人的花气，伴着晚凉：
我说花儿，这正是春的捉弄人，
来偷取人们的痴情！

你又学叶叶的书篇随风吹展，
揭示你的每一个深思、每一角心境，
你的眼睛望着，我不断的在说话：
我却仍然没有回答，一片的沉静，
永远守住我的魂灵。

在林徽因的这首诗中，把徐志摩对她的爱，比作"像一湖水向着晴空里白云"。从《仍然》不难看出，林徽因对徐志摩的热烈追求有着自己冷静的思考，他们各有各的人生"方向"。因此，不妨把《仍然》看作是林徽因对徐志摩爱恋的婉转回应，也预示着他们之间的情谊，在向爱情的延伸中渐渐转化为一种相互信赖、彼此关爱的知己。

后来新月派诗人陈梦家整理编辑《新月诗选》时，录入了林徽因的《笑》《深夜里听乐声》《情愿》《仍然》等。这些诗歌显示出林徽因善于在人与自然的心灵感应中抒发诗性，寄托情怀。其立意之高格，意象运用之娴熟，意境创造之幽长，无一不打上新月诗歌的烙印。从此，林徽因作为新月派后期有影响的诗人，而被载入了中国白话诗史册。

第四章
爱的呢喃：你是人间四月天

说中国白话诗歌的历史，人们或永远不会忘记林徽因。作为新月诗歌的忠诚追随者和创作实践者，林徽因曾用她的诗歌滋养过一块精神贫瘠的国土，于是，这刻重温人间四月天，追寻诗人林徽因的创作心迹，人们或许可以从诗歌中重拾些许安慰。便想到，那位民国女子，此刻，她一定还依然守望着心灵里的那泓清清的湖水，还守望着那轮散发着诗歌光芒的"新月"，还守望着莲花池里的那只不曾熄灭的莲灯。她，也或正在聆听着尘世里的那些花的诗语；她，也或正在历数着春天里的那些诗的花蕾。

20 世纪 30 年代，林徽因的理想生活已经真正来临，正如她这一时期的诗歌中所写，是一个盛大的"人间四月天"。此前，她在积累、蓄势，此后，则是逃亡和贫病。正如梁从诫所说："30 年代是母亲最好的年华，也是她一生中物质生活最优裕的时期，这使得她有条件充分地表现出自己多方面的爱好和才艺。"那段可谓之"人间四月天"的日子，是林徽因诗歌创作的鼎盛时期。

男人三十而立，女人三十而丽。三十的女人，日趋成熟但依然多梦。林徽因的文学创作，多集中于 20 世纪的 30 年代，那一刻，诗人的年龄正值三十岁左右，创作灵感呈喷泉之势。诗歌，是林徽因文学创作中介入最多，也是成就最高的体裁，其温润柔美的风格，显现了柔情的女诗人内心的细腻、婉约，在色彩缤纷的现代诗坛，林徽因的诗，如一朵绝尘出世的白莲，高洁典雅，卓尔不群。而曾几何时，"梦期待中的白莲"，又几成林徽因心底的向往？

女人最使人们留恋的，也许并不仅仅是限于感官上的享受，主要还在于从她身上所散发出的某种生活情趣。一个有味道的女子，其固有的清新、靓丽和温馨，也会在不经意间给生活染上一种养心怡神的色彩。一个纯净的心灵能酿造一种氛围；而一种感官上的美，则能带来一种自然的陶醉。这就好比只要是美景，就一定有人欣赏。

1934 年，林徽因三十岁，当年她在《学文》一卷一期上发表了她的经典作品《你是人间的四月天》，这是一首现代诗歌中的翘楚之作，也堪称林徽因诗歌创作中的杰出代表作。这首诗是林徽因生下儿子梁从诫后，内心充溢了满腔的喜悦，母爱也油然而生，当又一个春天光临人间时，置身于盎然春意中的诗人，面对无边的美景，抑制不住对生命，对绿色，对爱的深情讴歌，遂欣然提笔。作品不仅描画了一个妙丽无比的人间四月天，也写下了对一个新生命之未来生活的美好祝福和憧憬。这是一位母亲的幸福感言！也是一曲人间亘古不变之爱的赞歌。

其实，载入史册的这首诗以及来自诗歌的殊荣，并不只是给了儿子梁从诫。后来，在一张妻子俯望出生才二十多天的女儿梁再冰的照片背后，细心的梁思成也发现了林徽因不乏深情写给爱女的诗《滴溜溜圆的脸》。

女人一旦做了母亲，女人味里就糅合了奶香，成熟的男人似乎更眷恋内敛娴静的少妇，这可能是少妇身上自然溢出的那种带些许奶香的女人味，更能让男人深深眷恋。这种女人味里带有男人记忆里熟悉的母亲味道，让男人忘情、缠绵，甚至闻之而欲罢不能。从一个活生生的女人身上所散发出来的女人味，就像一张网，不仅可以虏获男人的心，更影响身边其他人的灵魂，甚至穿越时空，影响着与之有缘邂逅的任何其他人。

对于林徽因，身为女人，最大的成功绝不只是建筑事业的辉煌，她更看重家庭的幸福祥和，这才是握在手心里平实而真切的温暖。在生下女儿再冰三年后，她又如愿以偿地拥有了儿子，儿女双全。要说人生的圆满也莫过于此了，诗人可谓迎来了真正属于自己的"人间四月天"。

无疑，一个幼婴在人世间的第一声啼哭，会给一个大家庭带来无比的欢欣和骄傲。这个男孩的诞生，给林徽因夫妻俩所带来的新的希望，就像诗人一直珍藏于梦中的那朵"梦期待中的白莲"。孩子，是父母爱的结晶，情的信物，一切美好心愿的凝结。父母的血脉将在孩子的身上融合，父母的心愿将在孩子的身上延续、实现。那时，林徽因夫妻俩正致力于破译"天书"《营造法式》，他们为儿子取名"从诫"，意寓着梁家的这个长孙长大后能追随《营造法式》的鼻祖李诫的脚步，更以此明志，坚定夫妻俩对建筑事业的那份矢志不移的信仰。

一遍遍吟诵揣摩这首诗，你会渐渐遗忘林徽因作为建筑师严肃认真的脸庞。跳跃的词语，和谐的音律，轻灵多情的语言，虚实结合，动静呼应，文笔之轻盈信手拈来，毫无雕琢之感。让你确信，林徽因首先是一位幸福的母亲，而后才是一位多情的诗人。

俏丽的母亲怀抱着新生的婴儿，脸上笑意荡漾，嘴角开出数朵微笑，久久地，几乎是目不转睛地盯着自己创造的又一件杰作，如何可以看得够？诗意勃发的母亲，按捺不住心中的欢欣和喜悦，忍不住提笔，她要倾诉，她要对着儿子轻轻地吟唱：

> 我说你是人间的四月天；
> 笑响点亮了四面风；轻灵
> 在春的光艳中交舞着变。

这是母亲唱给孩子的一首赞歌，儿子就是诗人眼里的"人间四月天"，诗人要赞美春天，赞美一个新生命。浅绿鹅黄的春天，是一年的开端。给新的一年以希望，就像母亲怀抱中渐渐熟睡的婴儿。

诗人选择了轻风、云烟、星子、细雨、花儿、燕子……一系列轻灵典型的春天的意象，把春天的景色层层明晰地铺展开来，然后融合成一幅徐徐展开的春天般的画卷，其所营造之明丽柔美的意境，给人以清新自然之感：

> 你是四月早天里的云烟，
> 黄昏吹着风的软，星子在
> 无意中闪，细雨点洒在花前。

清风丽日中的欢声笑语，暮时黄昏中的朦胧雨花……生机勃勃、万物复苏的春天，开始在诗人心中形成一幅幅画面。黄昏渐渐地靠拢黑暗，在一片灿烂与柔静之中，天边的星星闪烁迷离。细雨点点，润物无声。雨滴洒在百花之上，让那群花，娉婷，鲜亮，妩媚之中不失庄严。夜凉如水，圆月在一片氤氲中袅袅升起，在如此迷人的夜色中，似乎可见一位母亲轻推摇篮，情不自禁地为天真、纯净的小小婴孩轻吟一首"摇篮曲"：

> 那轻，那娉婷，你是，鲜妍
> 百花的冠冕你戴着，你是
> 天真，庄严，你是夜夜的月圆。

万条垂柳在春风中交舞着，像被吹乱的长长的青色发丝，那种柔美，宛如若隐若现中静静绽放的笑靥，也宛若犹抱琵琶半遮面的羞涩，更惹得人们的怜爱。无忧无虑的笑声，在春风中荡漾开来，一圈一圈，一波一波，萦绕心间。

"暮春者，春服即成，童子二三人，冠者五六人，浴乎沂，风乎舞雩，咏而归。"春天，是万物复苏的季节；四月，是春天中最美好的时光。四月天，是踏青的季节。四月天，是人间最温暖和煦的季节。时光定格在这四月天，那是诗人一生里最值得记忆的四月天。诗人在明媚的四月天里闲庭信步，美好的春光酿成的美酒把诗人醺醉，倏尔，诗人的灵魂中便幻化出了春天之万般色彩和美景，那刻，走进了诗人情怀中的人间四月天，从此便横亘在尘世中最美好的季节里。

孩子在春天里展现着笑容，那是清澈的笑，天真无邪的笑。那种单纯明快的笑意，和因笑而激荡起来的纯粹快乐，全都回归到了自然而没有斧凿痕迹的美好之中。一旦与自然的美融于一体，世界就会带上笑意。那一刻，云烟轻绕，朦朦胧胧的春意，淡去了细节的刻画，只留一片光艳的色彩，那便是春的颜色，那是心灵最直白最原始的表述，一切都静了，此时无声胜有声，只有母亲抱着怀中渐渐睡去的婴儿在浅吟低唱：

> 雪化后那篇鹅黄，你像；新鲜
> 初放芽的绿，你是；柔嫩喜悦
> 水光浮动着你梦期待中白莲。

旧年残积的冬雪经不住这撩人春色的挑逗，冰雪融化，鹅黄初放，那新鲜的绿芽，是柔嫩顽强的生命。春天是水，这样的季节里，一切景色都泛着水一般的晶莹鲜亮。花儿似乎是被仙女的魔杖轻点，一树接着一树，霎时间全开了。去年的燕子飞回，在梁间筑巢呢喃，窃窃私语。"竹外桃花三两枝，春江水暖鸭先知"一幕醉煞人的江南春景，此时此刻，又奇迹般地跃然于诗人的纸上。

在这水色一般的季节里，有太多的美好的意象。把它打开来，是轻风、云烟，是星子、花儿，是皎洁的圆月，是燕子的呢喃……把它合拢住，则只剩下一个意象——梦里期待的白莲。

一个弱小的生命，不可思议地占据了一位建筑师严谨的心，其实，那也是一颗充满母爱而细腻非常的心。因为儿子的诞生，如云缝之光，给诗人的生命以彻悟，也许是命运的褒奖，孩子让诗人的生命变得更加充盈美好，生活更加温馨甜蜜。让我们永远记住林徽因的《你是人间的四月天》，记住人间四季中最美好的四月！你听吧，请细细聆听，这是世间最美之爱的呢喃，自此，煦风轻拂，春在浅唱，岁月静好……

> 你是一树一树的花开，是燕

在梁间呢喃，——你是爱，是暖，

是希望，你是人间的四月天

　　真挚而深切地袒露情感，热切地呼唤人间四月，尘世里，也似乎在呼唤诗歌的春天来临。从花开到花落，诗人，你该撞上多少事？从云散到云聚，诗人，你又该遇见多少人？可你还是你呀，无条件地快乐着，以诗歌的方式抒写自我，讴歌生命，并沐浴爱的阳光……

　　多少人渴望倾听灵魂的声音，倾听花开的声音！而知彼必先知己，诗人早已敞开心扉。大地苍茫，旅途漫漫。似乎看见，拥着属于她自己的"一树一树的花开"，诗人正欢欣地穿行于花树下，一位春天的歌者正在徐徐前行。清丽的诗行中，流露着诗人对诗歌的执著和热爱，也闪烁着诗人内心高洁的光芒。

　　关于《你是人间的四月天》的创作意图，历来有两种说法：一说是为悼念徐志摩而作，一说是为儿子的出生而作。对此，林徽因之子梁从诫在其回忆母亲的《倏忽人间四月天》一文中说："父亲曾告诉我，《你是人间的四月天》是母亲在我出生后的喜悦中为我而作的，但母亲自己从未对我说起过这件事。"

第五章
伤逝：哭三弟恒

　　伤逝，是人类一种最无奈又最复杂的情感。

　　1941年的成都，日军利用恶劣天气，以诡异的云上飞行方式奇袭中国空军双流基地，一个中国飞行员不顾日机的狂轰滥炸，冒死登机，起飞英勇迎战，但还没来得及飞离跑道，便不幸被敌机击中飞机头部，飞行员也一并壮烈殉国。金岳霖说："他得到了自己选择的事业，完成了他的使命，他是死得其所。"

　　在这位中国飞行员英勇牺牲三周年的忌日，林徽因为他写了一首哀婉的长诗《哭三弟恒》。这个中国飞行员，就是林徽因最疼爱的同父异母的三弟——林恒。

　　这是1944年令林徽因感觉肃杀的一天，林徽因的三弟离去已经整整三年了。这三年里，诗人几欲提笔祭奠三弟，几度又因巨大的悲痛而抬不起手腕。及至三年后的今日，她原以为悲伤已趋沉淀，不曾料，未着一字而泪先奔涌。心底似已结痂的伤口，三年过去了，流出的依然是殷红的血……

　　三年了，仿佛一切都历历在目，如同昨天，唯一想忘掉的，是惊闻噩耗的那个时刻。灵魂里有狂风阵阵呼啸而来，似鸦阵惊起的黑色翅膀，梦魇又一次席卷了诗人。很难说人仅仅只在黑夜做梦，梦魇的突袭如三弟猝然离世的噩耗一般，不分季节，不分白天黑夜。

　　三弟牺牲前的无数个夜晚，诗人彻夜难眠。一次次被梦魇逃遁的脚步惊醒。梦魇趁着夜色飘走，她试图看清梦魇的真面目，但显然一切都是徒劳。直到有太阳的照临，它仍是如影随形，肆意地嘲笑着诗人。惶惑、哀伤和惊惧，几乎无处不在，诗人不知道那种惶恐和担心是不是她于亲人特有的第六感应？三弟离世的那一天，她分明闻到了死亡的气息。

　　那天，夫君梁思成从重庆回来，满脸凄然，情色哀伤，沉默许久，才说出了林恒遇难的噩耗。已经整整三个月没有接到三弟的信了，再冰和从诫，天天望着空中发呆，不知舅舅在哪片云朵上。一种不祥的预感，天天笼罩着诗人，这种预感每日让林徽因彻夜难眠。犹记得，当年父亲林长民遇难的时候，那种纷乱的心绪每天缠绕在林徽因的心头，任何期盼都已落空。如今是轮到恒弟了，诗人天天惶恐着，心里一遍又一遍为弟弟祈祷着平安，还悄悄地去庙里为恒弟烧香祈福。哪知道，最让她害怕和担心的事情还是发生了……

林恒的后事，是梁思成瞒着林徽因去办的。他知道，爱妻最疼爱这个弟弟，但他最终无法隐瞒这个让人心碎的消息。那天，梁思成回家时带回了那把"中正剑"——林恒留下的唯一遗物。病弱的林徽因见到弟弟的遗物，顷刻昏倒了，两个孩子也哭成了一团。

一直以来，林徽因对航空学校的学生有着一种特殊的爱。1937年，抗战爆发，梁思成和林徽因夫妻俩在战争流亡中辗转撤退西南。他们一家在去昆明的路上，一日，走到湘黔交界的一个叫晃县的小县城，林徽因因为疲累交加，肺病发作。但那一刻连一张可以躺下的床位都找不到。重病的林徽因生命垂危，焦急的梁思成遇到了中国空军杭州笕桥航校第 7 期的学员们。他们听说了林徽因一家的困境，即刻，八位年轻的航空学校的学员当机立断，他们决定挤住在一起，而把房间腾出来给林徽因养病。飞行员们的热情善良深深地感动了病中的林徽因。

从此，这批特别的朋友和林徽因建立了联系。这些像恒弟一样年轻的航校学员，也就成了林徽因家的常客。如果某个时候林徽因家的客厅里存有一群年轻人的身影，那一定是那些年轻而活泼的飞行员。每到休息日，他们便相约到林徽因家里来玩，他们把林徽因当成亲姐姐一般，与她诉说着思乡的忧愁和报国无门的苦闷。他们学成时，林徽因和梁思成还被邀请作为"名誉家长"出席了他们的毕业典礼。没想到此后不到两年，这批年轻得让人嫉妒的朋友们先后都牺牲了，连仅有的一个幸存者，也在随后的衡阳战役中因飞机被击落而失踪了。航空学员全部阵亡后，私人遗物全寄到了林徽因家里，每一次她都失声痛哭一场。她原以为自己早已没有了眼泪，原以为自己的眼泪在父亲林长民和公公梁启超去世时就已经流光了。但泪水仍如决堤一般……

读诗人林徽因哀痛的诗篇，便能从她的每一行诗句中，感受到对亲人的挚爱和深深的眷念。有哀痛时的落寞，落寞时的泪飞如雨；有难过时的孤寂，孤寂时的哀愁如烟；当然，更有励志接受往后生活的强大精神……字字句句产生的是那种与眼泪并存的感染力！林徽因的祭诗，字字啼血，句句含泪。泪眼朦胧中，一字一句的厚重，把思念和哀伤变成了愈含愈沁的泪，而那滴滴眼泪最终而成愈凝愈深的情。

这一刻，似乎耳畔又传来既是一位诗人又是一位姐姐对英年早逝的弟弟最为深情的哭诉：

> 弟弟，我没有适合时代的语言，
> 来哀悼你的死；
> 它是时代向你的要求，
> 简单的，你给了。
> 这冷酷简单的壮烈是时代的诗，
> 这沉默的光荣是你。
> 假使在这不可免的真实上，
> 多给了悲哀，我想呼喊，
> 那是——你自己也明了——
> 因为你走得太早，
> 太早了，弟弟，难为你的勇敢，
> 机械的落伍，你的机会太惨！
> 三年了，你阵亡在成都上空，
> 这三年的时间所做成的不同，
> 如果我向你说来，你别悲伤，
> 因为多半不是我们老国，
> 而是他人在时代中辗动，
> 我们灵魂流血，炸成了窟窿。

三年了，又到弟弟林恒的祭日，那是林徽因泪雨滂沱的日子。她作为姐姐，用只有林恒才能听懂的声音，嗔怪他、叮嘱他、思念他，想他幼小的时候纯真的模样，想他那幼小而善良的心灵。情到深处，便情不自禁地一次又一次地轻唤他的小名：

"恒弟……恒弟……恒弟弟……"

止不住的仍然只是带血的泪滴……姐姐只想为恒弟缀织一件带翅膀

的羽衣，让他在天国像安琪儿那样自由翱翔……

"如果你听了我的歌儿落了泪，千万别探出窗儿问，你是谁？"曾几何时为之恸哭的歌谣，竟也轮到了林恒的亲人来唱……

林徽因仿佛看见弟弟正驾驶着"老鹰七五式"——中国的铁鸟，呼啸着冲上天空，舷窗外的云彩燃烧着，整个天空，翻滚在雷与火之中，机翼下面，是一座和平宁静的城市，母亲在轻轻哼唱着摇篮曲，摇篮里的孩子，睡得那么香甜……恒弟按动按钮，他感到了天空被撕裂的阵痛。然而，机身突然颤抖了一下。那时候，他觉得死亡离年轻的自己那样遥远……

> 弟弟，我已用这许多不美丽的言语，
> 算是诗来追悼你，
> 要相信我的心多苦，喉咙多哑，
> 你永不会回来了，我知道，
> 青年的热血作了科学的代替；
> 中国的悲怆永沉在我的心底。
> 啊，你别难过，难过了我会给不出安慰。
> 我曾每日那样想过了几回：
> 你已给了你所有的，同你去的弟兄
> 也是一样，献出你们的生命；
> 已有的年轻一切；将来还有的机会，
> 可能的壮年工作，老年的智慧；

"恒弟……"喊着弟弟的名字，林徽因或已泣不成声。从林恒走后，她便一直对无常的命运有一种刻骨铭心的恐惧！她恨苍天无眼，花还没有开，草还没有绿，春天的太阳还没有照常升起，然而青春得让人嫉妒的弟弟却被无常的命运所带走！

载着一个希望，便凌空而去。炮火与硝烟，遮住了只看了二十三年的容颜……留给目击者一生的哀伤，兼或还有几许愧疚，默默地聆听，血泪谱成的招魂曲……

生命用来嘲笑尘世里的懦弱者，痛苦仍留给白发的老母亲，留给兄弟，留给姐姐，留给朋友，留给蓝天，留给那架老式战机……

在风中，在雨夜，在火焰中，恒弟走了……在旷野，在寒秋，在碧空，道声"珍重"！恒弟，还有航空学校的英灵们，安息吧！她只能长歌当哭，用血和泪写下这首长诗，默默地在凄风苦雨中把他们祭奠！

抑制不住的刻骨悲痛，化作力透纸背的诗行，诗句中蕴涵的是震撼心灵的力量！这首悼亡诗，不仅献给诗人英年早逝的恒弟，事实上，林徽因也把这首诗献给了抗战时期所有以身殉国的飞行员们。

第六章
思辨：病中杂诗

　　梁从诫谈起母亲林徽因的诗歌创作，曾这样说："从她早期作品的风格和文笔中，可以看到徐志摩的某种影响，直到晚年，这种影响也还依稀有着痕迹。但母亲从不屑于模仿，她自己的特色越来越明显。"梁先生一语中的。

　　上苍给予了林徽因太多太多，给了她惊人的美貌，给了她超群的智慧，给了她患难与共的丈夫，给了她痴情执著的蓝颜知己……似乎一切太过完美，完美得老天都会嫉妒，于是也给了她病痛。

　　如果说"沉痛成就文人"，那么，九年辗转流亡的苦难日子和屡屡病痛，便成就了这一篇篇的病中杂诗。虽然她的《你是人间的四月天》几乎妇孺皆知、耳熟能详，但林徽因成就最高的诗歌还是《病中杂诗九首》，几乎每一篇都值得品味。流浪迁徙、贫病交加的日子里，她虽然在用敏感的心去感受人生中的幽暗，但她不是就此沉沦，而是相信苦难会有出口，在尘世诸多的冷冽环境中寻找和煦，寻找光亮，在残酷的生活中寻取柔韧与平和的心境。

　　林徽因早期的诗歌清丽、整饬，想象新奇，的确有着"新月"的味道，但在她后期的诗稿中，迷惘、惆怅、苍凉、沉郁已代替了战前那恬静、飘逸、清丽、婉约的格调。诗中时时流露出关怀祖国前途、命运的情愫。尤其是，她分别写于1944年的李庄、1946年的昆明、1947年的北平的《病中杂诗九首》，完全摆脱了"新月"的痕迹。颠沛流离的逃亡生活，让诗人对苦难有了更真切的体会和感悟。人到中年的诗人，咀嚼了生活中太多的酸甜苦辣，其中渐渐娴熟的现代诗歌手法，让其诗句有了深刻的思辨色彩。

　　1946年的夏天，林徽因一家终于回到了阔别多年的北平。九年的流亡生涯，让她对北平竟然生出恍若隔世的感觉。他们住进了清华大学的教授宿舍，总算苦尽甘来，有了一个安稳的家。

　　但病魔再次前来折磨美丽的诗人，林徽因的肺结核病情急剧恶化，协和医院的医生们决定为她做肾切除手术。手术前，她给好友费慰梅写信，信笺上一如既往的幽默诙谐：

我是来这里做一次大修。只是把各处的零件补一补，用我们建筑业的行话来说，就是堵住几处屋漏或者安上几扇纱窗。昨天傍晚，一大队实习医生、年轻的住院医生，过来和我一起检查了我的病历，就像检阅两次大战的历史似的。我们起草了各种计划（就像费正清时常做的那样），并就我的眼睛、牙齿、双肺、双肾、食谱、娱乐或哲学建立了各种小组，事无巨细包罗无遗，所以就得出了和所有关于当今世界形势的重大会议一样多的结论。同时，检查哪些部位以及什么部位有问题的大量工作已经开始，一切现代技术手段都要用上。如果结核现在还不合作，它早晚是应该合作的。这就是事物的本来逻辑。

这样的调侃病情，真让人读之忍俊不禁。但乐观幽默是说给别人听的，是为了不让好友担心自己，而忧虑、痛苦尽可以留给自己去慢慢咀嚼。事实上，手术前，她的心情低落到了极点，她唯有把这种"恶劣的心绪"写在诗里：

> 我病中，这样缠住忧虑和烦忧，
> 好像西北冷风，从沙漠荒原吹起，
> 逐步吹入黄昏街头巷尾的垃圾堆；
> 在霉腐的琐屑里寻讨安慰，
> 自己在万物消耗以后的残骸中惊骇，
> 又一点一点给别人扬起可怕的尘埃！
> 吹散记忆正如陈旧的报纸飘在各处彷徨，
> 破碎支离的记录中颠倒提示过去的骚乱。
> 多余的理性还像一只饥饿的野狗，
> 那样追着空罐同肉骨，自己寂寞的追着，
> 咬嚼人类的感伤；生活是什么还说不上来，
> 摆在眼前的已是这许多渣滓！
> 我希望：风停了；今晚情绪能像一场小雪，
> 沉默的白色轻轻降落地上；
> 雪花每片对自己和他人都带一星耐性的仁慈，
> 一层一层把恶劣残破和痛苦的一起掩藏；
> 在美丽明早的晨光下，焦心暂不必再有，——
> 绝望要来时，索性是雪后残酷的寒流！

可肾脏手术直到 1947 年 12 月才做，差不多拖了两个多月。在等待手术的漫长日子中，林徽因经常高烧不退，还要输血，最后还得等医院供应暖气。临进手术室时，她怕再也回不到人间，给闺蜜费慰梅依依惜别："再见，我最亲爱的慰梅。要是你忽然间降临，送给我一束鲜花，还带来一大套废话和欢笑该有多好。"

不久，在上海的大表姐王孟瑜得知林徽因病重，特地赶到北平来看望她。诗人时时感到人生苦短，甚至想到自己不久将辞别人世，她在《病中杂诗——写给我的大姊》里这样与大姊王孟瑜诀别：

> 当我去了，还有没说完的话
> 好像客人去后杯里留下的茶
> 说的时候，同喝的机会，都已错过
> 主客黯然，可不必再去惋惜它
> 如果有点伤感，你把脸掉向窗外
> 落日将尽时，西天上，总还留有晚霞
> 一切小小的留恋算不得罪过
> 将尽未尽的衷曲也是常情
> 你原谅我有一堆心绪上的闪躲
> 黄昏时承认的，否认等不到天明
> 有些话自己也还不曾说透
> 他人的了解是来自知觉的会心
> 当我去了，还有没说完的话
> 当钟敲过后，时间在悬空中暂住
> 你有理由等待更美好的继续
> 对忽然的终止，你有理由惧怕
> 但原谅吧，我的话永远不能完全
> 亘古到今情感的矛盾做成了嘶哑……

诗中处处透出无奈、悲慨和苍凉。诗写于一场大病中，其中有对人生，甚至死亡的思考。但说到死亡，哀而不伤，平静而庄严，透出知性的光芒。

或许是祖国的国徽还等着她去参与设计，或许是美丽的景泰蓝还等着她去发现更好的工艺，或许是人民英雄纪念碑的碑座还等着她构想……上苍也不忍让极富才情的美丽诗人过早离世，林徽因的手术是成功的。她终于出院回到她清华园家里自己温暖舒适的卧房中，她戏称这个地方是"隔音又隔友"。

最终林徽因摆脱了术后的高烧，她的体力在逐渐恢复。她的"贴身男护士"梁思成说，"她的精神活动也和体力一起恢复了，我作为护士可不欢迎这一点。她忽然间诗兴大发，最近她还从旧稿堆里翻出几首以前的诗来，寄到各家杂志和报纸的文艺副刊去。几天之内寄出了16首！就和从前一样，这些诗都是非常好的。"

林徽因的挚友金岳霖也写信告诉费慰梅夫妇："林徽因是好多了，问题在于而且始终在于她缺乏忍受寂寞的能力。她倒用不到被取悦，但必须老是忙着。"

就这样，大病初愈的林徽因，惜时如金，在病榻上反复修改诗作，并整理和争取刊发她的旧诗。那是一个从险恶的生命彼岸拼命游回来的女子对诗歌的深深迷恋。金岳霖在心疼之余，也只有鼓励她"把它们放到它们合适的历史场景中，这样不管将来的批评标准是什么，对它们就都不适用了。"

的确，林徽因的诗毫不矫揉造作，既没有美人式的娇嗔，更不会照着镜子自怨自艾。她从不伪饰，她的诗不是精致包装的空虚，而是直指幽暗心灵中的悲悯。她在《病中杂诗———一天》里这样诠释病中的自己是如何静坐于时光中并与时间悄然对话的：

> 今天十二个钟头，
> 是我十二个客人，
> 每一个来了，又走了，
> 最后夕阳拖着影子也走了！
> 我没有时间盘问我自己胸怀，
> 黄昏却蹑着脚，
> 好奇地偷着进来！
> 我说，朋友，
> 这次我可不对你诉说啊，
> 每次说了，伤我一点骄傲。
> 黄昏黯然，无言地走开，
> 孤单的，沉默的，
> 我投入夜的怀抱。

《病中杂诗———忧郁》就完全是一首人生哲理诗了。人生在世，总难免有忧郁的时候。可是忧郁这种情绪和心境是很难用具象化的语言来传达和表现出来的。林徽因此诗却别出心裁，把忧郁喻为"强硬的债主"，这种"看不见，摸不着"的情绪对人的纠缠而又难以摆脱的困扰，在林徽因的诗里表述得入木三分：

> 忧郁自然不是你的朋友；
> 但也不是你的敌人，你对他不能冤屈！
> 他是你强硬的债主，你呢？是
> 把自己灵魂押给他的赌徒。
>
> 你曾那样拿理想赌博，不幸
> 你输了；放下精神最后保留的田产，
> 最有价值的衣裳，然后一切你都
> 赌上，连自己的情绪和信仰，那不是自然？
>
> 你的债权人他是，那么，别尽问他脸貌
> 到底怎样！呀天，你如果一定要看清
> 今晚这里有盏小灯，灯下你无妨同他
> 面对面，你是这样的绝望，他是这样无情！

诗句中，那些直白而隐晦的意象，正如诗人林徽因自己所说，会在"不认识的孤单的人的心里"轻灵地"闪动"。即使读者偶尔在她酿造的意象之上捕捉到了那么一缕灵光，很快又一闪而过。正如企图渡到河流的对岸，踩着脚下光溜溜而五彩斑斓的美丽石子，对岸就是那个美丽的诗人，无奈"道阻且长"，诗人永远"宛在水中央"。读者虽然没办法追随诗人的心灵高度，但身心会沉浸在被她温暖过的"忧郁"所营造的氛围之中。

林徽因曾经在诗论文章《究竟是怎么一回事》里这样论写诗：

> 写诗，或可说是要抓紧一种一时闪动的力量，一面跟着潜意识浮沉，摸索自己内心所萦回，所着重的情感——喜悦，哀思，忧怨，恋情，或深，或浅，或缠绵，或热烈。又一方面顺着直觉，认识，辨味，在眼前或记忆里官感所触遇的意象——颜色，形体，声音，动静，或细致，或亲切，或雄伟，或诡异；再一方面又追着理智探讨，剖析，理会这些不同的性质，不同分量，流转不定的情感意象所互相融会，交错策动而发生的感

念；然后以语言文字（运用其声音意义）经营，描画，表达这内心意象，情绪，理解在同时间或不同时间里，适应或矛盾的所共起的波澜。

林徽因强调，写诗要"忠于意象，更忠于那一串刹那间内心闪动的感悟"。她特别强调诗歌中间情感、理性、记忆、幻想之间的独立、膨胀、紧张以及雄壮。这是林徽因1936年的诗论，里面蕴含了她对西方诗论的吸纳，但也是她个人诗歌创造中的独特感悟。很明显，她的诗论已不同于当时诗界的肤浅和表象。

林徽因现在保存下来的诗作仅63首，她的很多诗作在战乱、"文革"时期散佚了。她的诗借助于意象，越到晚期越倾向于思辨。诗直抵内心深处，毫无浅薄空虚，更不会无病呻吟。

诗人林徽因，本是娇弱女子，而她的诗里却难觅小家碧玉的娇气，倒多了些关注自己的内心世界和社会现实的铮铮理性。林徽因虽身为女人，但她的诗歌更倾向男性化，蕴含哲理，关注底层，发铿锵之音，这在当时的女诗人中是罕见的。

林徽因的诗形式上的离散化，内容上的自省自悟等，即使放在现在也不失"现代性"的高度。热爱诗歌于某种程度上讲，就是一种信仰抑或一种富有情趣的生活。而诗人林徽因，哪怕诗歌创作仅仅只是她的业余遣兴，但无疑她既是诗歌虔诚的信徒，也是诗歌艺术高贵的守护天使。

第三卷

作家林徽因：触摸一丝温润

我会惧怕孤独吗？我只是偶尔会感觉寂寞。

——林徽因

　　散文、小说、戏剧之于林徽因，与其说体现的是一种创作，不如说更多的是展示了她的真性情和一种文学素养。

第一章
骗走的童年：与父通信

林徽因的童年生活并不像大多数孩子一样无忧无虑、阳光灿烂。她幼小的心灵曾过早地罩上了一层来自家庭的阴影。故而，林徽因于一般场合很少提及自己的童年，倒是对闺蜜费慰梅，林徽因谈及过自己童年时光的零星片段。在费慰梅的印象中，"她的早熟可能使家中的亲戚把她当成一个成人而因此骗走了她的童年。"（引自费慰梅《梁思成与林徽因》）费慰梅的这句话，应该是对林徽因童年情状的真实刻画。

"早熟"二字切中了林徽因童年生活的特征。

这是一张现存最早的林徽因的照片，当时她才仅仅三岁。

一人立在院子里，背靠着做工考究的藤椅扶手，用新奇的目光注视着一个陌生世界。光洁突起的额头已显聪慧，一张小脸紧绷着。粉妆玉琢的脸上还没退尽婴儿时的肥胖神态，但眼神里却已经隐隐暗含戒备和不安。的确，在随后而来的童年中，除了在姑母身边启蒙的那几年，她几乎不再拥有和其他孩子一样的那种天真烂漫、无忧无虑。

在林徽因的家庭影集里，不难发现林徽因跟父亲林长民的合照最多。尤其是 1920 年左右在伦敦的那段日子，林徽因和父亲一起留下了不少的合影。照片上，父女二人的眉宇、神情是那么相似。林长民西装革履，而林徽因一身学生装，常常是倚靠在父亲身边，格外清丽脱俗。远离了国内封建思想下的清规戒律对女子的束缚，林徽因和林长民既是父女关系，也是无话不谈的朋友。林徽因的才气、禀赋乃至性情，在一定程度上，都源自于父亲林长民的遗传和影响。

林长民是民国初年闻名士林的书生逸士，少年时他在林氏家塾读书，受业于饱读诗书的闽中名士林纾，也由此获取了最初的西学知识。光绪二十三年林长民中秀才，但他为更大的志向放弃了科举。也是这一年，他弃举业在家苦学英文和日文。颇具远见的父亲林孝恂为他请了两位"洋老师"，一位是加拿大籍，另一位是日本籍。1906年林长民赴日留学，不久回国，在杭州东文学校毕业后再度赴日，就读于早稻田大学预科及大学部政经科。

有人这样描述林长民："躯干短小，而英发之慨呈于眉宇。貌癯而气腴，美髯飘动，益形其精神之健旺，言语则简括有力。"（引自徐一士《谈林长民》）林长民是日本留学生中公认的明星式人物。他热心社会公益，乐于为朋友排忧解难，一度还担任留学公会会长。推举他的人一致认为林长民身兼数长：一有才学，不仅学识渊博，且"善治事"；二有口才，善于辞令，滔滔雄辩；三有家财，"家本素封，交际所需，不匮于用"；四有胆识，遇事肯担当，决无畏葸之态。但是日本的天地并没有把林长民变成一个激进的革命青年，他仍希望通过自己的从政，以改良的方式实现立宪政治。因此当堂弟林尹民、林觉民慷慨陈词，宣扬革命的宗旨时，林长民则注重于广泛的交流结纳。他认识日本政治名流犬养毅、尾崎行雄，也熟识中国名人张謇、岑春煊。且与汤化龙、孙洪尹、刘崇佑、徐佛苏等留日的立宪派志士订为深交。甚至也结交君宪派的杨度，同盟会的宋教仁。用林长民的话来讲："政治家须有容人的雅量，中国前途不可知，尤须联络异己，为沟通将来政治之助。"

林长民从日本留学回国后，慨然于国民教育程度的低劣，拒绝了清政府赐予的翰林出身，回到祖籍福建出任官立法政学堂教务长。在此期间，他厘定学则，革除积习。后来，林长民赴北平，与当时著名的民国政客徐佛苏等组成"宪友会"鼓吹宪政。辛亥革命爆发后，林长民到上海参加第一届"各省都督府代表联合会"时，与同盟会党人发生争执。数日后林长民在南京下关车站遭遇行刺，所幸有惊无险。林孝恂闻儿子陷入时政之争，又惊又忧，遂将儿子关在自家楼上"累日不得出"。但林长民矢志不悔，他自信有政治异禀，欲做"治世之能臣"。

胸怀大志的林长民常年在外奔波，已能识文断字的小林徽因一直在慈祥的祖父祖母身边长大。从6岁开始，小林徽因即为年迈的祖父代笔给离家在外的父亲写家信，扮演着一个称职的小通信员的角色。今天虽然无法读到这些信了，但所幸家人仍保存了一沓父亲给她的回信，那年林徽因七岁。其中一纸家书，可读出林长民对爱女之深切关心：

徽儿：

　　知悉得汝两信，我心甚喜。儿读书进益，又驯良，知道理，我尤爱汝。闻娘娘往嘉兴，现已归否？趾趾闻甚可爱，尚有闹癖（脾）气否？望告我。

　　祖父日来安好否？汝要好好讨老人欢喜。兹寄甜真酥糕一筒赏汝。我本期不及作长书，汝可禀告祖父母，我都安好。

父长民三月廿日

　　信中提及的趾趾系林徽因胞妹麟趾，是年5岁，后夭折。"甜真酥糕一筒"是父亲奖励给"读书进益，又驯良，知道理"的小林徽因的，这是大人哄孩子的惯用伎俩，从这封信里看出父亲眼里的小林徽因虽然好学乖巧，但还是一个需要大人物质奖励才会"讨老人欢喜"的小孩子，舐犊之情溢于满纸。那么，下一封信里的慈父语气分明已经不是在给小孩子写信了！尽管林徽因那时也只不过12岁，父亲却已把她当成了能够倾听大人心声的早熟的小姑娘。

徽儿：

　　本日寄一书当已到。我终日在家理医药，亦藉此偷闲也。天下事，玄黄未定，我又何去何从？念汝读书正是及时。蹉跎悞了，亦爹爹之过。二娘病好，我当到津一作计议。春深风候正暖，庭花丁香开过，牡丹本亦有两三葩向人作态，惜儿未来耳。葛雷武女儿前在六国饭店与汝见后时时念汝，昨归国我饯其父母，对我依依，为汝留信，并以相告家事。儿当学理，勿尽作孩子气，千万谨记。

桂室老人五月五日

　　光阴在与父亲的鸿雁传书中慢慢流逝，小林徽因也日趋成熟懂事。她也慢慢习惯了像父亲一样用笔倾诉自己的情感。追溯林徽因写作的源头，不妨看做正是始于这些至情至真的家信。

　　祖父林孝恂的去世，让正值豆蔻年华的林徽因第一次感受到了生命中真正的哀伤，她越发懂事了。

1916 年，袁世凯称帝后林长民举家迁居天津英租界红道路。家虽安置在天津，但治世能臣林长民终日都在北平忙于政事，而林徽因的生母和二娘，都不是很能干，故而天津一大家子之里里外外，包括几个幼小的弟妹，都需要十二三岁的长女林徽因打点照料。她俨然似一个民国敏探春，原本不谙世事的少女，现在家里的大小事务都得一一参与操心，仿佛一夜之间而早熟起来。虽然不比贾探春在贾府管家时那般雷厉风行，但对人情和世事的洞察，对弟妹的悉心呵护，都已经超越了同龄人。

在给父亲的一封信上，林徽因曾这么批注：

> "二娘病不居医院，爹爹在京不放心，嘱吾日以快信报病情。时天苦热，桓病新愈，燕玉及恒则啼哭无常。尝至夜阑，犹不得睡。一夜月明，桓哭久，吾不忍听，起抱之，徘徊廊外一时许，桓始熟睡。乳媪粗心，任病孩久哭，思之可恨。"

字里行间，懂事而独立，毫无"孩子气"，有一种自觉的通明、早慧。桓弟是林徽因二娘的儿子，并不是一母所生，但林徽因特别疼爱这个弟弟，半夜哄孩子的事，原本是大人的事，现在却不得不也要让这位林家的千金长女来操劳。父亲远在北平，于家事力不从心，而屋里的当家女人们又难以完全承担起来，小林徽因不得不用其稚嫩的双肩来帮助家人担当家事。

林徽因的聪明伶俐、独立自主的精神以及颇能料理家务的能力，也让忙于政务的父亲感到欣慰和自豪。父亲遇到一些事情也会找女儿商量，父亲视这位早慧的女儿为掌上明珠，就连受到林家专宠的二娘程桂林也不得不承认，大娘生的这个林徽因是丈夫最喜欢、最疼爱的孩子。

父亲一直是宠爱林徽因的，可是在妻妾同院的封建大家庭里长大的她，作为长女——失宠的太太诞下的女儿，对人情世故，到底有着比一般孩子更深刻的体验。更何况，她常常还需要应对母亲和二娘之间的关系。那种人际处理上的压迫与纠结，即使林徽因心胸豁达敞亮，但想来，小小年纪的她，也难以消化那些大人之间的隔阂。不尽人意的家庭环境，让童年的林徽因变得格外早熟。

童年，本是一个有着丰富含义的词语，人们每每为它所包含的天真、单纯和无忧无虑之美所陶醉，可在林徽因身上，我们分明也感受到了她的童年也背负着沉重，也浸透着无奈和忧伤。

第二章
我知绣绣心：母亲郁郁寡欢的背影

　　翻遍林家相册，我们几乎看不到林徽因和母亲何雪媛两人的合照。在林徽因的世界里，母亲是一个无声的存在。《模影零篇》是林徽因写的一组记人的短篇小说，虽冠以小说，但文字介于散文、小说之间，文笔成熟、洗练，所记述的人物生动、鲜活，体现了林徽因将感性和知性进行适度调和的天赋。在她的短篇小说《模影零篇——绣绣》中，林徽因母亲的形象却清晰可辨。

　　《模影零篇——绣绣》以第一人称着笔，讲述了一个叫绣绣的小女孩跟着失宠的母亲一起过着清苦日子的故事。绣绣的母亲生了五六个子女，都不幸夭折。绣绣的爹爹徐大人跟姨娘生活在一起，过着富庶的生活，但对绣绣母女苛刻而冷漠。绣绣和母亲完全得不到父亲的爱。母亲让绣绣去爹爹那里要生活费，绣绣非常惧怕，但又不能不去。到了让她羡慕的姨娘家，她多么渴望得到爹爹买给姨娘的钟，还有爹爹家的狗。绣绣的爹来要地契，母亲不给，爹爹一怒之下，砸碎了绣绣刚用皮鞋换来的两只小花瓷碗……绣绣就这么孤苦地活着，病了也没人理睬，最终早逝。

　　故事虽以第一人称"我"来叙述，但显而易见，这个"我"并不是林徽因的代言人，小说的主人公"绣绣"，才是林徽因童年里的那个真实的"我"。父亲有了姨太太，母女寄人篱下，母亲脾气暴躁，绣绣孤单成长。小说开头，绣绣用皮鞋换来的两个花瓷碗，在故事的结尾也被怒火中烧的父亲摔碎了，那刻，随着小花瓷碗的粉身碎骨，也隐喻着林徽因一直渴望的美好生活也随之破碎。

　　母亲何雪媛的娘家在浙江嘉兴，她是一个小作坊主的幺女，家境也还殷实，在娘家即被父母宠惯了，女红爱学不学，也没念过一天书，凡事任性而为。大太太叶氏与林长民是指腹为婚，她病逝过早，没留下子嗣。何雪媛嫁入林家虽是续弦，但仍称名副其实的正室，她的首要任务就是为林家延续香火，开枝散叶。何雪媛也生过一男两女，只有大女儿林徽因活了下来，其他都不幸夭折。在重男轻女的时代，何雪媛自然得不到林家的欢心。加之，在书香门第的林家，能让女人在大家门户安身立命的女红、书法和诗词等，她没有一样擅长，如此，在出身于大家闺秀的婆婆面前，在书卷气十足的小姑子们面前，都难免自卑。

中国古训历来是不孝有三，无后为大，眼看何雪媛传嫡无望，林长民为安抚母亲的不快，遂起续弦之意。在林徽因八岁时，父亲林长民再娶，家里迎来了一位林徽因的"二娘"，即她的父亲在上海新娶的小妾程桂林。不期，程桂林完全俘获了林长民的心。

何雪媛原以为这个上海女子程桂林貌美如花，甚至还以为这个夺去丈夫欢心的女人也像林家小姑子一样知书达理，琴棋书画样样精通，哪知姿色平平，而且与自己一样也是目不识丁，何雪媛郁闷到了极点，百思不得其解。

但这个程桂林，的确有一套"御夫术"。她在大上海经过风物的熏陶，说话柔声细语，乖巧伶俐，再加上她正年轻，极能生养，一口气为林长民生了四个儿子，倒真应验了"嗣徽音，则百斯男"之说。公公婆婆自然乐得合不拢嘴，连家里的财政大权也全交给她掌管。林徽因的堂弟林宣老先生后来回忆"程桂林很精明，有钱就捞，没钱就贴，她对二房（林徽因生母）比较欺，二房有寄人篱下的感觉。"林长民由此对这个小妾更是疼爱有加。他自诩"桂林一枝室主"，显然是从爱妾"程桂林"的名字演化而来。林长民沉醉在"桂林一枝室"里，二娘、父亲以及他们的孩子一家住在宽敞明亮的前院，尽享天伦，其乐融融。而林徽因母女却被撵到了逼仄阴暗的后院，犹如冷宫，这里冷清寂寞，父亲几乎是不踏进去一步的。母亲的性格越发阴郁，前院的欢声笑语，不时飘到冷寂的后院，这让林徽因母女听了越发凄凉。

前院承欢，后院凄凉。母亲郁郁寡欢的身影，是小林徽因心口永远的痛。她在读《红楼梦》时，或许会情不自禁想起赵姨娘吧？自己的母亲原本是父亲的正室，却沦落到"身不如妾"的地位！

林徽因和母亲的关系是那样的纠结，心生无奈，又能若何？虽没办法对母亲有发自内心的爱，但血缘和天伦息息相关，岂能生怨母、恨母之理？但才气横溢的林徽因和目不识丁的母亲何雪媛，心灵上是难以共鸣的！何雪媛由于不能为林家添后而渐渐失宠于林家，再加之其守旧、固执和急躁的情绪使然，致其常年失意而积怨于一身。虽说女儿是妈妈的小棉袄，但林徽因这件"小棉袄"是一款新颖的西式夹袄，这对于终日沉郁的何雪媛来说，又如何可以合身？

林徽因少女时即随父亲漂洋过海，见多识广，潜心于建筑，操一口流利的英文，吟诗作画，撰文骑马，样样在行。她有儒雅浪漫的父亲，她有事业有成的丈夫，她有才华横溢的朋友，属于她的世界永远是那么明亮、灿烂、精彩。而她的生母何雪媛，一直就像她身后的阴影，探着一双怨妇般的双眼，郁郁寡欢。

何雪媛是旧时代的可怜女人，大字不识，毫无情趣，不能与丈夫举案齐眉。在人才济济的林家，她的存在只能甘当"绿叶"做陪衬。但心态未必平和的她又心不甘情不愿，被丈夫冷落，被婆婆冷待，使何雪媛最终陷入了怨天尤人的怪圈。于是，苦闷的何雪媛，经常把那些幽怨一股脑儿地发泄在女儿林徽因身上，这也便让小小年纪的林徽因精神上留下了一层挥之不去的童年阴影。

左手边是儒雅、浪漫、大有作为的父亲，右手边是阴郁、平庸、裹着一双小脚的母亲，小林徽因夹在名为夫妻实则早就分居的父母之间，感情的天空阴晴不定。父亲和母亲，给予林徽因的，是具天渊之别的两种世界。父爱的丽日晴空里，有推心置腹的交谈，有广阔无垠的大海，有乘风破浪的万里邮轮，有异域的名胜古迹，有流畅的英语，有舒缓的钢琴，还有高朋满座的聚会……而母亲的世界带给她的，只有后院里，那一声声哀怨和叹息，就跟母亲那双裹得像粽子般的小脚一样，禁锢之感让人觉出窒息。

> "她爱父亲，却恨他对自己母亲的无情；她爱自己的母亲，却又恨她不争气；她以长姊真挚的感情，爱着几个异母的弟妹，然而，那个半封建家庭中扭曲了的人际关系却在精神上深深地伤害过童年的她。"（梁从诫《倏忽人间四月天》）

这些"家丑"，林徽因从不为外人道，但于她的外国友人费慰梅则是一个例外，林徽因曾经在给费慰梅的信中抱怨过母亲：

> "最近三天我自己的妈妈把我赶进了人间地狱。我并没有夸大其词。头一天我就发现我的妈妈有些没力气。家里弥漫着不祥的气氛，我不得不跟我的同父异母弟弟讲述过去的事，试图维持现有的亲密接触。晚上就寝的时候已精疲力竭，差不多希望我自己死掉或者根本没有降生在这样一个家庭……那早年的争斗对我的伤害是如此持久，它的任何部分只要重现，我就只能沉溺在过去的不幸之中。"（林徽因《致费慰梅信》）

原来林徽因的母亲对丈夫和程桂林的怨愤，就像中国许多遭受冷遇的女人一样，有时就自然地迁怒到了姨太太的子女身上。和林徽因同父异母的胞弟林恒是林徽因最疼爱的弟弟，林恒从福建到北平投考清华大学时，暂寄住在姐姐家，但林徽因的母亲却嫉恨有加，经常无缘无故地挑起鸡毛蒜皮一般的家庭纠纷，让林恒陷于尴尬之中。这让夹在中间的林徽因痛苦异常，自比身在"人间地狱"。

林徽因病逝后，母亲何雪媛仍然与女婿梁思成一起生活，由梁思成照料何雪媛的日常起居。20世纪70年代初跟随了何雪媛后半生的女婿梁思成又先她而去，何雪媛又随梁的续弦林洙过日子。当年周恩来总理得知林徽因母亲仍健在，即指示有关部门给予何雪媛每月五十元生活费。"文革"中红卫兵抄家，抄出了何氏藏放在衣箱底的一柄刻有"蒋中正赠"字样的短剑。那把短剑是林徽因异母弟弟林恒的遗物。当年林恒在航校念书，而凡航空学校毕业的学员，每人均能获得这件具特殊意义的离校纪念品。此剑是林恒牺牲后由林徽因作为遗物珍藏下来的，林徽因病故则又留给老太太收存。而私藏"蒋中正赠"字样的短剑，在"文革"那些日子里，那就是天大的罪名！何老太太饱受红卫兵小将的一顿皮肉之苦，不在话下！她憎恨了一辈子的程桂林之子林恒的遗物使她"莫名其妙"的挨打，冥冥中，这该不会是宿怨中的因果吧？

纵然冰雪聪明的林徽因深得父亲以及其他长辈的宠爱，但是，当受宠之后回到冷落的后院，面对母亲阴沉忧郁的神情时，她不得不过早地体会世态的炎凉。母亲失意而内心痛苦，聪慧敏感的女儿自然要处处提防刺激母亲，哪里还能任由天性流露、率性而为呢？

才华横溢的父亲和平庸简单的母亲，在林徽因的生命中，划出了两道截然不同的印痕。父亲那边开明而豁达，常常带给她新奇和欢欣。而母亲这边永远散发的是阴郁和陈旧的气息，带给她的只有隐隐的痛。何雪媛脾气急躁，多少也折射到了林徽因的身上。心直、口快的林徽因也是急性子，这点与其母亲倒是如出一辙。而性子急躁的母女俩常年生活在同一屋檐下，则难免矛盾迭起，那样，哪里会有太多的宁日？

> "我自己的母亲碰巧是个极其无能又爱管闲事的女人，而且她还是天下最没有耐性的人。刚才这又是为了女佣人。真正的问题在于我妈妈在不该和女佣人生气的时候生气，在不该惯着她的时候惯着她。还有就是过于没有耐性，让女佣人像钟表一样地做好日常工作但又必须告诫她改变我的吩咐，如此等等——直到任何人都不能做任何事情。我经常和妈妈争吵，但这完全是傻冒和自找苦吃。"（林徽因《致费慰梅信》）

但可怜的母亲就剩林徽因这么一个女儿，她跟随林徽因生活了几乎一辈子，但最终林徽因还是先母亲而去了天国。关于这对特殊的母女，她们的邻居金岳霖在写给友人费正清的信里，用哲学家冷静的眼光分析了何雪媛和林徽因母女俩的关系，笔到之处，堪称精辟：

> "她（指何雪媛）属于完全不同的一代人，却又生活在一个比较现代的家庭中，她在这个家庭中主意很多，也有些能量，可是完全没有正经事可做，她做的只是偶尔落到她手中的事。她自己因为非常非常寂寞，迫切需要与人交谈，她唯一能够与之交流的人就是林徽因，但林徽因由于全然不了解她的一般观念和感受，几乎不能和她交流。其结果是她和自己的女儿之间除了争吵以外别无接触。她们彼此相爱，但又相互不喜欢。我曾经多次建议她们分开，但从未被接受，现在要分开不大可能。"

林徽因五十一岁病逝后，其八十多岁的母亲何雪媛已经是老态龙钟了，她甚至不知道躺在医院里的女婿也已经病故，随后，何雪媛的日常生活便全依赖林洙照料了。就在梁思成离开人世半年之后，何雪媛也以九十岁的高龄，走完了她人生中的那些孤寂的日子，最后悄然消失在尘世间。

何雪媛的一生，几乎是在无声无息中完成的，如果说林长民是当年林家大院里的一棵枝繁叶茂的大树，那么何雪媛仅仅只是活在大树旁边的一棵小草。无论如何，何雪媛在那棵大树底下还是接受过了葱葱绿叶的荫庇，也呈现过身为林家大太太的姿态。事实上，她于林家，也非完全没有主张和能量的女人，但是，在林家的香火牌上，毕竟没有何雪媛留下的后嗣，这对于当年的一个本质上的封建家庭而言，何雪媛的地位是可想而知的。苦于自己的"八字"不济，流年失宠便成必然，她也只能在那棵大树下面轻轻地来去，甚至还恐怕打扰了满树之绿意盎然和喧嚣热闹。据说，晚年的林长民曾在自己的宅院里栽了两株桧树，桧树也称栝树，因此林长民自谓是"双栝老人"。桧树是雌雄异株的常绿乔木，如果其中一株代表的是林长民自己，那么既不是元配，也不是爱妾的何雪媛，估计和另一株是沾不上边的。

林徽因的生母何雪媛比她的丈夫、女儿、女婿都活得长，她用一种简单的方式，平庸地过完了自己的一生。在其漫长的人生旅途中，事实上也上演了一场所谓的"无事的悲剧"。是的，类似这样被寂寞和苦闷所充满的悲剧，于过去，于当代，在中国女性群里实在比比皆是，估计多得连她们自己都意识不到！

第三章
诗意的信仰：悼志摩

　　林徽因的第一篇小说《窘》，写于 1931 年 6 月。在这篇小说中，林徽因首次提到了"代沟"这个概念。代沟，这道看似无形的鸿沟，却无处不在，其时时给人以生存的压迫感。当时的外界也有一些关于她和徐志摩的流言蜚语，也许，林徽因写作《窘》的另一个目的只是为了告诉那些捕风捉影的人们，她和徐志摩当年交往的真相。

　　小说以细腻、传神的心理描写，写出了主人公维杉，作为一个中年知识分子在现实生活中由于经济窘迫和精神压抑而带来的双重尴尬。维杉爱上了朋友的女儿，但天真无邪、活泼机灵的女孩子只是把他当做一个可爱的"叔叔"而已，完全没有明白"叔叔"对她的特殊感情，维杉既不能对女孩倾诉，也不能让朋友知晓，他为这难以启齿的情感"窘极了"，小说最后以维杉离开北平南下而结束。字里行间依稀有作者本人与徐志摩当年在英国伦敦交往的影子，只不过故事发生的地点搬到了北平。

　　如果说林徽因"以诗言志"，那么这篇小说就有些许"解释澄清"的意思了。林徽因的《窘》，经徐志摩的手发表在当年 9 月的《新月》杂志上，一方面，在小说中把这种"窘极了"的感情表现得"发乎情，止乎礼"，显得合情合理之外，另一方面，通过对女孩天真、烂漫和纯洁的描写，似乎也在告诉别人，自己当年因年幼懵懂而没有理解这种感情的能力。

　　1931 年 11 月 19 日，徐志摩搭乘的"济南"号飞机，飞越济南上空时遭遇大雾天气。飞行员降低飞行高度寻觅航线，不幸撞在济南市长清县的开山顶部，机毁人亡。徐志摩时年三十五岁。林徽因在徐志摩死后两周，写下了一篇散文《悼志摩》，发表在 1931 年 12 月 7 日的《北平晨报》上。面对亡灵，其情感之真挚，言辞之悲恸，文笔之优美，令人读之不能不动容。

　　最让林徽因不能释怀的是，徐志摩之所以急急忙忙地搭乘那架失事的"济南"号飞机，实在是和她的一个邀约有关。原来，11 月 19 日林徽因在北平有一场《中国的宫室建筑艺术》的主题演讲会。在林徽因的学术生涯中，这是她的首场重要的学术演讲。徐志摩得知消息后，前往北平的演讲会场为林徽因捧场，尽在情理当中。只是人事和天象都不作美，致从上海匆忙而来的徐志摩因飞机途中触碰山体而罹难。

徐志摩在南京登上飞机之前，曾给林徽因拍电报，约定在11月19日下午3时飞机到达北平南苑机场后，由林徽因准备汽车接他。19日这天，林徽因让丈夫梁思成去南苑机场迎接徐志摩。梁思成一直等到下午4点半，也没有见到"济南"号飞机降临。当晚，演讲会也未见徐志摩到场。林徽因似有预感，心急如焚。后来得知徐志摩在济南遇难，悲痛之情无以复加。当时，有孕在身的林徽因连夜赶制花圈以寄托哀思。花圈上碧绿的铁树叶和洁白的花朵，浸透了林徽因的滴滴泪水。林徽因还特意把她珍藏的一张徐志摩的照片镶嵌在花圈中间，照片上是徐志摩永远年轻的面孔，那一双明亮的眼睛，好像随时都在诉说一位唯美诗人的浪漫情怀……

噙着泪花，林徽因以挚友的身份，用饱含情感的笔墨写下了《悼志摩》：

> 一月十九日我们的好朋友，许多人都爱戴的新诗人，徐志摩突兀的，不可信的，残酷的，在飞机上遇险而死去。这消息在二十日的早上像一根针刺触到许多朋友的心上，顿使那一早的天墨一般地昏黑，哀恸的咽哽锁住每一个人的嗓子。
>
> 志摩……死……谁曾将这两个句子联在一处想过！他是那样活泼的一个人，那样刚刚站在壮年的顶峰上的一个人。朋友们常常惊讶他的活动，他那像小孩般的精神和认真，谁又会想到他死？
>
> 突然的，他闯出我们这共同的世界，沉入永远的静寂，不给我们一点预告，一点准备，或是一个最后希望的余地。这种几乎近于忍心的决绝，那一天不知震麻了多少朋友的心？现在那不能否认的事实，仍然无情地挡住我们前面。任凭我们多苦楚的哀悼他的惨死，多迫切的希翼，能够仍然接触到他原来的音容，事实是不会为我们这伤悼而有些须活动的可能！这难堪的永远静寂和消沉便是死的最残酷处。

此时此刻的林徽因，已经是无所顾虑了，一反多年的矜持，一任悲痛尽情地宣泄：

> 我们不迷信的，没有宗教地望着这死的帷幕，更是丝毫没

有把握。张开口我们不会呼吁，闭上眼不会入梦，徘徊在理智和情感的边沿，我们不能预期后会，对这死，我们只是永远发怔，吞咽枯涩的泪；待时间来剥削着哀恸的尖锐，痂结我们每次悲悼的创伤。那一天下午初得到消息的许多朋友不是全跑到胡适之先生家里么？但是除去拭泪相对，默然围坐外，谁也没有主意，谁也不知有什么话说，对这死！

谁也没有主意，谁也没有话说！事实不容我们安插任何的希望，情感不容我们不伤悼这突兀的不幸，理智又不容我们有超自然的幻想！默然相对，默然围坐……而志摩则仍是死去没有回头，没有音讯，永远地不会回头，永远地不会再有音讯。

我们中间没有绝对信命运之说的，但是对着这不测的人生，谁不感到惊异，对着那许多事实的痕迹又如何不感到人力的脆弱，智慧的有限。世事尽有定数？世事尽是偶然？对这永远的疑问我们什么时候能有完全的把握？……谁相信就是这一个钟头中便可以有这么不同事实的发生，志摩，我的朋友！

……

现在这事实一天比一天更结实，更固定，更不容否认。志摩是死了，这个简单残酷的实际早又添上时间的色彩，一周，两周，一直的增长下去……

我不该在这里语无伦次的尽管呻吟我们做朋友的悲哀情绪。归根说，读者抱着我们文字看，也就是像志摩的请柏雷一样，要从我们口里再听到关于志摩的一些事。这个我明白，只怕我不能使你们满意，因为关于他的事，动听的，使青年人知道这里有个不可多得的人格存在的，实在太多，决不是几千字可以表达得完。谁也得承认像他这样的一个人世间便不轻易有几个的，无论在中国或是外国。

我认得他，今年整十年，那时候他在伦敦经济学院，尚未去康桥。我初次遇到他，也就是他初次认识到影响他迁学的狄更生先生。不用说他和我父亲最谈得来，虽然他们年岁上差别不算少，一见面之后便互相引为知己。他到康桥之后由狄更生介绍进了皇家学院，当时和他同学的有我姊丈温君源宁。一直到最近两个月中源宁还常在说他当时的许多笑话，虽然说是笑话，那也是他对志摩最早的一个惊异的印象。志摩认真的诗情，绝不含有任何矫伪，他那种痴，那种孩子似的天真实能令人惊讶。源宁说，有一天他在校舍里读书，外边下起了倾盆大雨——惟是英伦那样的岛国才有的狂雨——忽然他听到有人猛敲他的房门，外边跳进一个被雨水淋得全湿的客人。不用说他便是志摩，一进门一把扯着源宁向外跑，说快来我们到桥上去等着。这一来把源宁怔住了，他问志摩等什么在这大雨里。志摩睁大了眼睛，孩子似的高兴地说"看雨后的虹去"。源宁不止说他不去，并且劝志摩趁早将湿透的衣服换下，再穿上雨衣出去，英国的湿气岂是儿戏，志摩不等他说完，一溜烟地自己跑了。

以后我好奇地曾问过志摩这故事的真确，他笑着点头承认这全段故事的真实。我问：那么下文呢，你立在桥上等了多久，并且看到虹了没有？他说记不清但是他居然看到了虹。我诧异地打断他对那虹的描写，问他：怎么他便知道，准会有虹的。他得意地笑答我说："完全诗意的信仰！"

"完全诗意的信仰"，我可要在这里哭了！也就是为这"诗意的信仰"他硬要借航空的方便达到他"想飞"的宿愿！"飞机是很稳当的"他说，"如果要出事那是我的运命！"他真对运命这样完全诗意的信仰！

志摩我的朋友，死本来也不过一个新的旅程，我们没有到过的，不免过分地怀疑，死不定就比这生苦，"我们不能轻易断定那一边没有阳光与人情的温暖"，但是我前边说过最难堪的是这永远的静寂。我们生在这没有宗教的时代，对这死实在太没有把握了。这以后许多思念你的日子，怕要全是昏暗的苦楚，不会有一点点光明，除非我也有你那美丽的诗意的信仰！

徐志摩的遗体安放在济南福缘庵，梁思成、金岳霖、张奚若等好友前往，那天天地间忽然下起冷雨，雨滴敲击在福缘庵的青瓦上，凄婉地唱着挽歌。灵柩里徐志摩静静地躺着，穿着一身传统的蓝色绸布长袍，上罩一件黑马褂，头戴红顶黑绸瓜皮小帽，左额角一个李子大小的洞，这是他的致命伤。徐志摩曾经写过一篇散文《就使打破了头，也还要保持我灵魂的自由》，这文，竟然如谶言一般，预示了诗人生命的结局。他用飞翔的姿势，给自己诗意的一生画上了句号。是早有预感吗？为何这般匆匆，连一个招呼都不打就永远地走了？林徽因心如刀绞：

"志摩的最动人的特点，是他那不可信的纯净的天真，对他的理想的愚诚，对艺术欣赏的认真，体会情感的切实，全是难能可贵到极点。他站在雨中等虹，他甘冒社会的大不韪争他的恋爱自由；他坐曲折的火车到乡间去拜哈岱，他抛弃博士一类的引诱卷了书包到英国，只为要拜罗素做老师，他为了一种特异的境遇，一时特异的感动，从此在生命途中冒险，从此抛弃所有的旧业，只是尝试写几行新诗——这几年新诗尝试的运命并不太令人踊跃，冷嘲热骂只是家常便饭——他常能走几里路去采几茎花，费许多周折去看一个朋友说两句话；这些，还有许多，都不是我们寻常能够轻易了解的神秘。我说神秘，其实竟许是傻，是痴！事实上他只是比我们认真，虔诚到傻气，到痴！他愉快起来他的快乐的翅膀可以碰得到天，他忧伤起来，他的悲戚是深得没有底。寻常评价的衡量在他手里失了效用，利害轻重他自有他的看法，纯是艺术的情感的脱离寻常的原则，所以往常人常听到朋友们说到他总爱带着嗟叹的口吻说："那是志摩，你又有什么法子！"他真的是个怪人么？朋友们，不，一点都不是，他只是比我们近情，比我们热诚，比我们天真，比我们对万物都更有信仰，对神，对人，对灵，对自然，对艺术！

朋友们，我们失掉的不止是一个朋友，一个诗人，我们丢掉的是个极难得可爱的人格。……

谁相信这样的一个人，这样忠实于"生"的一个人，会这样早地永远地离开我们另投一个世界，永远地静寂下去，不再透些许声息！

我不敢再往下写，志摩若是有灵听到比他年轻许多的一个小朋友拿着老声老气的语调谈到他的为人不觉得不快么？这里我又来个极难堪的回忆，那一年他在这同一个的报纸上写了那篇伤我父亲惨故的文章，这梦幻似的人生转了几个弯，曾几何时，却轮到我在这风紧夜深里握吊他的惨变。这是什么人生？什么风涛？什么道路？志摩，你这最后的解脱未始不是幸福，不是聪明，我该当羡慕你才是。

这些至真至情的文字写出了徐志摩独特的气质和魅力，一位对艺术、对美痴迷，对朋友、对一切人包容、善良，对理想、信念、坚守和忠诚的诗人形象在作者心中永恒。这些文字虽已是痛苦煎熬过后的沉静与理智，但字里行间的感伤及凄婉之情跃然纸上，读之泪湿。也许徐志摩对她来讲只是一个"好朋友"——一个能倾注如此赞誉的特殊"朋友"。其中究竟是怎样高尚纯净的一种心灵缠绵，只有当事人自己才最有发言权。

　　无疑，美丽聪慧的林徽因深爱着丈夫和一对儿女，而对昔日的挚友徐志摩，深怀于内心的那种钦佩和眷恋之情，也非那么容易被时光所冲淡的。四年之后，林徽因又写了一篇散文《纪念志摩去世四周年》，并发表在1935年12月8日的《大公报》上，悲痛之情丝毫不减当年。

　　　　去年今日我意外的由浙南路过你的家乡，在昏沉的夜色里我独立火车门外，凝望着那幽黯的站台，默默的回忆许多不相连续的过往残片，直到生和死间居然幻成一片模糊，人生和火车似的蜿蜒一串疑问在苍茫间奔驰。我想起你的：

　　　　火车擒住轨

　　　　在黑夜里奔过山，过水，过……

　　　　如果那时候我的眼泪曾不自主的溢出睫外，我知道你定会原谅我的。你应当相信我不会向悲哀投降，什么时候我都相信倔强的忠于生的……

　　可以说这两篇悼文是林徽因散文中的精品。当年悼念徐志摩的文章很多，但都不及林徽因悼文中的情感深沉而浓烈！还有什么情感比两颗心灵的相知相惜，或离或即，更为奇妙的呢？忽远忽近，忽明忽暗，忽冷忽暖，忽真忽幻……晓风舞，云外月，情与思，长如许。想倚窗今夜，为谁凝伫？人已去，尤相问，更见情何以堪。人既去，相告慰，足见心里放不下。那份伤感，那种痛彻，唯有冷暖自知。夜风中隐约传来一声穿越时空的轻微叹息，那是林徽因的心语：

　　　　"这生和死的谜，你又该写成怎样一首诗来，纪念一个死别的朋友？"

　　徐志摩死后，林徽因让梁思成从济南飞机出事地点捡回了一块飞机的残骸，直到林徽因去世，她都把它挂在自己卧室的墙壁上。这不止是她对徐志摩的真挚缅怀，更体现了她的一种坦荡的胸襟。从某种意义上说，也是她对世俗社会的一种蔑视吧。

第四章
北平众生相：九十九度中

　　林徽因在繁忙的古建筑考察之余，开始涉足文坛，随着她的文字履历的不断加深，文字素养的不断沉淀，其文学天赋便逐渐显露了出来。看似信手拈来的一篇文字，却总能推陈出新，清香四溢。尤其是徐志摩去世以后，林徽因的文笔越发迤逦，视角也越发独特，其文字也磨砺得日趋锋芒闪烁。

　　林徽因的天赋中即富含对事物的想象，其敏锐的观察力，可让她的思维于瞬间就能游走于天地之间。文字之最难得处，就是能用自己丰富的想象力去感染读者，进而也给读者带来适度的想象空间。从林徽因的散文《蛛丝与梅花》里，人们即可不太困难地触摸到林徽因的那种高度形象的思维灵感。从客厅门框上两根细细的蛛丝落笔，作者启用轻轻的笔触，便从容地牵连到了一枝梅花上。一枝姿色斜好而幽香不知来自何处的梅，自此开始，在她的笔下婷婷婉转而意趣横生：

　　　　"一串串丹红的结蕊缀在秀劲的傲骨上，最可爱，最可赏，等半绽将开地错落在老枝上时，你便会心跳！梅花最怕开；开了便没话说。索性残了，沁香拂散如夜里炉火都能成了一种温存的凄清……一枝两枝，老枝细枝，横着，虬着，描着影子，喷着细香；看残照当窗，花影摇曳，你像失落了什么，有点迷惘；浪漫，极端的浪漫，飞花满地为谁扫？你问，情绪风似的吹动，卷过，停留在惜花上面。再回头看看，花依旧嫣然不语。如此婷婷，谁人解看花意，把同情统统诗意地交给了花心"。

　　看花更需惜花人，林徽因可谓梅花的知音了。惜花而解花，解花而解相关的恋情……蛛丝就这样化为情思，越牵越长，直至"由门框梅花牵出宇宙，浮云沧波踪迹不定。"

　　如果说《蛛丝与梅花》还只是作者在"窗内"的遐想，那么1934年，林徽因在《大公报·文艺副刊》上发表的散文《窗子以外》，就恣肆淋漓多了。她用窗子的处境来形容像自己一样的知识分子和外界的

隔阂:

> 所有的活动的颜色声音，生的滋味，全在那里的，你并不是不能看到，只不过是永远地在你窗子以外罢了。多少百里的平原土地，多少区域的起伏的山峦，昨天由窗子外映进你的眼帘，那是多少生命日夜在活动着的所在。
>
> 没想到不管你走到那里，你永远免不了坐在窗子以内的。不错，许多时髦的学者常常骄傲地带上"考察"的神气，架上科学的眼镜偶然走到那里一个陌生的地方瞭望，但那无形中的窗子是仍然存在的。不信，你检查他们的行李，有谁不带着罐头食品，帆布床，以及别的证明你还在你窗子以内的种种零星用品，你再摸一摸他们的皮包，那里短不了有些钞票；一到一个地方，你有的是一个提梁的小小世界。
>
> 你是仍然坐在窗子以内的，不是火车的窗子，汽车的窗子，就是客栈递旅的窗子，再不然就是你自己无形中习惯的窗子，把你搁在里面。接触和认识实在谈不到，得天独厚的闲暇生活先不容你。
>
> 就是那一天早上你无意中出去探古寻胜，这一省山明水秀，古刹寺院，动不动就是宋辽的原物。这样一来你的窗子前面便展开了一张浪漫的图画，打动了你的好奇，管它是隔一层或两层窗子，你也忍不住要打听点底细。

《窗子以外》这篇散文，深刻地表现了知识分子想了解社会现实而又不能的苦闷心态。林徽因的父亲带她出国考察，使她的创作视觉不可能完全局限于用静态美学对"窗内"的生活世界以观照，尤其是与梁思成结婚后，为搜集古建筑资料而让足迹遍及大半个中国的社会实践，极大地拓展了她关于生活的思维空间，并丰富了她对人生和社会的知识容量。这自然也会影响到作者文艺思想的细微变化。

林徽因用其对事物极其敏感的观察，智慧地勾勒了一扇无形的窗子。其实，不管我们怎么去寻觅，怎么去缅怀，我们隔着的不仅仅是窗子，还有岁月。自此，"窗子"成了林徽因话语里具特定含义的词汇。《窗子以外》是林徽因之最富盛名的散文之一，后来由朱自清选入《西南联大国文示范读本》，传诵一时。

而能让林徽因在文坛上声名鹊起的作品，则非短篇小说《九十九度中》莫属！这篇小说于1934年发表于《学文》的创刊号上。其便是她试着以"入世者"的眼光突破"窗子"对她的局囿，开始打量"窗外"喧器的世界。

《九十九度中》写了作者熟悉的北平，使用全新的跟踪拍摄式的实录手法，小说以一个暑热中的北平城为背景，记录了一天当中城内社会各阶层之纷乱的生活状态和矛盾的心理冲突。小说发表后近一年基本没有反响，但李健吾先生眼光犀利，作品一经他精到的评论，《九十九度中》的那种独特的人文视角和别具洞天的文字构思，顿然震惊了文坛。

林徽因以电影蒙太奇的表现手法，运用意识流，理智冷静地将生活的众生相摊放于烈日之下。在小说短小的篇章里，潜藏了种种对比：忙碌奔波与娱乐消遣；贫穷与奢侈；婚礼的喜庆与内心的凄凉；场面的热闹繁华与人们的虚伪争斗；气温的闷热与世态的炎凉。一面是所谓的上流社会中的富人们的空虚和庸俗，一面是下层劳动人民的艰辛和愚钝。作者将一个个深沉的故事不动声色地展现出来，让一个个人物形象浮出纸面：大户人家大摆筵席，庆祝家中"长寿而又有福气"的老太太69岁生日；小户人家结婚嫁女办喜事，姑娘嫁过去作填房，满怀无奈与悲凄。"好像生活就是靠容忍与让步支持着"；洋车夫打架斗殴被巡警抓进又热又臭的拘留所；出苦力的脚夫因中暑患霍乱而毙命……寒暑表中的水银一直上升到华氏刻度九十九度的黑线以上，人世间的喜怒哀乐一同上场，热闹繁乱已经达到了极点，而世态之炎凉，让人感到诸事不公的情绪也达到了极点。小说串起了京都里形形色色的生活碎片，作品承载着丰富的人生质感，作者的人道主义情怀跃然纸上。

无疑，《九十九度中》在一万五千字的篇幅中浓缩了20世纪30年代的北平众生相。近代著名作家和文学评论家李健吾先生曾充满欣喜地评论了林徽因的这篇小说：

　　一件作品的现代性，不仅仅在材料（我们最好避免形式内容的字样），而大半在观察，选择和技巧。这就是为什么在一九三五年，我却偏要介绍一九三四年的一篇短篇小说，那篇发表在《学文》杂志第一期的《九十九度中》，林徽因女士的制作。我相信读者很少阅读这篇小说，即使阅读，很少加以相当注意。我亲耳听见一位国立大学文学院的教授，向我承认他完全不懂这不到一万五千字的东西。他有的是学问，他缺乏的便是多用一点点想象。真正的创作，往往不是腐旧的公式可以限制得下。一部杰作的存在，不仅在乎遵循传统；然而它抛不掉传统，因为真正的传统往往不只是一种羁绊，更是一层平稳的台阶。但是离开那些初步的条件，一部杰作必须有以立异。一个作家和一个作家已经形成人性上绝大的差异。根据各自的禀赋，他去观察；一种富有个性的观察，是全部身体灵魂的活动；不容一丝躲懒。从观察到选择，从选择到写作，这一长串的精神作用，完成一部想象的作品的产生，中间的经过是必然的，绝不是偶然的；唯其如此，一以贯之，我们绝难用形式内容解释一件作品，除非作品本身窳陋，呈有裂痕，可以和件制服一样，一字一字地帛扯下来。

一件作品或者因为材料，或者因为技巧，或者兼而有之，必须有以自立。一个基本的起点，便是作者对于人生看法的不同。由于看法的不同，一件作品可以极其富有传统性，也可以极其富有现代性。我绕了这许多弯子，只为证明《九十九度中》在我们过去短篇小说的制作中，尽有气质更伟大的，材料更事实的，然而却只有这样一篇，最富有现代性；唯其这里包含着一种独特的看法，把人生看做一根合抱不来的木料，《九十九度中》正是一个人生的横切面。在这样溽暑的一个北平，作者把一天的形形色色披露在我们的眼前，没有组织，却有组织；没有条理，却有条理；没有故事，却有故事，而且那样多的故事；没有技巧，却处处透露匠心。这是个人云亦云的通常的人生，一本原来的面目，在它全幅的活动之中，呈出一个复杂的有机体。用她狡猾而犀利的笔锋，作者引着我们，跟随饭庄的挑担，走进一个平凡然而熙熙攘攘的世界：有失恋的，有做爱的，有庆寿的，有成亲的，有享福的，有热死的，有索债的，有无聊的，……全那样亲切，却又那样平静——我简直要说透明；在这纷繁的头绪里，作者隐隐埋伏下一个比照，而这比照，不替作者宣传，却表示出她人类的同情。一个女性的细密而蕴藉的情感，一切在这里轻轻地弹起共鸣，却又和粼粼的水纹一样轻轻地滑开。

奇怪的是，在我们好些男子不能控制自己热情奔放的时代，却有这样一位女作家，用最快利的明净的镜头（理智），摄来人生的一个断片，而且缩在这样短小的纸张（篇幅）上。我所要问的仅是，她承受了多少现代英国小说的影响。没有一件作品会破石而出，自成一个绝缘的系统。所以影响尽管影响，《九十九度中》仍是根据了一个特别的看法，达到一个甚高的造诣。

透过以上李健吾先生的评论，如果在文人分类中再给林徽因定位，则从另一个侧面印证了林徽因的确是一位优秀的作家，她身上有着作家专有的素质和眼光，而非牵强附会，附庸风雅。

林徽因还负责过编选《大公报文艺丛刊小说选》的工作，并且她确实也非常重视这项工作，她在编选时，不以作者的名气大小，而纯粹从作品的质量高低来衡量是否入选，从无数篇章中披沙拣金，搜集优秀作品。她的这一行为也得到了萧乾的敬佩。林徽因还专门为此写了这本集子的题序，文中不仅概述了对入选作品的看法，还直接阐述了自己的文学观：

作品最主要处是诚实。诚实的重要还在题材的新鲜，结构的完整，文字的流丽之上。即是作品需诚实于作者客观所明了，主观所体验的生活。小说的情景即使整个是虚构的，内容的情感却全得藉力于迫真的，体验过的情感，毫不能用空洞虚假来支持着伤感的"情节"！所谓诚实并不是作者必需实际的经过在作品中所提到的生活，而是凡在作品中所提到的生活，的确都是作者在理智上所极明了，在感情上极能体验得出的情景或人性。许多人因是自疲生活方式不新鲜，而故意地选择了一些特殊浪漫，而自己并不熟识的生活来做题材，然后敲诈自己有限的幻想力去铺张出自己所没有的情感，来骗取读者的同情。这种创造既浪费文字来夸张虚伪的情景和伤感，那些认真的读者要从文艺里充实生活认识人生的，自然要感到十分的不耐烦和失望的。

生活的丰富不在生存方式的种类多与少，如做过学徒，又拉过洋车，去过甘肃又走过云南，却在客观的观察力与主观的感觉力同时的锐利敏捷，能多面地明了及尝味所见、所听、所遇，种种不同的情景；还得理会到人在生活上互相的关系与牵连；固定的与偶然的中间所起戏剧式的变化；最后更得有自己特殊的看法及思想，信仰或哲学……

所以一个作者，在运用文字的技术学问外，必须是能立在任何生活上面，能在主观与客观之间，感觉和了解之间，理智上进退有余，情感上横溢奔放，记忆与幻想交错相辅，到了真即是假，假即是真的程度，他的笔下才现着活力真诚……这些道理，读者比作者当然还要明白点，所以作品的估价永远操在认真的读者手里。

林徽因最根本的文学观就是作品必须以诚实打动人，支撑作品的情感必须真挚，否则，为文虚造情感只会苍白无力。她倡导的"诚实"写作观，与当时一些从国外引进的"普罗"文艺理论和盲从趋时的文学观念相较，更贴近文学的本质。林徽因如此看重文艺上的"真诚"，源于她本人就是一个非常真诚的人，绝不虚情假意，可谓文如其人，人如其文。

　　"文如其人"——在文学创作里，作者的自我是无处不在的。

　　尤其是在散文里，表达的通常是作者对自我的审视，对一己生活之坦诚的剖析。即使遇事三缄其口，绝对不谈自我者，但其对花鸟虫鱼、一草一木的咏叹中，在对音乐、舞蹈、绘画等的赏析里，作者的灵魂、思想、性情、气质等等，也多会不经意地流露出来。而从散文的创作中，则更能清晰地探视作者的内心世界和思想感情。

　　林徽因既擅诗歌，又工散文，还写小说，也曾尝试写过剧本。1937年，由胡适和杨振声牵头，筹办一份《文学杂志》，由朱光潜担任主编，林徽因亲自设计创刊号封面，并发表了四幕剧《梅真同他们》，虽然最终才发表了三幕，却颇受好评。林徽因的作品贵在"少而精"，是当时"京派文学苑"里一朵清丽的出水芙蓉。如唐朝诗人王之涣，其存世仅寥寥六首小诗，殊不知，其笔下之"欲穷千里目，更上一层楼"，千百余年来妇孺皆知，已经成为华夏文化中的千古绝唱。

第五章
病中絮语：云中谁寄锦书来

汪曾祺在《跑警报》一文中提到这样一件趣闻：

> "有一位研究哲学的金先生每次跑警报总要提一只很小的
> 手提箱，箱子里不是什么别的东西，是一个女朋友写给他的
> 信——情书。他把这些情书视如性命，有时也会拿出一两封来
> 给别人看。没什么不能看的，因为没有卿卿我我的肉麻的话，
> 只是一个聪明女人对生活的感受……这些信实在是可以拿来出
> 版的……我看过这个女人的照片，人长得就像她写的那些信。"

汪曾祺后来明确表示，文中所说的金先生就是哲学泰斗金岳霖先生，
而文中提到的这名女朋友就是林徽因。

"人长得就像她写的那些信"，汪曾祺这个评价倒是恰如其分。林徽
因容貌清丽俊秀，让人过目不忘，而她的信，作为一种与朋友闲侃的方
式，总是写得妙趣横生，而其中的某些文字之美，堪谓秀色可餐。我们
几乎可以想象信笺背后的那个活色生香的美丽女子眉飞色舞的样子。林
徽因接受了她父亲健谈的遗传基因，即使在不能促膝长谈的时候，见信
亦如见人。波普运动的提倡者沃霍尔曾经说："我其实不特别喜欢'美
人'。我真正喜欢的是'健谈者'。好的健谈者都很美丽。健谈者在做一
件事；美人是在'当'一种人。"这句话用在林徽因身上最合适不过。

在那些泛黄的信笺上，随时可读到精彩纷呈的句子。在那些遥远的
战乱年间，在那一封封叙述时艰的信件中，一个生动而真实的林徽因呼
之欲出。她笔下的信函，差不多每封都称得上是一篇优美的散文。

1937 年 7 月 7 日，卢沟桥事变，拉开了中日战争的序幕。中国大地
顷刻间狼烟四起，烽火不断，到处是流离失所的人。林徽因一家为保全
多年来为营造学社收集的古建筑资料，也被迫加入了颠沛流离的逃亡大
军。那些古建筑资料是他们的至宝，其比生命都重要，绝对不能让它们
毁于战火！

在动身之前，林徽因在协和医院做了一次胸透检查，发现肺部出现了空洞，如果路上感冒或遇别的不慎，后果将不堪设想。而梁思成，早年的车祸后遗症，背部脊椎软组织也出现了硬化，时常背疼。医生特意为他设计了一副铁架子来支撑他已经变形的脊椎。

北平的8月，还处在战争的阴影笼罩下。梁思成夫妇俩选择了一个日子，在晨曦微露的凌晨，林徽因叫醒了年幼的再冰、从诫，然后挽着自己的母亲开始了大逃亡。

逃亡，辗转，是林徽因一家必须面对的残酷事实。一路上贫病交加，唯一能温暖林徽因的开心事，便是在那些短暂停留的客栈里，等着接收来自朋友们的一封封关切的信件。和林徽因书信来往比较频繁的，就数沈从文了。有人戏称他们"半如信徒，半如闺蜜"，二人以兄妹相称，常常互吐心事，连最隐秘的婚外情也互相倾诉。

当年沈从文追求到美人张兆和以后，却没想到又爱慕上了一位女作家高青子。内心澄澈的沈从文把自己对高青子的爱慕之情，坦率地写信告诉了当时不在家的妻子张兆和，没想到妻子醋意大发，竟然拎着包袱从外地径直回娘家了，留下沈从文一人在北平。他痛苦困惑，多次向林徽因倾诉，林徽因热心宽慰他，开解他，还建议沈从文找金岳霖谈谈，因为，沈从文的困惑曾经也是金岳霖的困惑。事实上，徐志摩死后，林徽因也时常在给沈从文的信中，流露出对徐志摩的思念。

书信最显真性情，录下一篇林徽因1934年写给沈从文的信，在信中林徽因亲切地称沈从文为二哥，系因沈从文比林徽因年长两岁的缘故。不妨把下面所录的这些信函，当做是一篇篇最显林徽因之性情与才华的散文来读：

二哥：

　　世间事有你想不到的那么古怪，你的信来的时候正碰到我双手托着头在自恨自伤的一片苦楚的情绪中熬着。

　　在廿四个钟头中，我前后后，理智的，客观的，把许多纠纷痛苦和挣扎或希望或颓废的详目通通看过好几遍，一方面展开事实观察，一方面分析自己的性格情绪历史，别人的性格情绪历史，两人或两人以上互相的生活、情绪和历史，我只感到一种悲哀、失望，对自己对生活全都失望。我觉到像我这样的人应该死去；减少自己及别人的痛苦！这或许是暂时的一种情绪，一会儿希望会好。

在这样的消极悲伤的情景下，接到你的信，理智上，我固然同情你所告诉我你的苦痛（情绪的紧张），在情感上我却很羡慕你那么积极那么热烈，那么丰富的情绪，至少此刻同我的比，我的显然萧条颓废消极无用。你的是在情感的尖锐上奔进！

可是此刻我们有个共同的烦恼，那便是可惜时间和精力，因为情绪的盘旋而耗费去。

你希望捉住理性的自己，或许找个聪明的人帮你整理一下你的苦恼或是"横溢的情感"，想法把它安排妥帖一点，你竟找到我来，我懂得的，我也经常被同种的纠纷弄得左不是右不是，生活掀在波涛里盲目的同危险周旋，累得我既为旁人焦灼，又为自己操心，又同情于自己又很不愿意宽恕放任自己。

不过我同你有大不同处：我认定了生活本身原质是矛盾的，我只要生活；体验到极端的愉快，灵质的、透明的、美丽得近于神话理想的快活，我情愿随着赔偿这天赐的幸福，坑在悲痛，纠纷失望、无望和寂寞中捱过若干时候，似乎等自己的血在创伤上结痂一样！一切我都在无声中忍受，默默地等天来布置我，没有一句话说！

没有情感的生活简直是死！生活必须体验丰富的情感，把自己变成丰富、宽大，能优容能了解，能同情种种"人性"，能懂得自己，不苛责自己，也不苛责旁人，不难自己以所不能，也不难别人所不能，更不怨运命或是上帝。看清了世界本是各种人性混合做成的纠纷，人性又就是那么一回事，脱不掉生理、心理、环境习惯先天特质的凑合！把道德放大了讲，别裁判或裁判自己。

我方才所说到极端愉快，灵质的透明的美丽的快乐，不知道你有否同一样感觉。我的确有过，我不忘却我的幸福。我以为最愉快的事都是一闪亮的在一段较短的时间内迸出神奇的——如同两个人透澈的了解：一句话打到你心里，使得你理智和感情全觉到一万万分满足；如同相爱：在一个时候里，你同你自身以外另一个人互相以彼此存在为极端幸福；如同恋爱，在那时那刻眼所见，耳所听，心所触，无所不是美丽，情感如诗歌自然的流动，如花香那样不知其所以。这些便都是一生中不可多得的瑰宝。世界上没有多少人有那机会，且没有多少人有那种天赋的敏感和柔情来品尝那经验，所以就有那种机会也无用。

假如有如诗剧神话般的实景，当时当事者本身却没有领会诗的情感又如何行？即使有了，只是浅俗的赏月折花的限量那又有什么话说?! 转过来说，对悲哀的敏感也是生活中可贵处（此时此刻说说话，我倒暂时忘记了昨天到今晚已整整哭了廿四小时，中间仅仅睡着三四个钟头）。在夫妇中间为着相爱纠纷自然痛苦，不过那种痛苦也是夹着极端丰富的幸福在内的。

假如在"横溢情感"和"僵死麻痹的无情感"中叫我来拣一个，我毫无问题要拣上面的一个，不管是为我自己或是为别人。人活着的意义是在能体验情感。能体验情感还得有聪明有思想来分别了解那情感——自己的或别人的！假如再能表现你自己所体验所了解的种种在文字上，使得别人也更得点人生意义，那或许就是所有的意义了——不管人文明到什么程度，天文地理科学的通到哪里去，这点人性还是一样的。

算了吧！二哥，别太罪责自己，有空来我这里，咱们再费点时间讨论讨论它，你还可以告诉我一点实在情形。我在廿四小时中只在想自己如何消极到如此田地苦到如此如此，而使我苦得想去死的那个人自己在去上海火车中也苦得要命——已经给我来了两封电报一封信，这不是"人性"的悲剧么？那个人便是说他最不喜管人性的梁二哥！

林徽因

1934 年 2 月 27 日

逃难途中，长沙只是其中一个驿站，林徽因一家又被战火逼迫从长沙到昆明。当他们经过沈从文的家乡湘西时，她情不自禁想起了沈从文笔下的那弥散着牧歌般的纯美的湘西，还有沈从文小说《边城》中的人物翠翠，她赶紧提笔给沈从文写信，信中极力赞美湘西风光，既秀丽又雄壮，简直是美不胜收。

二哥：

……

今天中午到了沅陵。昨晚里住在官庄的。沿途景物又秀丽又雄壮时就使我们想到你二哥对这些苍翠的天，排布的深浅山头，碧绿的水和其间稍稍带点天真的人为的点缀如何的亲切爱好，感到一种愉快。天气是好到不能更好我说如果不是在这战期中时时心里负着一种悲伤哀愁的话，这旅行真是不知几世修来。

昨晚有人说或许这带有匪倒弄得我们心有点慌慌的，但在小旅店里灯火荧荧如豆外边微风撼树，不由得不有一种特别情绪，其实我们很平安的到达很安静的地带。

今天来到沅陵，风景愈来愈妙有时颇疑心有翠翠这种的人物在！沅陵城也极好玩我爱极了。你老兄的房子在小山上非常别致有雅趣，原来你一家子都是敏感的有精致爱好的。我同思成带了两个孩子来找他，意外还见到你的三弟，新从前线回来，他伤已愈可以拐杖走路他们待我们太好（个个性情都有点像你处）。我们真欢喜极了，都又感到太打扰得他们有点过意。虽然，有半天工夫在那楼上廊子上坐着谈天，可是我真感到有无限亲切。沅陵的风景，沅陵的城市，同沅陵的人物，在我们心里是一片很完整的记忆，我愿意再回到沅陵一次，无论什么时候，最好当然是打完仗！

说到打仗你别过于悲观，我们还许要吃苦，可是我们不能不争到一种翻身的地步。我们这种人大无用了也许会死会消灭可是总有别的法子我们中国国家进步了弄得好一点，争出一种新的局面，不再是低着头的被压迫着，我们根据事实有时很难乐观，但是往大处看，抓紧信心，我相信我们大家根本还是乐观的，你说对不对？

这次分别大家都怀着深忧！不知以后事如何？相见在何日？只要有着信心，我们还要再见的呢。

无限亲切的感觉，因为我们在你的家乡。

林徽因

1937 年 12 月 9 日

即使在艰难时刻，林徽因也不失一种浪漫的情怀，幻想着战后再重游美丽的湘西，对一片土地的热爱，往往融进了人与人之间的情感，我们也经常会有这样的感受，因为某个人的缘故，而对某个地方充满一种特殊的感情，因为和沈从文纯洁真挚的友谊，他美丽的家乡让林徽因有了更多的想象和亲切感。

经过西式文化洗礼的林徽因，围绕在她周围的朋友似乎以男士居多，但女人之间的友谊最为纯粹。出生于美国的哈佛大学教授坎南博士的女儿费慰梅女士便是林徽因最好的闺蜜。西方的女子，率真而果敢，这位教授之女就是为了追随有"头号中国通"之称的丈夫费正清，不以万里为远而离乡背井，来到中国。

　　林徽因与费慰梅的友谊开始于北平的一段灿烂时光。那时，林徽因是京派出名的"太太客厅"里的沙龙女主人，她邀请费正清夫妻加入沙龙聚会，熟识了所有沙龙里的京城文艺界人士，当这对外国夫妻顺畅地用汉语交谈时，便不知不觉融入进了中国文人的圈子中。

　　费正清夫妻则为林徽因带来了完全异于东方的生活方式：骑马、野餐等，梁思成夫妇则邀请费正清夫妇一起外出考察古建筑，从此，他们两家的亲密友谊持续一生。

　　抗战时期，费慰梅一家给予了林徽因一家无数物质上的资助，但精神上的互相扶持更让她们总能互相凝眸。于是，苦难的岁月里便有了些许相互的牵挂和温馨。虽然，那时的林徽因已经是两个孩子的妈妈了，但毫不妨碍她和费慰梅之间的友谊，每一次与女友费慰梅无遮无拦的叙谈，恰如窗外吐蕊的桂花，微香而悠长。一次次的相互倾诉，令彼此的关爱迭起，她们的幸福虽然与物质有关，但却远不是富足所能涵盖的。她们两人分明置身于大洋的两岸，天南海北，一份遥远而真切的相知相惜，在那个不乏是是非非的世界上，是不是更弥足珍贵，也更显浪漫一些呢？

　　在颠沛流离的异乡，林徽因这样写道：

　　　　读着你们八月份最后一封信，使我热泪盈眶地再次认识到你们对我们所有这些人不变的深情。我赶巧生病了，或者说由于多日在厨房里奋斗使我头痛如裂，只得卧床休息。老金把你们的信从城里带来给我，我刚读了第一段，泪水就模糊了我的视线。我的反应是：慰梅还是那个慰梅，不管这意味着什么，我无法表达，只能傻子似地在我的枕头上哭成一团。

　　　　老金这时走进已经暗下来的屋子，使事情更加叫人心烦意乱。他先是说些不相干的事，然后便说到那最让人绝望的问题——即必须立即做出决定，教育部已命令我们迁出云南，然后就谈到了我们尴尬的财政状况。

　　　　你们这封信到来时正是中秋节前一天，天气开始转冷，空中弥漫越来越多的秋日泛光，景色迷人，花香四溢——那些久以忘却的美好时光。每个晨昏，阳光从奇诡的角度射来，触碰着我们对静谧和美依然敏锐的神经，而这一切都混杂在眼前这个满是灾难的世界里。偏偏佳节将临，多像是对逻辑的讽刺啊。别让老金看到这句。

老金无意中听到这一句，正在他屋里格格地笑，说把这几个词放在一起毫无意义。不是我要争辩，逻辑这个词就应当像别的词一样被用得轻松些，而不要像他那样，像个守财奴似地把它包起来。老金正在过他的暑假，所以上个月跟我们一起住在乡下。更准确地说，他是和其他西南联大的教授一样，在这个间隙中"无宿舍"。他们称之为假期，不用上课，却为马上要迁到四川去而苦恼、焦虑。

……

爱你的：菲丽丝（林徽因的英文名）

1940 年 9 月 20 日　昆明

在一封 1940 年 11 月写给费正清夫妇的信中，林徽因谈到了哲学教授金岳霖的战时生活，读来，令人扼腕叹息：

"可怜的老金每天早晨在城里有课，常常要在早上五点半从这个村子出发，而没来得及上课空袭又开始了，然后就得跟着一群人奔向另一个方向的另一座城门、另一座小山，直到下午五点半，再绕许多路走回这个村子，一整天没吃、没喝、没工作、没休息，什么都没有！这就是生活。"

还有一封写给费慰梅的信也令人感叹，写的是向昆明逃难的经过：

"我们在令人绝望的情况下又重新上路。每天凌晨一点，摸黑抢着把我们少得可怜的行李和我们自己塞进长途车，这是没有窗子、没有点火器、样样都没有的玩意儿，喘着粗气、摇摇晃晃、连一段平路都爬不动，更不用说又陡又险的山路了……"

在战乱中东逃西奔的日子，成了林徽因一生中最难忘的记忆之一。

就在向昆明奔逃的路上，她时而发冷时而发热，有一次，车子在被称之为"七十二盘"顶上突然抛锚，全家便只好摸黑走山路……在这凄惨无比的境遇里，她的心情却能峰回路转：

> "间或面对壮丽的风景，使人比任何时候都更加心疼。玉带般的山涧，秋山的红叶和发白的茅草，飘动着的白云，古老的铁索桥，渡船，以及地道的中国小城，这些我真想仔细地一桩桩地告诉你，可能的话，还要注上我自己情绪上的特殊反应……"

通过这一封封信札，我们不难读出林徽因坦然面对人生诸多磨难的真性情。世事再艰难，谁都无法改变她的积极与乐观，就像她自己所说的那样："我认定了生活本身是矛盾的，我只要生活，体验到极端的愉快，灵质的、透明的、美丽的、近于神话理想的快活。"

费正清在他的回忆录里这样评价林徽因："她是有创造才华的作家、诗人，是一个具有丰富的审美能力和广博的智力活动兴趣的妇女。"

天各一方，林徽因与费慰梅夫妇之间的友谊可以通过他们往来的大量信函来见证。透过这一封封文字温馨的信件，透过那些如同文学作品一样精美的文笔，我们依旧可以感受到林徽因的真诚和才华，林徽因的生命力和才情，也得以从那些信函中获得最完美的展现。这种跨越时空的友情，在多艰的岁月中给林徽因的生命确实带来了不尽的温暖，以至成为支撑她生活下去并努力创作的重要原动力。

1942年4月18日，时任李庄史语所（中央研究院历史语言研究所，地处李庄）的所长傅斯年，不忍见梁思成家陷于困境，致信时任教育部长的朱家骅，请求他为在李庄的梁思成夫妇拨款救济，如信中所言，傅斯年与梁思成、林徽因并无交情，此举纯粹出于公心。傅斯年在信中这样评论他们夫妻俩："思成之研究中国建筑，并世无匹，营造学社，即彼一人耳，营造学社历年之成绩为日本人羡妒不已，此亦发扬中国文物之一大科目也。其夫人，今之女学士，才学至少在谢冰心辈之上。"

傅斯年的求助信起到了作用，时隔不久，他收到了朱家骅寄来的给梁氏兄弟的款项。为了使梁氏兄弟不致因事情突然而不知所措，特地将他致朱家骅的信的抄件寄给梁思成、林徽因夫妇，以告知事情缘由。他们对傅斯年的义举极为感激，林徽因在感动之余，代替出差在外的梁思成专门致信傅斯年，表达全家的感恩之意，同时也表白自己久病卧床，不能为国效力的歉疚和痛苦之情：

　　孟真先生：

　　　　接到要件一束，大吃一惊，开函拜读，则感与惭并，半天作奇异感！空言不能陈万一，雅不欲循俗进谢，但得书不报，意又未安。踌躇了许久仍是临书木讷，话不知从何说起！

　　　　今日里巷之士穷愁疾病，屯蹶颠沛者甚多。固为抗战生活之一部，独思成兄弟年来蒙你老兄种种帮忙，营救护理无所不至，一切医药未曾欠缺，在你方面固然是存天下之义，而无有所私，但在我们方面虽感到 lucky 终增愧悚，深觉抗战中未有贡献，自身先成朋友及社会上的累赘的可耻。

　　　　现在你又以成永（思成、思永）兄弟危苦之情上闻介公，丛细之事累及泳霓先生，为拟长文说明工作之优异，侈誉过实，必使动听，深知老兄苦心，但读后惭汗满背矣！

　　　　尤其是关于我的地方，一言之誉可使我疚心疾首，夙夜愁痛。日念平白吃了三十多年饭，始终是一张空头支票难得兑现。好容易盼到孩子稍大，可以全力工作几年，偏偏碰上大战，转入井臼柴米的阵地，五年大好光阴又失之交臂。近来更胶着于疾病处残之阶段，体衰智困，学问工作恐已无份，将来终负今日教勉之意，太难为情了。

　　　　素来厚惠可以言图报，惟受同情，则感奋之余反而缄默，此情想老兄伉俪皆能体谅，匆匆这几行，自然书不尽意。

　　　　思永已知此事否？思成平日谦谦怕见人，得电必苦不知所措。希望泳霓先生会将经过略告之，俾引见访谢时不至于茫然，此问

　　双安

　　此信影印件因没有复印上最后的落款，无法知道林徽因写信的具体日期，但从信中所述及内容看，回信时间当是在收到傅斯年信后之不久。此信原件现存于台湾傅斯年的档案文件中，原件上，留下了林徽因娟秀流畅的字迹，而原件所用信纸，乃是中国营造学社的专用信笺。管中窥豹，由所录傅斯年致朱家骅一函之寥寥数语，即可睹见像傅斯年这样的

民国大知识分子在乱世中，还能持守那份为国家、为民族保存精英，珍惜人才的拳拳之心，实堪为大爱！而林徽因的回信中，也同样字字闪耀着一种爱的光芒，那便是当年知识分子对于民族和祖国之未来的那份矢志不渝之深沉的爱。而这样的爱，又如何不称是一种心系国家的信仰？林徽因的回信中尤其让人感慨之处还在于，即便是在战乱丛生的非常时期，仍然保持着一份淡定从容的归属感。民国之知识精英这种肝胆相照，如此诗意、纯净的人际交往，在当下，也几近绝唱。

第四卷

魅力女人林徽因：三个男人成就的爱情传奇

感情有时候只是一个人的事情。和任何人无关。爱，或者不爱，只能自行了断。

——林徽因

她穿过康桥的迷雾，眺望远方时，便飘进徐志摩的诗笺。

她登上古雅的庙宇，测绘丈量时，便飞入梁思成的图纸。

她和金岳霖的柏拉图式的恋情及其臻于完美的崇高境界，被传为人间佳话。

第一章
惊鸿一瞥：梁思成初遇林徽因

林徽因的父亲林长民，一直处在时局的风口浪尖上，同时，为一家老小的日子，也在马不停蹄地奔波。随着父亲的人事变更，林徽因又有了新家。1916 年，林长民全家由上海虹口移居到北平，林徽因也因此结束了在上海爱国小学的学习，12 岁的她和表姐妹们，都被送进了北平有名的培华女子中学念书。

林徽因和表姐妹们站在一起，个个如花似玉。在一张黑白照片上，亭亭玉立的四姐妹都身着培华女中的校服，那是一款融东西方元素的套装：中式偏襟上衣，立领、琵琶扣和圆摆，西式的及膝百褶裙和深色的丝袜，另外配一双黑色带襻儿的皮鞋，既透出一身端庄秀丽的典雅态，也不失落落大方的一派洋气。她们像幼时一样的亲密无间，如今依旧形影相随。四朵姐妹花经常相约一起去中山公园"来今雨轩"喝茶，所到之处回头率极高，她们简直就是一道亮丽的风景。不时或有轻薄男子尾随而来，于是她们不得不叫来身材高大的堂弟充当保镖。

培华女中是所教会创办的贵族学校，教风严谨，教学有方。原本聪慧的林徽因在学校里如鱼得水，尤其是英文学得相当出色。在这块充满人文景色和西学理念的新天地里，在一种新奇的求知欲的驱使下，林徽因如饥似渴地学习着。置身这样的教育环境，也让林徽因早早萌生了自主意识。如，乘父亲远游日本之时，她便翻出家藏的数量可观的字画，不厌其烦，一件件过目分类，自编成收藏目录。编得幼稚是难免的，她在父亲的家信上曾批注："徽自信能担任编字画目录，及爹爹归取阅，以为不适用，颇暗惭。"

念培华女中时的林徽因，正是十三四岁，当称女孩子的豆蔻年华，她憧憬着美好的未来。因一身绝佳的气质，再加上聪颖好学，林徽因在知识的海洋里尽情遨游，其不仅弥漫着一身书卷气，而且在知识的浸润里，出落得更加清丽脱俗。如一朵初绽的莲花，洁净芬芳，真可谓：清水出芙蓉，天然去雕饰。

林家有女初长成，如此亭亭玉立，娇俏动人，可谓"天生丽质难自弃"。经常出入林家的林长民的好友梁启超看在眼里，喜在心里，因为这位慈父想到了自己正处风华正茂的长子梁思成，而林长民，也一直看好那个多才多艺且又温文尔雅的梁家长公子。两位长者有意联姻，但又极其民主，并非用父母之命强加于孩子，他们充分尊重孩子们自己的选择。

林长民和梁启超的交往颇深，他们都曾在日本留学，梁启超是轰动全球的1898年中国维新变法运动的领袖，而林长民则是赫赫有名的立宪派名流。两人不止于是知识渊博的文人雅士，而且都是出淤泥而不染、不为五斗米折腰的文化界的贤能。他们相同的地方太多，"物以类聚，人以群分"，共同的爱好和追求，让他们成为了终生挚友。

梁启超的老家在广东新会，那是一处人杰地灵的地方，那儿有著名的"小鸟天堂"，高大茂密的榕树群绵延几十里，覆盖着一万多平方米的山林，惠泽着那一方水土上的生灵。梁启超后来流亡日本，夫人李蕙仙便带着长女梁思顺来到日本与丈夫团聚。梁思成于1901年4月20日在日本东京出生。梁思成之前，李蕙仙曾生过一个男孩，但不幸夭折。因此平辈都沿袭称呼思成为"二哥"，晚辈都叫他二叔或二舅。事实上，他是梁家真正的长子。外貌上他秉承了广东南方人的特点，精干瘦小，面容清俊，鼻梁高挺，他是妹妹思庄眼里潇洒斯文的"Handsome boy（漂亮小伙子）"。

1918年，十七岁的梁思成在父亲的授意下，去拜访"林叔"，顺便见见据说貌若天仙的林家大小姐，即林徽因。风华正茂的梁思成不以为然，那刻他在清华园正崭露头角，完全没有谈婚论嫁的心思。但梁思成是懂事知理的孩子，不愿违背父亲的良苦用心。他虽遵从父命，从北平南长街的梁家来到景山后门雪池胡同七号的林家，但一路上仍是漫不经心。

在"林叔"的书房里，年轻气盛、心高气傲的梁思成暗自猜想，依当时的"时尚"，这位林小姐的打扮大概也是流于世俗：一身绸缎衫裤，梳一条黑油油的大辫子……不知怎的，他隐隐感到有些不自在，甚至有些后悔自己此次拜访简直是白白浪费时间。

虚掩的门轻轻推开了，年仅十四岁的林徽因轻盈地走进书房。进入梁思成眼中的是一位娉娉袅袅却仍带着几分稚气的小姑娘。梳两条小辫，双眸清亮，神采飞扬，精致的五官尽显天然之美。左颊的酒窝若隐若现，一件浅色半袖短衫罩在一袭黑色盖膝短裙上……只见她从书架上取了一本书后，便告辞而翩然转身，风仪飘逸如一个小仙子，留下怅然若失的梁思成久久回想那"仙子"的回眸一笑。此刻，他方顿悟何谓"貌若天仙"……

自此，这位林家"仙子"就常驻在青年才俊梁思成的心里。人世间里许多美丽的遇见，都会在记忆里珍藏。遇见或就是一种缘，就如思成当年遇见林徽因时那般，犹见到一位飘然而来翩然而去的女神，何言欣喜？那就是前世的缘，今生来续。与梁思成的遇见，在林徽因的心里必然也荡起了涟漪，只是那些涟漪里跃动的是一种隐隐的喜欢，那是少女的一种纯粹的情怀，而情怀里涌动的则还是一泓清澈的泉。但就在那惊鸿一瞥中，她分明记住了那个戴着一副眼镜，在圆圆的小镜片后有着一双坚毅眼神的少年，当然，兴许还有少年那局促不安的神情……

缘是天意！这初遇的"缘"，也是命中注定的缘，自此写出了一段尘世间的佳话。为了成全、圆满这对金童玉女的缘分，不料想，老天爷却用了整整十年的时间。

第二章
康桥绝恋：金风玉露一相逢

1923年1月，青年诗人徐志摩曾收到恩师梁启超的一封长信，信中苦口婆心，谆谆教诲："万不能把他人之苦痛，易自己之快乐"，不要"沉迷于不可必得之梦境"。徐志摩慨然回信曰："我将于茫茫人海中访我唯一灵魂之伴侣，得之，我幸；不得，我命，如此而已。"两封信都暗指一人，虽都没有提及，但彼此心照不宣。那个人就是林徽因！她既系梁启超的爱子梁思成之妻子，也是徐志摩曾经痴心追求的女子。

在林徽因生命历程中，少女时代的她与徐志摩的康桥之恋亦是一场倾城之恋。正如张爱玲所说：于千万人之中遇见你所要遇见的人，于千万年之中，时间的无涯的荒野里，没有早一步，也没有晚一步，刚巧赶上了，那也没有别的话可说，唯有轻轻地问一声："噢，你也在这里吗?"。只不过对于徐志摩，是在错的时间，错的地方，遇上了终将错过的那个人。

林长民赴欧洲考察西方宪制，特意携爱女林徽因同行，这次远行，其实是林长民想要引领爱女登上她新的人生历程，不论生理上还是心理上，从此林徽因都告别了她青涩的少女时代。

林长民交游甚广，时常有中国同胞和外国友人来访。夫人不在身边，落落大方的女儿自然担当起了女主人的角色，也不时加入进了父亲的各种应酬活动中，给客人恰到好处地续上茶水；为客人端上新鲜出炉的美味点心；甚至有时也会陪客人说说话。这也促使林徽因的社会交际能力得以锻炼。当然，这绝不是寻常的交际，她当时所结识的都是一批中外文化界的名流精英。如，著名史学家威尔斯、小说大家哈代、女作家曼斯菲尔德、新派文学理论家福斯特以及旅居欧洲的一批国内的大牌学者，诸如，张奚若、陈西滢、金岳霖、吴经熊、聂云台等等。见多识广而让林徽因潜移默化，在文化的星空中，林徽因的眼前一片闪闪烁烁，为其展现出了一片更加新奇、更加广阔的天地。

1920年秋天，徐志摩结识了仰慕已久的林长民，他不仅在林长民的引荐下，认识了当时身为"中国迷"的英国文学家狄更生，更为重要的是，在林长民的公寓里，他见到了让自己倾慕一生的人——林徽因。他远没有想到，正是这次原本普通的拜见，却改变了自己今后的人生，更让自己的生命得到了绚烂的绽放。

就在父亲高朋满座的客厅里，那一刻，林徽因与徐志摩相遇了。那一年，林徽因16岁，正值情窦初开的花季。而24岁的徐志摩，也可谓一风度翩翩的多情公子。只不过，徐志摩受命于父母之命，媒妁之言，早与张幼仪成亲了。

　　在青春最美的年华，与心仪的人邂逅在滚滚红尘，然后携手谱写一曲红尘里最浪漫的情歌，是无数少男少女们梦寐以求的心愿。那些在伦敦的孤寂时光里，在迷离的雾濛和淅淅沥沥的雨夜，在小林徽因渴望着有一个人"同我同坐在楼上炉边给我讲故事，最要紧的还是有个人要来爱我"时，徐志摩不早不迟地出现了。自此，那段雨雾氤氲的康桥时光，就只剩下诗意和浪漫，那些透着青涩，溢着美妙的康桥时光，自此成为了林徽因和徐志摩一生当中最为美好的回忆。

　　作为政治家，父亲林长民四处游走和演说，依然是忙忙碌碌。在遥远的异域伦敦，徐志摩则如邻家大哥哥一般，陪伴、照看着林徽因。徐志摩自己也很纳闷，对着结发妻子张幼仪自己连讲一句话的兴趣都没有，却为何在这位林家小姐面前口若悬河？

　　其实他们之间，原本就有着太多共同的话题。林徽因出生于浙江杭州，而徐志摩出生于浙江海宁，皆是在江南水乡长大；林徽因的祖父曾在海宁做过官，而母亲又是浙江嘉兴人，毗邻海宁。江南的同一方水土滋润、养育了他们，人间的因缘际会又让他们在伦敦邂逅，莫非故乡的情缘亦有着天生的默契与相互的灵犀？他给她讲故乡的轶事和趣事，讲雨后的彩虹和用胭脂染制的诗笺……

　　难道是因为孤寂，两颗心灵才渐渐靠近？徐志摩多次叩问自己的心灵，答案是否定的，原来自己是陷入爱之中了，虽然身为人夫，也为人父，但那场婚姻原本是没有爱情的婚姻。这一次，24岁的他，方才真正跌落进了人生第一次不能自拔之深深的爱河中。

　　自此，两个年轻人在伦敦迎来了那些玫瑰般美丽、兰花般馨香的日子。

　　有了徐志摩的殷勤陪伴，在伦敦的雨雾迷蒙中，林徽因此前难以排遣的孤独与寂寞骤然消失了。他们一起畅谈欧洲的文艺和哲学，徐志摩的娓娓倾诉，宛如一股甘醇的清泉，汩汩地流进了林徽因干渴的心田。她被他滔滔不绝的演说和诙谐的语言、语调吸引了。她所有的感情体验，包括慌乱中的眩晕，喜悦中的羞涩，都被他生生带动着。林徽因的闺蜜费慰梅曾这样评说："她是被徐志摩的性格、他的追求和他对她的热烈感情所迷住了……对他打开她的眼界和唤起她新的向往充满感激。"尽管那时，清纯的她还一时分不清她对徐志摩的感情里，到底有哪些是纯粹的友情？哪些是对徐志摩的倾慕和爱恋？但徐志摩含情脉脉的眼神，浪漫温情的话语，都让她的心中荡起无数的涟漪。

而心中活跃着浪漫主义激情的徐志摩，在和林徽因交往的过程中也无比惊奇地发现，林长民的这位掌上明珠，不仅外表俏丽动人，而且思维活跃、见识不凡，她对文学的理解和悟性，都远远超出了一般人。在她一颦一笑的外表下，还隐藏着聪慧、幽默、敏锐、独立自主和坚持己见等诸多性格因子，徐志摩忍不住赋诗赞叹：

> 可爱的梨涡，
> 解释了处女的梦境的欢喜，
> 像一颗露珠，颤动的，
> 在荷盘中闪烁着晨曦！

也就是在这样频繁而又让人着迷的交往中，徐志摩对林徽因"倾倒之极"，徐志摩爱上了林徽因清澈如水的眼眸，爱上了她清丽如莲的笑靥。他一次又一次地庆幸自己终于找到了梦想中的女神，那就是一种诗意的化身！

那段日子，徐志摩感到生命似乎受到"伟大力量的震撼"，生活被"照着了一种奇异的月色"。他总是隔三差五地去看望林徽因，大有一日不见隔三秋之感，而且每次都会给她带来新鲜而有趣的话题。他对她的爱恋，像正在发酵的酒曲一样，发散着浓烈的香醇……

康桥的校园、伦敦的街市，都留下了他们活泼而欢快的身影。父亲不在家的日子，徐志摩经常逃课带林徽因去郊外的乡野游玩。他们乘公共汽车从市区出发，穿过绿树掩映的一座座英格兰小镇，经过一幢幢静默的农舍和一间间小圆顶的教堂，在开满五颜六色花朵的草坪里休憩，那儿触目可见正悠闲着埋头吃草的奶牛，两个年轻人陶醉在英格兰旖旎的田园风光里。

在更高远更宁静的精神领域，在思想的河汉星空，林徽因就是那颗假寐的星星，半阖着眼，或微笑，或忧伤，或喃喃自语。可偏偏在漫无边际的星河中，遇上了另一颗耀眼的星星，那便是徐志摩。他向林徽因眨着闪亮的眼睛，他向林徽因发出了巨大的引力。于是，他们在伦敦的雨夜，一同走进心灵的栖息地。他的妙语连珠，她的凝思顿悟；他爽朗的笑，她清澈的眸……这些，让异域空气里的那些细小的尘埃，都似乎染上了细碎的欢喜和忧伤的味道。从此，在彼此的灵犀里，任一曲曲高山流水跳跃，轻歌曼舞，让彼此情怀中悄然而至的爱，萦绕着所有日子里的明媚和阴霾。

就这样，那颗驾着游云之耀眼的星星，确实进入了林徽因的生命中。每一个独属自己的时刻，她依然会触碰到灵魂深处的那一颗闪亮的星星。

那颗星一度占据了林徽因的心灵，它总是在她的心中调皮地四处游走，轻轻碰撞，却分明撞得她心里涌起甜蜜，继而又生出几许迟疑。那时，她总会闭上眼，她是担心自己会流出泪来，担心自己柔弱的心有一天会承载不下这所有的欢愉和痛苦。

那是一段犹在云端的美妙日子，忆起来就能让人心旌摇曳。那么多漆黑、孤独的夜，是他用温暖的声音陪她度过，有那么多快乐是他给予的，甚至她眼里明媚的春天也是他给的……一重一重，两个人的心中，早已是繁花开遍。两个相亲相爱的年轻人，曾经在异域的那条蜿蜒的小河边漫步，也在河边累累的果树下吃茶。大学宁静的校园，还有那条潺潺流动的康河，曾见证了一对中国恋人的美好，也忠实地记下了他们的浪漫之旅。他们在康桥的柳阴下谱写着依恋和缠绵，也在漫天的星辉里轻快放舟。他们倚靠着康桥的石栏，依偎着彼此的身体，看波光激滟，听不知名的夏虫鸣叫；也曾撑一竿竹篙，轻轻地划向康桥的波心，满载爱恋的小舟也划向他们那一帘瑰丽奇异的梦。只是在他们的梦里，那时没有尘世的一丝纷扰。

诗意的康桥，柔曼的康桥，林徽因和徐志摩，他们诗人的气质和艺术家的潜质，或在这里得到了最好的启迪和滋润。老子说："上善若水，水善利万物，而不争……"一直以来，总觉得和水亲近的人是灵性而智慧的。莫非水韵真的能够把人类带入深度思维中？康桥清亮的河水，给两个怀揣梦想的人，注入了艺术的灵性。斯人不在，唯有康桥可知。

在这个期间和此后的漫长岁月里，徐志摩创作了一首又一首多情而浪漫的诗歌。多年以后，徐志摩仍满怀深情地说："我的眼是康桥教我睁的，我的求知欲是康桥给我拨动的，我的自我意识是康桥给我胚胎的。"但诗人万万没有料到，康桥留给世人最深的印象，依然是他们这场康桥之恋。若没有徐志摩与林徽因的这场浪漫的爱恋，康河也许依然不过是剑桥大学校园内的一条普通而寂寞的河流而已。

岁月流转，往事如烟。多年以后，徐志摩故地重游，旧日相惜相偎的那一幕幕，在眼前又逐一地重现。感慨万千的徐志摩，忍不住提笔，写下了那首世人耳熟能详且让人浮想联翩的经典之作《再别康桥》。徐志摩又见康桥的那一刻，世事沧桑，他和林徽因的人生都已发生了天翻地覆的改变，林徽因已为梁思成盘起了新娘发，而徐志摩与张幼仪离婚后，也最终再娶了北平名媛陆小曼。往事如烟，昔日的美好，再也回不去了。唯记忆深处，在徐志摩眼中重现之昨日，又那么真切，那么缱绻。惟痛楚无奈的徐志摩，也只能"悄悄的我走了，正如我悄悄的来。我挥一挥衣袖，不带走一片云彩"。

这一定又是你的手指，
轻弹着，
在这深夜，稠密的悲思。

我不禁颊边泛上了红，
静听着，
这深夜里弦子的生动。

一声听从我心底穿过，
忒凄凉
我懂得，但我怎能应和？

生命早描定她的式样，
太薄弱
是人们的美丽的想象。

除非在梦里有这么一天，
你和我
同来攀动那根希望的弦。

这是 1931 年 9 月，林徽因写下的诗篇《深夜里听到乐声》。从诗句里我们依然可以读出，那朵被爱情照亮的白莲，即便在多年以后时光的彼岸，她仍为"他"的一声乐声而脸颊红染、心旌摇曳。他们在康河的柔波里留下了一场相识、相知、相恋，又在康桥的金柳下无奈地依依握别，那声凄清的哀叹穿越时空永驻彼此心间。

徐志摩的一腔痴恋，终以林徽因父亲林长民的信作结："足下用情之烈令人感悚，徽亦惶恐不知何以为答，并无丝毫 mockery（嘲笑），想足下误解了。"信末附言"徽徽问候"。最了解徐志摩的莫过于林长民，而他最清楚，这位"用情之烈"的诗人做朋友可以，但要做自己的女婿，做爱女的丈夫，却是不合适的。

一句误解，终留下康桥一声长叹！人生若只如初见，何事秋风悲画扇？很多人将"纯真"的桂冠赠给自己情窦初开的青春时代，其实令人感动的不是别的，只是那个不可触碰的纯真的年龄。许多经历在人们的记忆里会像一粒尘埃，或像一缕轻烟，迅疾飘散，几乎不留一丝痕迹，但也许对于真正爱过的人来说，在青春最美的年华，他们曾经深深感动过，甚至不掺杂质地"爱"过，这也就足够了。

第三章
车祸成全：夜深忽梦少年事

清纯的恋曲终究是永远留在了康桥的柔波里。1921 年 10 月 14 日，林徽因随父由英赴法，乘"波罗加"船归国。她甚至没有把回国的消息告诉徐志摩，就这样悄无声息地告辞了。

梁思成听说林徽因回国，按捺不住心头的喜悦，他这次再也不想错过心仪许久的佳人，或者，再也不想只在梦里与自己的仙子爱恋。

酷爱音乐的梁思成邀请林徽因去清华学堂，看他亲自指挥的音乐演出，当时他担任清华管乐队队长，吹第一小号，在舞台上倾情演奏的梁思成，让林徽因对他又多了一番了解。

有一次，林徽因和梁思成相约一起逛太庙，刚进庙门梁思成就消失得无影无踪，她正诧异、恼怒中，梁思成已爬上了一棵参天大树，并大声喊着她的芳名……那段曼妙时光对于林徽因来说是灿烂而温暖的。

1922 年 9 月，徐志摩乘船回国，10 月 15 日抵达上海，不久赶往北平，对林徽因仍痴情不改。其中一个小插曲，虽能说明徐志摩之诗人情怀中的那份执著，但也确实睹见了徐志摩所遇到的那种尴尬。

梁思成的父亲梁启超当时是松坡图书馆馆长，松坡图书馆有两处院子，一处在西单附近的石虎胡同七号，一处在北海公园里的快雪堂。梁思成一次次邀约林徽因，常常就在静悄悄的快雪堂幽会。这里环境幽雅宁静，景色宜人。礼拜天图书馆不对外开放，但近水楼台，梁思成的衣袋里有钥匙。偌大的图书馆里，就只有两个酷爱读书的年轻人各手执一卷，相视而笑。徐志摩找林徽因也会找到这儿。他是梁启超的弟子，又是林长民的朋友，就是梁思成在，来找林徽因也说得过去。但去的次数多了，终引起了梁公子的反感。他决定警告一下这个不识相的情敌。

有一次，远远地，梁思成见徐志摩又来了，聪明的他灵机一动，随即在图书馆大门上贴一纸条，上面大书：

Lovers want to be left alone. （情人不愿受干扰）。

徐志摩见了，自知无趣，只得扫兴而归。但此时的林徽因对梁思成的感情始终淡如芍香，若即若离，愉快交往着，但情感并不炽热。没想到，加速恋爱进程的却是一场意外的车祸。

1923年5月7日，北平的学生举行声势浩大的"国耻日"游行。血气方刚的梁思成骑着摩托车和弟弟思永上街参加游行示威。当摩托行至南长安街时，被时任陆军部次长的金永炎的轿车撞倒。当即，思永受了轻伤，而思成昏倒在地，人事不省，浑身是血。

身为权贵的金永炎当时权倾一方，竟然连座驾都没下，仅从汽车窗口扔出自己位居高位的名片，让闻讯前来的警察处理后事，然后便驾车扬长而去。金永炎平素也是嚣张惯了，但他的名气比起梁启超来尚还差得太远。起初欲拿司机做替死鬼，但在社会舆论的强大压力下，金永炎不得不最终出面向梁家道歉并承担全部医疗费。据说，最后连总统黎元洪也出面替他求情，梁家方才罢休。

出事当天，梁家正在为梁启超二弟大摆寿宴。得知梁思成兄弟俩出了车祸，家人无心于酒宴，酒席迅即被冲散。林徽因听说梁思成受伤，也心急如焚，她本是一个善感的女子，见身边亲近的人遇飞来横祸，还是头一次。林徽因和梁家人一起，一直默默地守在诊室外，作为一个花季少女，为正在走进自己心中的那个人默默地祈祷平安，本应该是一件平常事，惟此时，她才惊觉，一直都是梁思成在为自己着想和付出，而自己尚还没为他真正做些什么。林徽因暗暗想着，如果梁思成醒来，一定要好好关心照料他，不能再让自己留下遗憾了。

梁家两弟兄住院治疗，弟弟思永只是皮外轻伤，不几日便出院了，而梁思成却因脊椎受伤，左腿骨折，前后经历了几次手术，但限于当时的医疗技术，最终手术结果是：左腿还是比右腿短了一公分，以致落下终身残疾。由于脊椎受到损伤，梁思成还要穿着协和医院给他特制的钢马甲。梁思成曾在清华校运动会上获得过跳高第一名，曾经的体育健将梁思成想到此后只能跛行，不免悲从心来，沮丧万分，一段日子里情绪非常低落。

患难见真情，颇有侠义之气的林徽因不但不嫌弃，不躲避，还专门请假每天跑医院来服侍那个渐渐撞进自己心中的恋人。

恰值北平初夏时节，气候时而闷热，梁思成躺在医院的病床上燥热难耐，而缠在梁思成身上的绷带，又让其不能动弹。见此状，留过洋的林徽因从不忌讳，常主动而很自然地帮他擦汗，翻身，照顾得无微不至。两人恋爱以来，从未有过如此频繁而亲密的接近。对于他们，经受过患难考验后的恋情，或愈发显得甜蜜。

善解人意的林徽因看出了梁思成的闷闷不乐和忧虑，除了在心里默默祝福梁思成早日痊愈、康复，见面便给他讲笑话，说一些时下新闻，千方百计逗他开心，甚至还追忆起五年前他们第一次见面的情景……林徽因的陪伴给了病床上的梁思成巨大的安慰，梁思成的心情渐渐开朗。

父亲梁启超见儿子的病情渐趋好转，便推荐他研读中国的古代典籍，从《论语》和《孟子》开始，诵背修身养性的古文，然后读《左传》《战国策》和《荀子》。由此，梁思成的国学功底有了进一步的巩固和加强。林徽因也因此经常和梁思成谈论传统文化之博大精深，为古人先贤的那些关于天地人间万般事物的精辟见解，两人常常感叹不已。

有一次，林徽因突发奇想，她决定为病榻上的梁思成诵读自己最喜爱的英国作家王尔德的童话名篇《夜莺与玫瑰》：

> "她说过只要我送给她一些红玫瑰，她就愿意与我跳舞，"一位年轻的学生大声说道，"可是在我的花园里，连一朵红玫瑰也没有。"这番话给在圣栎树上自己巢中的夜莺听见了，她从绿叶丛中探出头来，四处张望着。"我的花园里哪儿找不到红玫瑰，"他哭着说，一双美丽的眼睛充满了泪水。"唉，难道幸福竟依赖于这么细小的东西！我读过智者们写的所有文章，知识的一切奥秘也都装在我的头脑中，然而就因缺少一朵红玫瑰我却要过痛苦的生活。""这儿总算有一位真正的恋人了，"夜莺对自己说，"虽然我不认识他，但我会每夜每夜地为他歌唱，我还会每夜每夜地把他的故事讲给星星听。现在我总算看见他了，他的头发黑得像风信子花，他的嘴唇就像他想要的玫瑰那样红；但是感情的折磨使他脸色苍白如象牙，忧伤的印迹也爬上了他的眉梢。……

这个凄美的爱情故事深深地打动了两个相亲相爱的年轻人，美丽的夜莺为了年轻人获得自己想要的爱而无私地献出了自己宝贵的生命。可夜莺的一番痴心加苦心，却不被年轻人所解，最终被辜负。一朵非凡的红玫瑰，犹一颗纯洁无瑕的心，终被年轻人扔到街心而遭车轮碾压成泥。世事总是变幻莫测，人心也难以预测和期望，我们不祈望世事尽如人意，但至少应去学会珍惜，懂得珍爱。

可是这么美丽的童话故事，当时还没有人翻译出来，梁思成鼓励林徽因尝试翻译出来发表，以让更多的人读到这个美丽的童话。无心插柳柳成荫，不期，《夜莺与玫瑰》成了林徽因发表的第一件作品，后来刊登在1932年12月的《晨报》上。

两个年轻人无拘无束的欢声笑语不时在病房上空回旋，可这温馨浪漫的一幕幕，落到梁思成父母眼里，却是喜忧不一。

父亲梁启超看在眼里，颇感欣慰，觉得自己没有看错人。作为父亲，他曾经为自己的爱女梁思顺挑到了心仪的女婿周希哲。他自信自己的眼力，憧憬着，这将是他为子女创造的"第二回成功"。

而母亲李蕙仙的脸色却一天比一天阴沉。身为母亲，为儿子挑媳妇，自然少不了以自己为标准。林徽因的种种西式举动，在李蕙仙看来，太失检点，完全不像大家闺秀的所为。从她看到林徽因的第一眼后，便生出一种莫名的拒绝感，或许是林徽因太漂亮，而让她联想到红颜祸水或红颜薄命？更许是徐志摩对林徽因的狂热追求也传到了一个老封建的耳朵里？她认为自己多才多艺的儿子娶这么个"不遵循妇道"的女孩，只会痛苦一生。李蕙仙知道，自己的身体每况愈下。1922年，她曾从天津去菲律宾马尼拉，她的大女婿正在马尼拉做总领事，她在女儿、女婿的陪同下，做过癌切除手术，虽说已康复，但随时会复发，一旦她哪天仙去，老实敦厚的儿子能不能管住精明的媳妇？恐怕吃苦受罪的还是自己的儿子。作为母亲，她一定要为儿子找一位大家闺秀做贤妻良母。

就这样，两个情投意合的年轻人的恋情却遭到了林徽因未来的婆婆李蕙仙的百般阻挠。李蕙仙是梁家脊柱，梁启超对这位患难与共的结发妻子，一直是敬爱有加。李蕙仙执意反对林徽因嫁入梁家，梁启超虽然慧眼识才，看好林徽因，但对爱妻的强烈反对，他也不好发声太大，唯只能柔声劝慰。

1924年7月，林徽因、梁思成抵达康奈尔大学。常说，长女如母，梁思成常常收到慈母的忠实信使——大姐梁思顺的来信。信中反复强调：母亲讨厌林徽因，坚决反对他们结婚。李蕙仙的一票否决，令所有人苦恼万分。直至1924年9月13日，享年55岁的李蕙仙因病去世。

没了李蕙仙的强烈反对，大姐梁思顺也很快便被众人说服，到了1925年4月，梁思顺对林徽因的感情"完全恢复"常态。

因为一场突如其来的飞来车祸，原本梁思成计划1923年赴美国留学的日期只得推迟一年。梁启超这样开解儿子："人生的旅途相当长，一年或者一个月算不了什么。你的一生太平顺了，小小的挫折可能是你磨炼性格的好机会。而且就学业来说，你在中国多准备一年也没有任何损失。"这一推迟，正好等到林徽因从培华中学毕业，成绩一向优异的林徽因恰好也取得了半官费留学美国的资格。祸兮，福之所倚，车祸又玉成了一件美事，两人得以比翼双飞，漂洋过海去追逐两个年轻人心中共同的"建筑之梦"。

一艘正在开始驶向大洋彼岸的越洋轮船上，一对金童玉女双双走向高高的甲板，他们青春的脸上漾着灿烂的笑容。两个人不约而同地张开双臂，任温润的海风轻轻吹拂。他们眺望着大海，憧憬着远方，两人的眼眸，如那湛蓝的天空一般明亮，他们的情怀，也一如那浩瀚的海面一样辽阔……

第四章
聚散依依：《齐德拉》绝唱

20 世纪 20 年代，北平的文化活动异常活跃，西方文化使者也不远万里频频来到中国交流，从而开阔了国人的文化眼界。

徐志摩和林徽因都曾留学英国，英语娴熟，他们曾联袂组织和主持了美籍奥地利小提琴演奏家兼作曲家弗里茨·克莱斯勒的一场访华音乐会，那是一位西方艺术家首次把异于东方的古典音乐带到中国古都来上演。20 世纪初，弗里茨·克莱斯勒曾多次在世界各地作旅行演奏。由于徐志摩和林徽因的出色组织以及和弗里茨·克莱斯勒的出色合作，音乐会获得极大成功。尤其是一曲极富西方情调的《爱之欢乐》和又一曲富含东方文明的《中国花鼓》，将弗里茨·克莱斯勒的表演推向高潮。

不久，又有一件更荣耀、更艰巨的事等着徐志摩和林徽因他们去携手完成。事缘梁启超、蔡元培以北平讲学社的名义邀请当时的文学巨匠泰戈尔来华访问。讲学社委托徐志摩负责泰戈尔访华期间的接待事务，林徽因也有幸一起陪同并担任随行的中方翻译。

1924 年 4 月 23 日，一辆墨绿色的火车缓缓驶进北平前门火车站，当时前来迎接泰戈尔的不乏北平文化界的诸多名流，如梁启超、蔡元培、林长民、胡适、梁漱溟、辜鸿铭、熊希龄、蒋梦麟等，他们或长衫飘逸，或西装革履，一应静立在月台上，神情肃然地等待着泰戈尔先生的到来。林徽因作为中方接待人员之一，手持一束红色郁金香，也加入到了这支京城的高规格文化群体之中。

礼炮轰鸣中，飞飞扬扬的花雨，点缀着 1924 年 4 月 23 日那页史诗般的日子。列车缓缓停住，从车上下来了一位鹤发童颜、长髯飘逸的老者，他就是印度诗哲——1913 年诺贝尔文学奖获得者泰戈尔先生。泰戈尔的作品早在 1915 年就已介绍到了中国，其诗歌中所蕴之独特的艺术神韵，及其所含之深邃的哲学与宗教思想，反映了泰戈尔精神探索的艰难的漫漫历程，也因此赢得了全球文化界的尊敬。作为第一位获诺贝尔文学奖的东方作家，其作品堪称为东方世界的神曲。

泰戈尔头戴一顶红色软帽，身穿一袭印度长袍。参与接待的林徽因简直不敢相信自己的眼睛，这就是誉满全球的诺贝尔文学奖获得者泰戈尔吗？眼前的老人分明就是中国神话故事里的一位慈眉善目的老寿星呀！一种说不出的亲切感让她赶紧献上了手中的鲜花。

泰戈尔童心大发，兴奋地张开双臂，像个孩子般地笑了起来。自打他从印度启程那一刻起，就一直激动万分，现在终于来到了这个心仪很久的文明古国。行程中，繁花盛开的龙华，草长莺飞的西湖，五岳独尊的泰岱，尊贵大气的皇城……都深深地吸引着他。

泰戈尔访华所到之处的演讲稿，徐志摩都将其事先翻译成极富文采的中文，以保证每次演讲的完美效果。一老一少，中印两个浪漫的诗人，在这段朝夕相处的时间里，尽情畅谈诗歌的美妙，心灵的自由，普世之爱的实现……他们之间的思想交流，或艺术探讨，是那么投机，那么融洽，很快就成了一对无话不谈的忘年之交。

4月28日，徐志摩和林徽因陪同泰戈尔一起参加了京城学生在先农坛公园为泰戈尔先生举行的一场欢迎集会。与会的林徽因一身咖啡色连衣裙，上身配一件米黄色外套，胸前一串长长的项链，既显得格外素净淡雅，也尽现林徽因卓尔不群的文化气质。她搀扶着泰戈尔登上演讲台，徐志摩戴着玳瑁眼镜，一身长袍马褂，儒雅地静立一旁，全神贯注地担当泰戈尔的同声翻译。

泰戈尔站在绿茵茵的草坪上，满怀深情地做了一次关于诗歌主题的即兴演讲：

> "朋友们，我不知道什么缘故，到中国便像回到故乡一样，我始终感到印度是中国极其亲近的亲属，中国和印度是极老而极亲爱的兄弟……现在，当我接近你们，我想用自己那颗对你们和亚洲伟大的未来充满希望的心，赢得你们的心。当你们的国家为着那未来的前途，站立起来，表达自己民族的精神，我们大家将分享那未来前途的愉快。我再次指出，不管真理从哪方来，我们都应该接受它，毫不迟疑地赞扬它。如果我们不接受它，我们的文明将是片面的、停滞的。科学给我们理智力量，他使我们具有能够获得自己理想价值积极意识的能力。"

随着泰戈尔如清泉涌动般的演讲，徐志摩文采飞扬的即时翻译，让参加集会的人都听之入迷。其间，偶尔林徽因对徐志摩翻译的意思表示异议，徐志摩便马上遵照林徽因的高见而重新翻译。他们配合得非常默契。

泰戈尔雪白的长须随风飘拂着，他精神矍铄，嗓音洪亮，他像一位得道仙翁，对着中国朋友布道，并朗诵了一首他喜爱的诗句：

> 仰仗恶的帮助的人，建立了繁荣昌盛，
> 依靠恶的帮助的人，战胜了他的仇敌，
> 依赖恶的帮助的人，实现了他们的愿望，
> 但是，有朝一日他们将彻底毁灭。

第二天，几乎京城各家报馆都于头版发了头条新闻，消息的大标题都和泰戈尔在先农坛的演讲有关，其中《中央晚报》称："东方诗神偕同金童玉女发表演讲"。徐志摩和林徽因一左一右，相伴泰戈尔的大幅照片也刊登在了当天的报纸上。新闻报道还形容说："世界著名长髯诗翁泰戈尔先生与长袍白面、郊寒岛瘦的诗人徐志摩以及人艳如花的林徽因小姐，如同苍松、竹、梅组成的一幅动人的画卷"。人们为一睹印度大诗人的尊容，也欲一睹金童玉女的风采，纷纷购买报纸，京城一时"洛阳纸贵"。

泰戈尔在北平的时间里，日程安排得紧促而丰富。他不但出席了社会各界的欢迎会和座谈会，还到北大、清华和燕京等几所大学作了演讲，并拜会了末代皇帝溥仪。

有一次，泰戈尔在一所大学院校演讲，徐志摩完成全部翻译之后，听众意犹未尽，竟然热烈要求徐志摩朗诵新作。徐志摩激情满怀，当场朗诵了他为林徽因写的一首新诗《你去》：

> 你去，
> 我也走，
> 我们在此分手；
> 你上哪一条大路，
> 你放心走，
> 你看那街灯一直亮到天边，
> 你只消跟从这光明的直线！
> 你先走，我站在此地望着你……
> 更何况永远照彻我的心底；
> 有那颗不夜的明珠，我爱你！

林徽因的情感毕竟没有徐志摩那么热烈和外露，羞得她顿然满脸通红。

5月8日，新月社为了庆贺泰戈尔64岁生日，在北平协和大礼堂举行晚会，晚会由胡适担任主席。首先，梁启超代表即席的众位为泰戈尔先生起了一个中国名字"竺震旦"，并以一方署名"竺震旦"的印章赠予了泰戈尔先生。祝寿会的压轴戏是观看新月社用英语演出的抒情诗剧《齐德拉》。该剧剧本系由泰戈尔的大型诗歌《摩诃婆罗多》所改编。《摩诃婆罗多》是享誉世界的印度史诗。剧中，林徽因饰公主齐德拉，徐志摩饰爱神玛达那，张歆海饰王子阿顺那，林长民饰春神伐森塔，梁思成则担任舞台布景设计。林徽因与父亲一同登台献艺，一时传为美谈，而林徽因与徐志摩之粉墨同台，这又让这对金童玉女再次成为公众热议的焦点。

《齐德拉》讲述了一个美丽的爱情故事。幕启，林徽因在宽大的幕布前扮演一古装少女凝望新月的造型，其雕塑般地呈示出了"新月社"这一京城的文化概念。舞台上，演员各司其职，很快就进入了角色。穿插于剧情中的公主和爱神，都有很重的戏份，本来对林徽因早就心驰神往的徐志摩，自然地把自己的那一腔柔情融入到了剧情中。两人是那样默契、和谐，甚至演出了天地人间的那种绵绵情意。今夕何夕？分不清哪是现实？哪是诗剧？林徽因和徐志摩仿佛又回到了康桥之恋，仿佛又进入到了曾经那种相亲相爱的境地。他们忘情地、全身心地演绎着剧情，完全忘记了舞台下的那一双双神情专注的目光。以至于连不懂英文的梁启超，在台下也看出了些微端倪，心生不悦，自不用说。而在舞台一侧关注演出的梁思成，如果谓那一刻全无醋意，谁能言之呢？

演出结束后，掌声雷动，人们为他们精湛的表演而喝彩。泰戈尔满心愉快地走上舞台，和参与演出者一同谢幕。他身穿简洁朴素的灰色印度布袍，一头银发如雪，雪白的长须飘在胸前，大诗人深邃的眼睛一扫连日的倦意。深晓徐志摩心思的泰戈尔，那一刻慈爱地拥着林徽因的肩膀，意味深长地赞美道："马尼浦王的女儿，你的美丽和智慧不是借来的。是爱神早已给你的馈赠，不只是让你拥有一天、一年，而是伴随你终生，你因此而放射出光辉。"

诗剧《齐德拉》汇演完成后，浪漫多情的徐志摩将昔日在英伦时就已激发的对林徽因的美好情感，发酵成了一种欲罢不能的痴恋。渐渐感受着情感折磨的林徽因，是选择当红诗人徐志摩还是接受青年才俊梁思成？这在当时，大概也是一些人茶余饭后的绝佳谈资，当然，也是市井小报所热衷打探的花边新闻。

5月17日，徐志摩鼓起勇气，私下邀约林徽因见面，再次一吐衷情。惟这次相见的结果，一如林徽因在伦敦归国前之那般的冷静和决然。林徽因又一次明确了自己的心意，说好从此"分定了方向""各认取个生活的模样"。其实，林徽因对徐志摩的感情，可以从她的很多诗歌和散文里看出蛛丝马迹。在林徽因看来，每个人的心中，都可能有着自己曾经深爱过，而最终又未能牵手一生的人，虽无奈，但爱过就是爱过，即便几十年的风雨过后，那个人，依然会留在你的心中一隅，并被深深珍藏。

5月20日夜，泰戈尔离开北平前往太原，然后赴香港经日本回国，徐志摩一路随行陪同。送别当天，北平站台上站满熙熙攘攘前来送别的人群，林徽因也在其中。访问期间，林徽因一直不离泰戈尔左右，这使得他在中国的访问活动大为增色。可有聚就有散，临别之际，一直想为徐志摩做红娘的泰戈尔为林徽因小姐即兴题小诗一首，以作为留念：

> 天空的蔚蓝
> 爱上了大地的碧绿
> 他们之间的微风叹了声"哎！"

徐志摩在车厢里默默看着前来送行的林徽因，心里痛苦至极，想来，此去各奔东西，何日再相见实难以料知，情到哀伤处，他急忙掏出纸笔，想在火车开动之前写一封信，亲自交到林徽因的手上。

> "我真不知道我要说的是什么话，我已经好几次提起笔来想写，但是每次总是不成篇。这两日我的头脑总是昏沉沉的，开着眼闭着眼只见大前晚模糊的月色，照着我们不愿意的车辆，迟迟的向荒野里退缩，离别！怎么的能叫人相信？我想着了就要发疯：这么多的丝，谁能割得断？我的眼前又黑了……"

但信还没写完，火车便已徐徐启动，徐志摩见状，持信将要冲下车去，递给车厢外的林徽因。坐在一旁的泰戈尔的秘书恩厚之，见徐志摩太过冲动，便一把拦住了他，也顺势抢过那封还没写完的信，藏在自己的文件包里。徐志摩失去了最后表白的机会，伤感的眼泪夺眶而出，顷刻间，即闻车厢外有人大声喊道："徐志摩哭了！"

是的，徐志摩哭了！那是绝望的哭！男儿有泪不轻弹，只是未到情深处！徐志摩在北平目睹了林徽因和梁思成的相亲相爱，更得知林徽因和梁思成赴美留学的一切手续都已办好，不日即将启程，自此一别即天涯，心中的爱神愈去愈远。那一刻，唯有用一颗破碎的心来陪伴尘世里的凄风苦雨。那一刻，徐志摩焉能不哭？

请听我悲咽的声音，祈求于我爱的神：
人间哪一个的身上，不带些儿创与伤！
哪有高洁的灵魂，不经地狱，便登天堂：
我是肉搏过刀山炮烙，闯度了奈何桥，
方有今日这颗赤裸裸的心，自由高傲！
这颗赤裸裸的心，请收了吧，我的爱神！
因为除了你更无人，给他温慰与生命，
否则，你就将他磨成齑粉，散入西天云，
但他精诚的颜色，却永远点染你春朝的
新思，秋夜的梦境，怜悯吧，我的爱神！

　　这首诗题为"A Pray"，意为"一个祈祷"，发表于1923年7月。在
这首诗里，徐志摩的爱和痛都达到了顶峰，将恋爱对象称为"爱神"，而
祈求对方给予爱，是浪漫主义诗人惯于释放的情怀。诗中的"爱神"当
然就是林徽因，他仿佛是在告诉林徽因：为了你，我才敢冒天下之大不
韪，去做中国第一个把离婚诉诸公众的男人。我的爱神，请你接受我经
过种种努力才换来的自由恋爱的权利！祈祷没有结果，随后托泰戈尔
替他求情也没有成功。阴差阳错，命运终是没有对徐志摩打开其真正期
待的那道爱情之门，能在诗歌中燃烧自己的徐志摩，终没有点燃自己对
林徽因的那团爱火。

　　1924年6月，林徽因和梁思成携手双飞，前往美国求学，徐志摩心
中所升腾的那束爱的火焰彻底幻灭了。他的诗作《一个噩梦》，未必不是
表达了徐志摩的一种陷入绝望的心声：

我梦见你——呵，你那憔悴的神情！
——手捧着鲜花脑腆的做新人；
我恼恨——我恨你的负心，
我又不忍，不忍你的疲损。
你为什么负心？我大声的呵问，——
但那喜庆的闹乐侵蚀了我的悫愤
你为什么背盟？我又大声的诃问——
那碧绿的灯光照出你两腮的泪痕！
仓皇的，仓皇的，我四顾观礼的来宾——
为什么这满堂的鬼影与遣骨的阴森？
我又转眼看那新郎——啊，上帝有灵光！——

却原来，侭傍着我爱，是一架骷髅狰狞！

对徐志摩来说，没能和林徽因接成为"神仙伴侣"，是他终生的遗憾，毋庸置疑，在徐志摩因空难而早早地离开人世之前的那一瞬间，其一定还最终留着那一份对林徽因的深深的想念。徐志摩的英年早逝，徐志摩和林徽因的那段不能圆满的不了情，其都可谓是人间的一种遗憾。只无奈"此恨绵绵无绝期"。时间不会因遗憾而静止。所幸，对于真正爱过的人，聚也依依，散也依依，聚散两依依，情义两心知。就像黑白的老照片一样，透过那些苍苍茫茫的时光，曾经的若干美好，仍会深深地、深深地印在彼此的心底。

关于对林徽因和徐志摩两者关系的评价，大概还是要用梁思成之子梁从诫先生的话来总结，或许那是最贴切的说法："徐志摩的精神追求，林徽因完全理解，但反过来，林徽因所追求的，徐志摩未必理解……"。

第五章
烟火人生：千年修得共枕眠

"男人最怕入错行，女人最怕嫁错郎"。女人不一定非得嫁那个浪漫诗意的男人，但要成为一个幸福的女人，一定要嫁给那个最适合自己的男人。但自古以来，女人的名字就姓"碰"，滚滚红尘，缘起缘落，痴男怨女在茫茫人海中碰来碰去，免不了还碰得头破血流。嫁得一个好丈夫对女人来说大概可以算是头等重要的事。就连林语堂老先生也说，要想做一个好妻子，首要者，是先得物色准一位好丈夫。

林徽因貌美如花，梁思成虽因车祸腿脚有些微不便，但由于保持了曾经良好的体育素质，身手仍称敏捷，常在古建筑的梁柱间爬上爬下，于此，终生嗜好吟诗作对的金岳霖送了林徽因夫妇一副简洁的对子：

> 梁上君子
> 林下美人

或许梁思成因腿脚疾患而不能"玉树临风"，但林美人仍堪称幸福，这在很大程度上来自于夫君梁思成之君子风度。战火的涤荡，病痛的折磨，甚至还有情感危机的考验，梁思成陪伴着林徽因一路走来，风雨同舟。作为一位丈夫，梁思成对她的爱和包容，足以羡煞全世界的女人。

据说，美国有一对耄耋之年的夫妇，当选了全美最恩爱的夫妻。当记者向他们讨教幸福婚姻的秘笈时，嘴里已经掉得没有几颗牙的老先生裂开嘴幽默地答道："幸福婚姻的最大秘诀就是包容。就像我们哪怕被评为最恩爱的夫妻，但在长达五十多年的共同生活中，我们彼此不下十次心头涌起过掐死对方的念头。"

诚如是，毕竟婚姻与爱情是不全等的两码事。无论是含蓄、内敛的东方人，还是生性浪漫的西方人，皆都生出过共同的感叹：婚姻是爱情的坟墓。的确，爱情是绚丽多彩的，而婚姻却是一种无须装饰的生活方式，抑或也是日子中的一种自然姿态。婚姻有其自身的内涵，欲维系一种充满活力的婚姻状态，以致终生相濡以沫，不离不弃，则需要彼此尽可能的信任和包容。

当年有一位中央美院参加过人民英雄纪念碑设计的教授，谈起当年的林徽因、梁思成这对伉俪时，那位一贯极具艺术家风度的老先生，脸上顿然露出了孩子般的微笑：

　　"梁思成不在的时候，林徽因的图并不是不能自己画。"

　　也许，林徽因要的就是那种被丈夫宠着的感觉。而宠着林徽因，也许是梁思成最大的快乐。

　　在梁家众多的兄弟姐妹里，梁启超于长子梁思成寄予了最多的厚望。从学业、婚姻到谋职，无一不是给予了细致入微的关怀和照顾。梁思成结婚前夕，梁启超致信说，"你们若在教堂行礼，思成便用我的全名，在外国习惯叫做'思成梁启超'，表示你以长子资格继承我全部的人格和名誉。"

　　梁思成的确也在不断地去努力，以达到父亲所期望的那种"人格和名誉"。他继承了父亲的睿智和豁达，无论是在战火纷飞的洗礼中，还是在苦难和困顿的煎熬中，梁思成身上所散发出来的那些坚韧和乐观的精神，还有不屈和奋进的人格光芒，可谓与其父亲梁任公，一脉相承。林徽因有如此优秀的丈夫，其人生又何有他求？

　　痴恋林徽因一生的金岳霖曾这样感叹："他（指徐志摩）满脑子林徽因，我觉得他不自量啊。林徽因、梁思成早就认识，他们是两小无猜，两小无猜啊！两家又是世交，连政治上也算世交。两人父亲都是研究系的。徐志摩总是跟着要钻进去，钻也没用！徐志摩不知趣，我很可惜徐志摩这个朋友。"

　　诚如金岳霖所言，梁思成和林徽因，不止两小无猜，他们俩同是官宦世家出身，堪称门当户对。家世上，梁思成的父亲梁启超是大名鼎鼎的思想家、文学家和社会活动家，而林徽因的父亲林长民也是民国时期的教育家和政坛的风云人物，两人是同僚，也是好友。他们一同倡组讲学社，传播西学，尤其是对五四运动的最终爆发，他们俩都有着特殊贡献。梁思成是长子，林徽因是长女。一个来自福建，一个来自广东，都是南方人。在年纪上，梁思成比林徽因大三岁，比之那位长林徽因八岁的"志摩叔叔"和长林徽因十岁的"老金"，梁思成和林徽因可称是名副其实的"同一代人"。

　　他们相遇的时候，一个11岁，一个14岁，俨然金童玉女，一双璧人。外貌上，两人都极富南方人的特征，他们的个子都不高，梁思成瘦小精干，林徽因娇小玲珑。从他们俩的合影看出，随着年纪的增长，长相越来越像一对兄妹，连笑起来的神韵都是那般相似。他们一同求学，一同成为同窗，他们都对建筑学的研究矢志不渝，同甘共苦，终成大器。如果说梁思成是一潭清澈宁静的湖水，那么林徽因就是湖水里自由自在、游来游去的一尾鱼儿。她让严谨的丈夫，变得风趣幽默，生活变得更富情趣。

林徽因与梁思成的性格无疑是迥异的。林徽因外向活跃，性子急躁，谈锋甚健，充满诗人气质。而梁思成性情内敛、沉稳，寡言而不健谈。有人质疑："梁是否真正爱着自己的妻子林徽因呢？"进而还有空穴来风，臆测云云："梁思成与林徽因看起来郎才女貌十分般配，实际上梁与林的婚姻，本质上极为不幸。"（苗雪原文《伤感的旅途》）。

幸福婚姻除了包容，还有一大特质就是互补。林徽因与梁思成性格上的差异正好互补各自不足，从而，日子过得琴瑟和鸣。而徐志摩和陆小曼则都是同类人，都充满了浪漫和激情，都可以为爱赴汤蹈火，奋不顾身。但历经了千辛万苦的徐志摩和陆小曼，其婚后矛盾重重，也为才女的陆小曼竟沉迷于鸦片而一蹶不振。诗人徐志摩为了妻子的高额消费而成天忙碌。一度，为稻粱谋而疲于奔命的徐志摩，再也没有写出像样的诗歌了。

林徽因的闺蜜费慰梅曾这样比喻梁思成和林徽因夫妇："如果用梁思成和林徽因终生痴迷的古建筑来比喻他俩的组合，那么，梁思成就是坚实的基础和梁柱，是宏大的结构和支撑；而林徽因则是那灵动的飞檐，精致的雕刻，镂空的门窗和美丽的阑额。他们是一个厚重坚实，一个轻盈灵动。他们的组合无可替代。"无疑，在建筑事业上，既有艺术造诣又具敬业精神的林徽因不愧是梁思成之难得的贤内助。当年有一幕：他们夫妻俩在应县考察佛宫寺的辽代木塔时，因为林徽因体力不支，只得回北平的家中休养，没想到她刚到家，就收到了丈夫的信：

> ……你走后我们大感工作不灵，大家都用愉快的意思回忆和你各处同作的畅顺，悔惜你走得太早。我也因为想到我们和应县木塔特殊的关系，悔不把你硬留下来同去瞻仰。家里放下许久实在不放心，事情是绝对没有办法，可恨。……

在林徽因心目中，梁思成终究是位温和的丈夫，他对一身病痛的林徽因呵护备至。两人精神上息息相通，心心相印，让家庭生活充满了情趣。夫妇俩闲暇时经常比记忆，互相考测，哪座雕塑源于何处石窟？哪行诗句出自谁的诗集？……那些甜美的家庭文化氛围总会令人想起李清照夫妻在世。民国时期文人中流行着一句俏皮话："文章是自己的好，老婆是人家的好。"而经梁思成改动后的"文章是老婆的好，老婆是自己的好"之说，更在朋友中传为佳话。

在事业上，他们更是比翼齐飞，堪称最佳搭档。梁思成的建树，若没有林徽因的奉献是不可想象的。梁思成由衷说道："我不能不感激林徽因，她以伟大的自我牺牲来支持我。"事实上，当林徽因与梁思成有分歧时，很多时候都是林徽因作出让步。当年他们一起考察古建筑时，因胶卷有限，林徽因要拍庙宇，梁思成要拍斗拱、横梁，两人争持不下，最终还是林徽因把相机给了丈夫，让梁思成拍个够。在建筑事业上，林徽因不仅仅只是充当丈夫的助手，她一直是和梁思成站在同一事业的高度并与之切磋和合作的伙伴。同他们做了一辈子老邻居的金岳霖应该最有发言权："比较起来，林徽因思想活跃，主意多，但构思画图，梁思成是高手，他画线，不看尺度，一分一毫不差，林徽因没那本事。他们俩的结合，结合得好，这也是不容易的啊！"

一直以来，林徽因都在想着把自己满腔的诗情画意都变成文字，她更想在事业上多有建树。在她和梁思成的心中，装满的是那些遍布神州大地的古建筑，古建筑上所承载的文化需要她去参与考察和研究。建国后，国徽和人民英雄纪念碑的设计，也凝聚着林徽因的心血。面对濒临湮灭的景泰蓝工艺，为了保护和拯救最具民族特色的传统景泰蓝工艺，也让林徽因投入了许多的精力。她还有那么多的书要读，她的客厅里还有那么多的才俊雅士，等着聆听她独特的真知灼见……

林徽因是一直爱着梁思成的，但是，对于经过东西方文化浸润的她来说，丈夫绝对不是她的全部。她是一个内心足够强大的女子，丈夫，可以成为她事业上的最佳搭档，但不能成为她生活的唯一。或许，这给生活在当代的女子，也是一种启示。

梁思成曾对续弦林洙说：

> "做她的丈夫很不容易……我不否认和林徽因在一起有时很累，因为她的思想太活跃，和她在一起必须和她同样反应敏捷才行，不然就跟不上她。"（引自林洙《梁思成林徽因与我》）

诚然，围城中，夫妻两人结伴一生难免有矛盾，也难免起点波折，但不论生活优裕还是落在极度困顿的境地，梁思成和林徽因夫妇都始终相扶相携，患难与共。林徽因自嘲两人是一对"难夫难妇"。最后，"难夫"把"难妇"送到了她的人生终点。按照夫妇俩生前的约定"后死者为对方设计墓体"的承诺，梁思成实践了这一承诺，亲自为妻子设计了墓碑。

其实，当年中国留学生中除了徐志摩之外，仍不乏爱慕、追求林徽因者，且都是门第不凡、人品优秀的青年俊彦。但林徽因没有丝毫旁骛之心，独钟情于梁思成。同在美国留学的顾毓琇回忆说：

> "思成能赢得她的芳心，连我们这些同学都为之自豪，要
> 知道她的慕求者之多有如过江之鲫，竞争可谓激烈异常。"（顾
> 毓琇著《一个家庭两个世界》）

　　结婚之前，梁思成问林徽因："有一句话，我只问这一次，以后都不
会再问，为什么是我？"
　　林徽因说："答案很长，我得用一生去回答你，准备好听我了吗？"
　　百年修得同船渡，千年修得共枕眠。何等精彩的一问一答！如果说梁
思成在拥有了自己心仪的女人之后，对林徽因所提的问题，可以理解为是
一个自然科学家欲继续求证何为爱情，那么，林徽因对自己所钟情的男人
的那个回答，则无疑带上了耐人咀嚼的知性情调。"执子之手，与子偕老"
是千年修来的缘分，聪明冷静如林徽因，想必，她是深谙其道吧。

第六章
情痴老金：一生一代一双人

"一生一代一双人，争教两处销魂。相思相望不相亲，天为谁春？"
这是纳兰性德的《画堂春》里的词，可用来形容金岳霖与林徽因两个人
的一世柏拉图情缘。

著名的哲学家金岳霖，他为了林徽因终生未娶，一辈子都做梁思成
和林徽因一家的邻居，人称"逐林而居"。

金岳霖是湖南人，林徽因认识金岳霖，是因为徐志摩的介绍。金岳
霖与徐志摩是推心置腹的知心朋友，当年徐志摩为了林徽因跟第一任妻
子张幼仪离婚时，他就是见证人。后来徐志摩跟陆小曼结婚时，他又是
伴郎。金岳霖的年龄比徐志摩、梁思成、林徽因都大，在他们面前是名
副其实的老大哥。所以，他们一律称金岳霖为"老金"。

"老金"非常喜欢交朋结友，他把最大的一间南房当作客厅，客厅里
摆放着八个大书柜，客厅的南面围着一圈舒适的沙发，其实，京派著名
的"太太客厅"并非总是指林徽因家的客厅，倒是金岳霖家的客厅常年
高朋满座。因为他是单身，无人打扰，所以，"太太客厅"的聚会通常在
他家举行。这里"谈笑有鸿儒，往来无白丁"，而且"老金"还请了一
位会做西餐的厨师，以专门料理友人们的膳食。朋友们啜饮着咖啡，品
着"老金"特地吩咐厨师按照朋友们的口味做出来的冰淇淋，开怀畅谈，
大家笑称"老金"这里是"湖南饭店"。

金岳霖1914年毕业于清华学校，后留学美国和英国，续又游学欧洲
诸国近10年，初学的专业是经济，后研究兴趣渐渐转入哲学领域。金岳
霖才华横溢，留学归国后被聘为清华大学的哲学教授，是最早把现代逻
辑系统地介绍给中国的学者。在金岳霖的学术生涯中，其最大的贡献是
将中国的传统哲学与西方哲学相结合，创建了一套独特的哲学体系。金
岳霖在中国传统文化中浸濡很深，他酷爱京剧，自己也唱得字正腔圆，
此外，他对中国山水画也有极高的鉴赏和品味能力。

金岳霖饱受欧风美雨的沐浴，生活相当西化，极其注重仪表，平素
里总是西装革履，长年累月戴着一顶呢帽，再加上一米八多的个头，魁
梧奇伟，容貌堂堂，极富绅士风度。新学年，他给学生的第一句话总是：

"我的眼睛有毛病，不能摘帽子，这并不是对你们不尊重，请原谅。"他的眼睛怕光，曾配了一副一只镜片白、一只镜片黑的眼镜，常常微仰着头，深一脚浅一脚地走在校园的小路上，模样非常有趣。

金岳霖研究的是理性的哲学，但他却一生浪漫而率性，无拘无束，总按自己的情趣去做事，从不为名利所累。他为了多接触生活，曾约一个三轮车夫，每日拉着他在王府井的周围转；他喜欢斗蛐蛐，他认为斗蛐蛐涉及技术、艺术和科学问题；他家中养一只鸡，吃饭时和鸡同食，因营养过剩，母鸡患了肥胖症，有次下蛋时，鸡蛋被卡在了鸡屁股里，让母鸡在鸡窝里挣扎了半日。母鸡难产，他心急如焚，竟然请来了医生，弄得医生莫名其妙。无奈之下，医生通过"手术"把半个鸡蛋从鸡屁股里掏了出来。金岳霖见之大喜过望，感激得拉着医生去吃全聚德烤鸭……

金岳霖很有小孩缘。他曾在西南联大的校园里四处搜罗大石榴、大梨，为的就是和同事的孩子们比赛，看谁摘的石榴和梨大，如果金岳霖比输了，就得把大梨、大石榴送给小朋友，然后他还会再去买大梨、大石榴请客。不知是他真太喜欢小孩，还是他对林徽因的感情太过深厚，爱屋及乌，他把林徽因和梁思成的孩子一直视同己出，其乐融融。

就是这样一个天真的老顽童，对待爱情却是极其的理性和执著，他说："恋爱是个过程，恋爱的结局是结婚或不结婚，那也只是恋爱过程中的一个阶段。因此恋爱的幸福与否，应该从恋爱的全过程来看，而不应该从恋爱的结局来衡量。"这或许为他终生未娶做了最好的诠释。

金岳霖在英国读书时，潇洒倜傥的他，曾得到很多外国美女的青睐。其中有一位风流美貌的金发女子丽琳还追随老金来到北平，并同居了一段时间。但自与林徽因相识后，这位美女便被老金打发回到了美国老家，再也没有回来。随后，1932 年，老金搬到北总布胡同三号四合院与梁家同住一处，风趣地谓之为"择林而居"。只是"他们住前院，大院；我住后院，小院。前后院都单门独户。"

金岳霖视同样才华横溢的梁思成和林徽因夫妇为挚友，他们住在同一屋檐下，金岳霖之一日三顿几乎就是在梁家搭伙。这让林徽因与金岳霖有了不少相处的时间，闲暇时就一起谈人生，话理想，畅叙彼此的读书心得……金岳霖的侃侃而谈令林徽因欣赏，甚至到倾倒的地步。

在金岳霖眼里，林徽因更是一个世间罕见的奇女子。她明明从事建筑学的研究，但在其不乏严谨甚至趋于乏味的工作中，却透出天生的诗人般的烂漫情怀和极富哲学意趣的思维方式。其在太太客厅里的那些滔滔不绝的话语，常引出连珠妙语，这让林徽因在朋友圈里留下诸多美谈。

自此，金岳霖的眼里再也容不下别的女子。他们俩都从对方的眼眸中读出了彼此的爱慕之情。这话是老金晚年的回忆，他坦承自己无法割舍梁家的客厅："一离开梁家，就像丢了魂似的。"

如果说徐志摩于林徽因，只是一个引领她走进文学殿堂的导师，那么金岳霖就不仅仅只是一个"太太客厅"里讲哲学的座上宾了。作为梁家太太客厅里文化沙龙的常客，老金对林徽因的人品和才华，陷入到了"极赞欲何词"的境地。林徽因对老金同样十分钦佩和敬爱。随着时间的推移，彼此间心灵的沟通越多，越发感受到对方之不可抵挡的魅力。不可避免地，两个心心相印的人儿，在情网中几达难舍难分。

1932 年 6 月，梁思成在宝坻调查期间，发现了一座"辽建之楷模"的广济寺，寺庙中的那"三大士殿"的结构正是《营造法式》中记录的一种，梁思成当时欣喜若狂，不日，兴冲冲地带着一大堆珍贵的资料，打算回家跟同样爱好古建筑的妻子好好分享。

梁思成推开家门，却没想到见妻子的那张脸上布满茫茫然然、郁郁寡欢的神色。接着，林徽因竟然向老公坦承了自己的苦恼："完了，思成，我同时爱上了两个人，可怎么办呢？"林徽因和丈夫说话时一点不像妻子对丈夫谈话，却像一个无助的小妹妹在请大哥哥拿主意。

犹如晴天霹雳，梁思成被爱妻的话震住了，身为丈夫，听到自己的妻子如此坦诚相告，不知该愤怒还是该庆幸。梁思成半天说不出话来，一种无法形容的痛苦紧紧地压迫着他，他感到血液也凝固了，一种窒息感袭来，连呼吸似乎都觉困难了。

理智终于占了上风，梁思成明白林徽因没有把自己当成一个傻丈夫，她对自己是坦诚和信任的。如果换了别的女人，遇上这样的事情，瞒还瞒不过来呢！

一夜的辗转反侧，梁思成几乎没有合眼，他想了一夜该怎么办。梁思成问自己，林徽因到底和我幸福还是和老金一起幸福？他把老金和林徽因反复放在自己心灵的天平上衡量。他觉得尽管自己不乏事业的成就感，在文学艺术方面也有一定的修养，但仍缺少老金那种哲学家的头脑。他认为自己不如老金，遂决定成全他们。

第二天，梁思成血红着眼睛对林徽因说："我思索了一夜，觉得自己的才华不如老金，如果你嫁给他，我会祝福你们。"林徽因听了，不由失声痛哭，肝肠寸断。梁思成也默默地流下了对林徽因情到深处的眼泪。

林徽因将梁思成的话转述给老金听，老金思忖了一会后说道："思成是真正爱你的人。我不能去伤害一个真正爱你的人，我应当退出。"

从那次谈话以后，梁思成再没有和林徽因谈过这件事。因为他深知老金的人品和人格，他会说到做到。林徽因更是一个清醒而坦诚的女人。后来，事实也证明了这一点，梁思成和林徽因夫妇始终是金岳霖的好朋友。梁思成在工作上遇到的难题也常去请教老金，甚至连梁思成和林徽因吵架，也常唤老金来当"仲裁"，因为老金总是那么理性，把他们因为情绪激动而搞得一塌糊涂的问题分析得一清二楚。

有时候，放弃也是一种真爱，就像金岳霖最后一刻的退出。

于是，唯独不适于感情的所谓"三角稳定原理"，竟然在梁思成、林徽因和金岳霖三人身上，奇迹般地找到了注脚。一个旷世的三角恋情，其中之美，让尘世里的多少红男绿女们所仰望！

金岳霖极为理性地控制着自己的爱，他爱她，就要让她幸福，正如"你若安好，便是晴天"。金岳霖不仅一生和林徽因、梁思成保持着密切友好的关系，甚至和林徽因的子女也和睦相处。后来，年老的金岳霖一直和林徽因的儿子梁从诫住在一起，梁从诫也一直尊称他为"金爸"。金岳霖用了一生来爱林徽因，还有林徽因的家人，最终只是为了成全她的"碧海蓝天"。

金岳霖因为爱恋林徽因，从青年到晚年，梁家住在哪儿，他也前院后院的住在哪儿。七七卢沟桥的烽火燃起之后，金岳霖随梁家一起离开北平，转道天津赴长沙。后来，又先后抵达昆明。梁思成、林徽因继续经营中国营造学社，而老金则任教于西南联大，但多数时间仍是梁家芳邻。再后来，梁思成、林徽因夫妇迁往四川南溪县李庄镇，金岳霖又借休假的机会渡过千山万水，由云南一路跋涉来到李庄看望他们。那时林徽因患有严重的肺结核卧床不起，生活极度窘困，老金就买些小鸡饲养，盼望生下蛋来为她补养身体。抗战胜利后，老金与梁家重返北平，三人均在清华大学任教，又开始在忙碌的工作中共度快乐时光。

其实何止三角，那些曾经活跃在太太客厅的男人们无不以林徽因为中心画圆，每条半径的端点都指向另外一个优秀的男人……

身为女人，林徽因确实难掩其浑身散发的独特魅力。

她是世间无数男子梦中期待的白莲。为了这支出落得灿然而静美的白莲，大诗人徐志摩为她写出了无数炙热的情诗；哲学泰斗金岳霖为她终身未娶，一生"逐林而居"；而建筑学家梁思成则呵护疼爱了她一生。这三个大才子共同成就了林徽因的爱情传奇。当年，这三个男子对林徽因的爱慕都锋芒毕露，几乎爱慕得世人尽知。甚至那些有名有姓的爱慕者都犹过江之鲫，至于那些默默地爱慕着林徽因的无名之士们，则就只能随风而逝了……

惟林徽因何其坦荡！她绝非别人嫉妒她时之所说"以勾引男人为

乐"，她只是爱读书，爱深度思考，并习惯和具同一思想高度的有识之士交流自己的读书心得和生活感悟，仅此而已。男人爱上一个尘世里的女人，抑或爱上林徽因，并不悖自然的法则，那是他们自己的事，跟林徽因本人的情感当无半分关系。林徽因的才情和美貌引来无数的崇拜者，这当然是真正的女人魅力使然，其虽无心于情感的刻意经营，但于人间散发出的引力，却早已是"桃李不言，下自成蹊"。

1955 年，林徽因病逝，追悼会上，花圈、挽联环绕灵堂，最醒目的当是金岳霖和邓以蛰联名合撰的挽联："一身诗意千寻瀑，万古人间四月天。"金岳霖把对林徽因一生的爱都浓缩在了这副对联里。四月天，在西方总是用来形容艳阳高照的日子，美好、繁盛和富饶诸义尽含其中，如同我们的阳春时节，香飘大街小巷的杏花天。在金岳霖的心中，万古人间，林徽因永远是人间四月天里的那一道最美的景致。

金岳霖回忆说："对于她的死，我的心情难以描述。对她的评价，可用一句话概括'极赞欲何词'啊！"在八十高龄的时候，金岳霖还曾跟人说，自己还清楚地记得当时的情景，那一天，自己的泪就没有止住过。可以想象某一刻，一位老者极富深情地慢慢说着，声音渐渐低下去……其对林徽因的回忆，"仿佛一本书，慢慢翻到最后一页。"

即使是他已至耄耋之年，年轻时的旖旎岁月，也已经过去了近半个世纪，可当有人拿来一张他从未见过的林徽因的照片，请他辨认的时候，他仍会凝视良久，嘴角渐渐往下弯，像有千言万语哽在那里。但最后还是一语不发，紧紧攥着照片，生怕照片中的人飞走了似的。不过末了，又会像个小孩似的央求说："给我吧！"

有人曾请金岳霖为林徽因的诗集再版写几句话。他沉思片刻，面容上迅即掠过很多复杂的神色，仿佛一时间又想起了许多往事。但最终，他仍然只是摇摇头，一字一句地说："我所有的话，都应该同她自己说，我不能说。"他稍许停顿了一下，又继续说："我没有机会同她自己说的话，我不愿意说，也不愿意有这种话。"说完，他便闭眼，垂下头去，沉默起来。

林徽因去世后，1956 年 6 月 10 日，金岳霖突然把身边的老朋友都请到北京饭店，没讲任何请客的理由，这让即席的老朋友们都很纳闷。饭吃到一半时，金岳霖突然站起来说："今天是林徽因的生日。"闻听此言，老朋友们都望着这位为了林徽因而终身不娶的老先生，那刻，金岳霖老泪纵横，在座的友人们也无不动容。

林徽因逝去七年后，梁思成再娶续弦，而金岳霖则仍在一如既往地坚守着那份对林徽因的爱，那是一种无比完美的爱！他用一生的痴恋演绎了红尘中的一场绝版的爱情剧，让世人感受到那份真爱的深沉和无价。只是，伊人已逝，人间无地著相思了……

　　1984年10月19日，世之罕见的爱情大侠和浪漫骑士，一代哲学泰斗金岳霖在其北京的寓所安静地去世，享年89岁。许是天意吧，林徽因去世后安葬于八宝山革命公墓。梁思成在"文革"中含冤去世，"文革"后平反，骨灰也安放于党和国家领导人专用的八宝山骨灰堂，距林徽因墓咫尺之遥。而最后离世的金岳霖，骨灰仍安放于八宝山革命公墓。在天堂里，他们三个又毗邻而居了。金岳霖在人间从不示人的那些话，终有机会跟天堂里的林徽因慢慢聊了……

第七章
迷人病妻：与尔同销万古愁

林徽因早年发现肺部有病灶，抗战期间颠沛流离，治疗和修养不能得以保证，致病灶逐步加重，最终恶化为肺结核，肺结核在当年的医疗环境下几乎属于不治之症。但梁思成作为一个才华横溢、卓有成就的建筑学家，在其所进行的对中国古建筑的开创性的科学研究活动中，他"迷人的病妻"林徽因始终是他最密切、最得力的合作者。

一个老早就被医生忠告只能静养的病弱女子，竟全然不顾自己的羸弱之躯，终年陪伴夫君梁思成，在当时极为落后的穷乡僻壤四处奔走。坐着颠簸的骡车，住着肮脏的鸡毛小店，饥饱难料，这是极需要毅力的。有时，仅凭一页地方县志的记载就要跋山涉水去寻访早已被漫漫风尘遗忘了的荒寺古庙，其辛劳程度可想而知。试想，这样的女子，人世间又能有几个？

在战乱时期，梁思成带着一家人东奔西逃，过着贫病交加的生活，但他们的心灵一如既往的充盈。梁思成在给好朋友费正清的信中这样写道：

> 很难向你描述也是你很难想象的：在菜油灯下做着孩子的布鞋，购买和烹调便宜的粗食，我们过着我们父辈在他们十几岁时过的生活但又做着现代的工作。……我的薪水只够我家吃的，但我们为能过这样的日子而很满意。我的迷人的病妻因为我们仍能不动摇地干我们的工作而感到高兴。（摘自《梁思成与林徽因》）

生活虽是贫困而艰辛的，但生活其中的人却是如此乐观和骄傲。梁思成拥有一位休戚与共的病妻，而妻子的坚强，她在病床上迷人的微笑，却成了他最大的精神支柱。患难见真情，自从年轻时梁思成遇车祸后，来自林徽因的无微不至的照顾，即让他知道，这位女子将和他携手终生，同其甘苦，共度万丈红尘。

林徽因从小就体弱，犹弱柳扶风。尤其是经历了父亲林长民猝然离世的痛苦，后来疼爱她的公公梁启超又撒手人寰，再次遭受重创，生命中一次次的致命打击，让她疲惫不堪，越发虚弱。加之，孕期没有好好调养，繁重的工作，照顾孩子的烦累，林徽因早在北平时就已一次次病倒。每天不停的咳嗽，高烧不止，吃东西也变得困难。

梁思成带林徽因去协和医院，医生给她拍片，发现得了肺结核。这是一种慢性消耗性疾病，会慢慢吞噬病人的身体能量，使肺部出现空洞，直至最后咳血而死。医生叮嘱，这病需要保持饮食中充分的营养，不能劳累，最好到山里静养。

想来，这样一位近乎被宣判了死期的病人，其精神和健康状态通常会让第一眼见到她的人心生忧虑。那么，真实的情况又是如何的呢？作家萧乾初见林徽因后写下了如下的难以释怀的真实感受：

> 在去（林徽因家）之前，原听说这位小姐的肺病已经相当严重了，而那时肺病就像今天的癌症那么可怕。我以为她一定是穿了睡衣，半躺在床上接见我们呢！可那天她穿的却是一套骑马装，话讲得又多又快又兴奋……她比健康的人精力还旺盛，还健谈。

得了重病不仅自己像没事人一般，在他人眼里"她比健康的人精力还旺盛，还健谈"。在她看似柔弱、让人怜爱的外表后面，其实还有着与病魔无声抗争的豁达和乐观。在病痛的折磨下始终含笑面对人生，这或就是林徽因的生活哲学。

1940年初冬，梁思成带着一家老小随营造学社来到了四川的一个偏僻小村——李庄的上坝村。这里山清水秀，翠竹环绕，空气清新，几如世外桃源一般。

但柴米油盐酱醋茶，是实实在在的日子所不能逾越的坎。作为家庭主妇，为了让一家人吃饱穿暖，他们不得不节衣缩食。林徽因学会了蒸馒头，梁思成出生在广东爱吃甜食，但李庄除了土制红糖之外再没有别的。富有创意的梁思成就把土糖蒸熟消毒，把橘子皮切碎了和土制红糖一起熬成酱，当成果酱抹在馒头上，对孩子们戏称为"甘蔗酱"。

因生活的困苦，林徽因不得不花费更多的时间操持家务，然后才挤出些时间投入到自己所喜爱的工作中去。1941年那年，辛劳过度的林徽因受了风寒，肺病再次发作，她连续几周高烧达40摄氏度，当地又缺医少药，梁思成不得不去李庄请研究所的医生为她诊治，为了节约费用，梁思成学会了自己给病妻打针。

在接下来长达五年的病床生涯中，林徽因没有抱怨，出乎意料的坚强。她的病床边堆满了各种书籍，并做了大量的摘要和笔记。病痛噬骨，她却享受着工作和生活的愉悦。

在战乱和病痛中夫妻俩艰难地一路前行，难得的是他们俩表现出了极大的乐观，在困难的日子中，他们既饱尝了艰辛和苦楚的滋味，也在努力地去寻找日子中的情趣。凡暑假的时候，老朋友金岳霖都会到李庄来和梁思成一家相聚。他的到来，总会给这个窘困而简陋的家带来几许新鲜的气息。

一次，林徽因在给闺蜜费慰梅写信时，这样俏皮地形容他们三人的关系：

> 思成是个慢性子，愿意一次只做一件事，最不善处理杂七杂八的家务。但杂七杂八的事却像纽约中央车站任何时候都会到达的各线火车一样冲他驶来。我也许仍是站长，但他却是车站！我也许会被碾死，他却永远不会。老金（正在这里休假）是那样一种过客，或是来接人，对交通略有干扰，却总是使车站显得更有趣，使站长更高兴些。

金岳霖接着在信上饶有兴味地写道：

> 当着站长和正在打字的车站，旅客除了眼看一列列火车通过外，竟茫然不知所云，也不知所措。我曾不知多少次经过纽约中央车站，却从未见过那站长。而在这里却实实在在既见到了车站又见到了站长。要不然我很可能把他们两个搞混。

梁思成幽默地在信后面也做了自我调侃：

> 现在轮到车站了：其主梁因构造不佳而严重倾斜，加以协和医院设计和施工的丑陋的钢板支架经过七年服务已经严重损耗，从我下面经过的繁忙的战时交通看来已经动摇了我的基础。……

多么生动有趣的语言！读到这里，谁都会忍俊不禁。可当费慰梅当年收到这封三人轮番打趣的信函时，竟然泪流满面。为了节省购买纸张的花费，林徽因的信通常是写在几张薄薄的甚至发黄的纸上，这些纸张有着不同质地，也大小不一，它们不是正规的信纸，多是一些它用后的废纸。为了节约每一张纸，纸张上的每一个角落都被字儿填满，以致每页"信纸"常常都写得密密麻麻。在林徽因身后的作品全集中，信札占了不小的比例，想起那些珍贵的手稿，有些竟出自于一些废弃的纸张上，这会否又让尘世中多出了几声唏嘘？

第五卷
Chapter · 05

母亲林徽因：
万古人间四月天

我微笑。在任何我难过或者快乐的时候，我只剩下微笑。

——林徽因

四月，芳菲。浪花有意千重雪，桃李无言一队春。

时光重叠在林徽因身上，她永远是子女们眼里"一个用对成年人的平等友谊来代替对孩子的抚爱的母亲"，她永远是"一个温柔的妈妈"。

第一章
痴迷读书

一个人倘说他忙得没有功夫读书，那实在是一件很不幸的事。

林语堂先生在其《生活的艺术》一文中，劝勉人们去寻找"文学上的爱人"。他说："世上原有所谓性情相近的事。所以一个人必须从古今中外的作家中找寻出和自己性情相近者。"一个人，如有机会时常去阅读与自己的精神领域接近的作品，把作品视为和自己聊天谈心的对象，书中之所说，或许就正是你之所想。而书中所言及的喜怒哀乐，或许就是你的喜怒哀乐。于是，你便可以从阅读中产生一种结识朋友的感觉，甚至，有时是一种如同获得知己和找到恋人后的快乐感觉。

"读书能够荡涤浮躁的尘埃污垢，能够过滤出一种春风化雨的灵新之气，甚至还可以营造出一种超凡脱俗的娴静氛围。"林徽因深谙读书之道，也常能从读书中不断获取乐趣，并不断提高自己对文学艺术的鉴赏力。童年时，在祖父宅院里随着大姑母一起吟诵《诗经》的是她；念培华中学时，在校园里趁着清晨的宁静而醉心于晨读的是她；留学异域，在英国伦敦的雨夜里彻夜读书的也是她；甚至归国后，和恋人梁思成幽会，都选择在静悄悄的图书馆一隅，因为那儿有能让人沉醉的书香……

长达五年的李庄流亡岁月，是林徽因生活中最艰难、最抑郁的时期。残酷的战争和多年的疾病，让林徽因疲惫不堪。尤其是从繁华的大都市北平辗转流落到穷乡僻壤，无疑会带给林徽因诸多的失落。爱好聚会也喜欢参与高谈阔论的林徽因，如今形单影只，昔日性情相投的朋友们，也不知分散在天涯何方？全国到处兵荒马乱，他们是否健在？今生还能聚首畅谈吗？

林徽因的心境无疑是悲凉的。但在林徽因看来，读书才是愉悦心情的最好方式，也更能给自己、给日子带来宁静和安详。当浓浓书香飘逸而令人陶醉之时，便会给人一片飞翔的空间。其实，在一双小儿女的眼里，病中的林徽因依然是那个热衷于静心读书的母亲。一位酷爱读书的母亲，一路读来，一路沉思，恰如"桃李春风一杯酒，巴山夜雨五年灯。"

有谓"一日不读书，胸臆无佳想。一月不读书，耳目失清爽。"难得的是，即使是在颠沛流离的逃亡日子里，在贫病交加的困顿岁月里，在身陷病榻而难以自理的境况中，林徽因还是在孜孜不倦地阅读，在文学艺术中不断地跋涉，林徽因一直在找寻自己心灵上的知音。她的病床上堆满了各种各样的书籍。与书的心灵之约，用心灵去感应书本里的文字，让疾病缠身的林徽因沉浸在浓浓的书香里，那一刻，她似乎便忘记了病体的疼痛。南宋诗人陆游之所说"读书有味身忘老，病经书卷作良医"，实不失为一种饱含睿智的哲思。对于病中的林徽因，其所达到的那种忘我的境界，不止让其忘记了病痛的折磨，忘记了硝烟和战火，也验证了"书犹药也，善读之可以医愚。"

"少年读书，如隙中窥月。中年读书，如庭中赏月。老年读书，如台上望月。"人的生命是有限的，每个年龄阶段对书的感悟各不相同，但总会有几本最心爱的书与我们成为知音。读心爱的书，书中人和物，便会附着你的心灵重又复活，你喜欢的作者和书中的人物，也会与你盈手相握，彼此莫逆于心，正是所谓"前有古人，后有来者"。而爱读书、会读书的人，不仅能常与古人邀约于漫漫而遥远的时空里，以找到一种精神上的慰藉。从饱览的海内外书籍中，也确实能获得极大的阅读乐趣。

梁从诫和姐姐至今还能列举出不少当时母亲读过的许多俄罗斯作家的作品。梁从诫这样调侃："这是因为当时她常常读书有感却找不到人交谈，只好对著两只小牛弹她的琴。"

每每读到一本好书时，她常常会为书中的恢弘结构、美妙情节、诸多悬念、深邃哲理所吸引，甚至可以达到物我两忘、宠辱不惊的境地。当读到一首好诗时，会顿觉心境畅快而透亮起来。而尤其是读到一篇文笔上佳的游记时，感觉当如身临其境，仿佛身在名山秀水之中而心旷神怡……

书的灵魂也似在等着和她对话，无数本这样或那样的书在丰富充实着她。林徽因尤其喜欢屠格涅夫的《猎人日记》，而且要求她的孩子们将其当成教科书来读。那时，她的儿子梁从诫只有十二岁。这时的林徽因，摇身一变为孩子们的老师，她一句句地去启发、引导孩子们，体味屠格涅夫对自然景色栩栩如生的描绘，其不仅增强了孩子们对自然的感悟力，更培养了孩子们的审美情趣。

《米开朗琪罗传》也是林徽因的挚爱，因为是全英文的，年少的孩子们实在没法子读，聪明的母亲就逐章阅读，再给孩子们逐章讲解。有一次，当她讲述到米开朗琪罗为圣彼得教堂穹顶作画时的艰辛时，声音忍不住颤抖起来，眼眶里有泪花闪烁，米开朗琪罗那种对艺术的执著追求引起了她强烈的共鸣。孩子们幼小的心灵也因为母亲的讲解而受到深深感染。

1938 年，辗转来到昆明的林徽因亲眼目睹了当时昆明的权贵们生活的奢靡和荒唐后，在写给沈从文的信里，义愤填膺地说：

> "思成不能酒，我不能牌，两人都不能烟，在做人方面已
> 经是十分惭愧！现在昆明人才济济，哪一方面人都有。云南的
> 权贵，香港的服装，南京的风度，大中华民国的洋钱，把生活
> 描画得十三分对不起那些在天上冒险的青年，其他更不用
> 说了。"

显而易见，与当时身边沉溺于烟、酒、麻将之中的那些权贵们迥然不同的是，在林徽因的家里，只有诗情画意，只有书香四溢。这样的"芝兰之室"，这样的家庭氛围，是最适合孩子健康成长的，可谓潜移默化于孩子，正是来自家庭环境的熏陶和影响。

从小，进入到小再冰、小从诫清澈眼眸里的，总是那么一幅幅温馨的画面：在一个个寂寞的雨天，在一个个夏日的午后，在秋雁的啼叫声里，在冬日温暖的火炉边，在一个个无法排遣的乡下日子里，母亲总是手不释卷，读得津津有味，甚至废寝忘食。她沉浸在书的王国，尽情地享受着她所喜爱的书籍。在那种感觉下，她自己就是天下最富有的人，何其惬意！

女儿梁再冰放暑假了，林徽因便在病床上教她学习英语，她挑选的课本是一册通俗易懂的英文童话《木偶奇遇记》，她也不教什么英语文法，只叫女儿读一段背一段，暑假一结束，女儿就已经能够用英语流畅自如地背诵这个故事了。这种方式对梁再冰后来的英文学习有极大的帮助，由于大量的单词和丰富的语言结构已经形成记忆，于是可以驾轻就熟，对英语文法的理解也就容易多了。梁再冰长大后，由于精通英文，说得一口流利而地道的英语，故而经常因公往返于世界各地。梁再冰在英文上的极高造诣，林徽因功不可没！当然，这和林徽因早年对梁再冰所采用的"背诵法"不无关系。

朱熹说："问渠那得清如许，为有源头活水来"。人类的思想需要源头活水，而获得源头活水的一种方式便是来自饱读诗书。在古人看来，三日不读书，便觉言语无味，面目可憎。的确，每天抽出一点时间来看看心爱的书，不但可以保持头脑的清醒和思想的灵活，更是人生一大享受。想必，林徽因是最懂得这种享受之精妙处的。她非常健谈，而且见解独特，眼光敏锐，这些，很大程度来自于饱读诗书。

在那战火纷飞、硝烟弥漫的年代，做一个追逐梦想的人不容易，做一个真正的读书人更难。尤其是像林徽因这样，由富裕安适的环境中渐渐陷入贫病交加的困境中，欲想静心读书，何其之难？万籁俱寂时，林徽因独自思考所得多为虚无缥缈，惟有书，方可深入自己灵魂；惟有书，方可在自己孤独无助时给予自己启发；惟有书，方可让自己听到与心灵共鸣的声音；也惟有书，方可使林徽因减轻甚至忘掉病痛的折磨。于是，林徽因读！林徽因思！林徽因写！陋室里的纸墨书香，或能抵挡贫病交加中带来的百无聊赖和精神贫乏。

"腹有诗书气自华"，正是书墨的陶冶，让林徽因气度高雅，谈吐不凡，腹中诗书更让病弱的她拥有了恬淡宁适的心境，并尽情地享受阅读的快乐。

所有爱书的人，无论其贫贱还是富有，都能成为书的忠实朋友和欣赏者。打开书的封面，能闻到作者思维中所散发的芬芳。在文章的细节之处，也常能发现作者灵动的身影。书，是人类文明的结晶。书之所载，也成了人类千万年来历史和文化的见证。书，是伟大思想的记录与实现的过程。不管是散文、随笔，还是小说、故事，书皆可以容下尘世里的闲情雅致，也可以装下人世间的悲欢离合。在书的海洋中，可以自由漫游，也可以畅快寻宝。

书痴者文必工，艺痴者技必良。为撰写《中国建筑史》，林徽因搜集了所有可能的资料，在病榻上，林徽因经常是夜以继日、废寝忘食。她通读了《二十四史》中有关建筑的部分。天道酬勤，在艰难岁月里，她协助梁思成不仅完成了中国建筑史上的杰作《中国建筑史》初稿，还用英文撰写了《图像中国建筑史》初稿。这些事业上的建树，与她一生痴迷读书是分不开的。

身教重于言教，作为勤奋好学的母亲，林徽因自己爱好读书的习惯完全遗传给了她的一对儿女，她经常引导孩子们，遨游在书的国度里。只是让她没有想到的是，她的女儿梁再冰痴迷读书的程度比林徽因有过之而无不及，这也让她不免担心起来，成日沉迷于读书中，会有哪些可能的"不良"后果？但她的教育方式却是极其民主的。梁再冰回忆，在妈妈面前，她可以非常平等地想说什么就说什么，尽情聊天，畅所欲言，母女是一对可以彼此倾诉的好朋友。

我们来看看她为女儿梁再冰画的一幅风趣的漫画。当时她的女儿跟她一样酷爱读书，尤其是看小说，经常一看就是几个小时一动不动。看着女儿通宵达旦、废寝忘食地阅读，母亲便心疼女儿的身体，担心女儿的视力，更害怕女儿有高度近视的危险。

如果是一般的母亲，少不了对孩子发出喋喋不休的唠叨和指责，甚或动用武力，强行没收小说。其实，这样只可能让成长期的孩子越发产生叛逆的心理。身为建筑学家的母亲，却匠心独运，用她最擅长的绘画来无声地告诫女儿，该如何去做那件事！从而传递出一份母亲的苦心。

简洁的寥寥几笔，画面上勾勒出一只袋鼠，这只袋鼠当然不是一般的袋鼠，她是一只可爱有趣的"书虫"袋鼠，你看，她的手上拿着一本书津津有味地读着，几乎忘记了周围的世界。这只袋鼠的口袋里也插着书，脚边堆着书。袋鼠本来是很活跃的，爱蹦爱跳。可是，这是一只戴着高度近视眼镜，沉迷于书本的袋鼠。这幅漫画的左边，差不多占了一半的篇幅，留下了母亲娟秀、雅致的笔迹，那也是她对女儿的谆谆教诲："喜欢读书的你必需记着同这漫画隔个相当的距离，否则，最低限度，我一定不会有一个女婿的。"

语言幽默诙谐，这是林徽因对子女一贯的教育风格，她的儿子梁从诫说自己的母亲是"一个用对成年人的平等友谊来代替对孩子的抚爱的母亲"。一张妙趣横生的漫画，但不失为表达了一位聪明的母亲的拳拳之心。这种润物无声、春风化雨的教育方式值得很多母亲深思和学习。

第二章
如歌的诵读

　　林徽因的一生可谓让人羡慕嫉妒恨。她不仅美貌出众，智慧超群，上苍还赋予了她卓越的艺术创造才能。她的一生，有志同道合的丈夫，有浪漫诗意的恋人，也有灵犀相通的蓝颜知己，而这一切，都远远比不上她所拥有的一对为之骄傲的儿女。随着中国计划生育和独生子女政策的实施和深入，中国绝大多数的育龄夫妻都渐渐产生了一种切肤的遗憾。尤其是作为一位母亲，或多或少内心深处都藏有一个"儿女双全"的好梦……时光重叠在林徽因的身上，身边的一双优秀儿女，让她成了一位永远幸福的母亲。

　　在很多人眼里，林徽因具有一身卓尔不凡的文人气质。既是一位才华横溢的诗人、作家，又是一位忙于事业的建筑学家，但远非不食人间烟火。林徽因的女人情怀堪称天下母亲的表率。在她的儿女心中，她永远是一位被深深爱戴的好母亲。梁从诫说："母亲不爱做家务事，曾在一封信上抱怨说，这些琐事使她觉得浪费了宝贵的时间，而耽误了本应做的一点对于他人，对于读者更有价值的事情。但实际上，她仍是一位热心的主妇，一个温柔的妈妈。"

　　对年幼生病时，母亲悉心护理自己的一幕，梁再冰至今记忆犹新。林徽因把病中的小再冰从保姆房抱到自己的卧室里紧紧依偎，再冰口干却谨遵医嘱不能多喝水，林徽因白天就用勺子小滴小滴地润湿小再冰的嘴唇，夜间则将一把小茶壶搁在床头，按时唤醒女儿小小抿一口，而林徽因自己则经常是一夜无眠。

　　尽心细致照料孩子的林徽因，常常因一对绕膝承欢的儿女而从心底生出欣慰：

　　　　"宝宝（梁再冰的昵称）常带着一副女孩子的娴静笑容，出落得越来越标致。而小弟（梁从诫的昵称）结实又调皮，一对睁得大大的眼睛，他正是我所期望的男孩子。天生像个艺术家，能画出一些飞机、高射炮、战车和其他许许多多的军事武器。"

"再冰继承了思成的温和和我的优点。她在学校里学习和交友的成绩都非常出色。她容光焕发的笑容弥补了她继承自父母的缺乏活力……另一方面，从诚现在已长成一个晒得黝黑的乡村小伙子，脚上穿着草鞋。他能操一口地道的四川话，和粗野的本地同学打交道。但在家里他倒像个小绅士，非常关心我的健康，有时专门制作各种小玩意儿。"

作为母亲，林徽因所做的最难得处，是她一有空暇就为孩子们诵读，哪怕躺在病榻上，也没有忘记为她的可爱的儿女朗诵古今诗文，从而让一双儿女在启蒙时期即拥有了很多孩子原本最需要却偏偏奇缺的"如歌的诵读"。

老舍先生说过：不要让文字趴在纸上，要让文字的声响传到空中。

读书分默读、诵读，固然林徽因大多数时候是在默读，而她真正偏爱又最擅长的是满怀激情的诵读。真正的诵读是把书中的文字读进人的心田，让人感觉内心深处有一种温热，甚至觉得身上有如丝丝电流淌过一般，心也会跟随着琅琅的诵读声，微微战栗……

读书，不仅仅只是阅读，还要诵读出声。对于一些优美的古诗文、散文和小说等，如果能尽量大声地诵读出来，那一定是一个美好的过程，这个过程会引起心灵的感知和思维的想象。对美好的追求，对境界的领悟，都会因了声音而更加真切。字里行间一直静默的力量，也因为声音的传递而更加直观和强大。诵读，不仅加强了文字和语言的感官形式，更蕴涵着一种讴歌生命的人文精神。

林徽因热爱诵读，也读得入情入境。当年北平有个文化沙龙，由朱光潜和梁宗岱举办。这是个以文会友的聚会，每月一次，集会上会朗诵中外诗歌和散文，故而又称为"读诗会"，沙龙的气氛宽松而活跃，参加的人士大多是当时一些知名的文艺界人士，比如朱自清、冰心、周作人、沈从文、冯至、卞之琳、萧乾等，还有旅居中国的英国诗人尤连·伯罗、阿立通等人，林徽因的诵读总能吸引大家的目光，让大家屏气凝神地静静聆听。

那该是玉石轻击之音，那响亮而动情的诵读声，像阳光一样明亮，像清泉一样悦耳。林徽因用她独特的声音诠释着文字的美妙。

林徽因喜欢读诗，尤其喜欢读自己的诗，其抑扬顿挫、声情并茂的朗诵，给孩子们的印象极深。

她的儿子梁从诫先生回忆说：

"从我的角度上来看，我的母亲作为一位诗人有一很大的特点，就是她的诗并不拘泥个人的小悲小喜，而是以丰富的图像性及明快的语言去赞美自然和生命，如《山中一个夏夜》、《人间四月天》等等，她不是个自艾自怨地表现自己伤感的女诗人。她的诗也很上口、很押韵，她很在乎这一点，而且她非常喜欢自己写的诗，我从小就能够背她的诗，并不是我熟读她的诗，而是熟听她的诗，我母亲很喜欢向我们读她自己的诗，读起来就像唱歌一样。"

这哪里只是一位母亲，简直就是一位非常优秀的国文老师。做她的儿女何其荣幸！

这时期，当她身上的病痛稍微减轻时，她便让自己的一对儿女来床前依偎着自己，一边沐浴着照进陋室的丝丝阳光，一边声情并茂地为孩子们诵读一篇篇美文或诗歌。其中有自己旧日写的作品，也有老朋友们的佳作。《你是人间的四月天》《笑》《莲灯》《深笑》……一首首清词丽句，一次又一次地从母亲美妙的嗓音里飞入到了孩子们的心田：

> 是谁笑得那样甜，那样深，
> 那样圆转？一串一串明珠
> 大小闪着光亮，进出天真！
> 清泉底浮动，泛流到水面上，
> 灿烂，
> 分散！
> 是谁笑得好花儿开了一朵？
> 那样轻盈，不惊起谁。
> 细香无意中，随着风过，
> 拂在短墙，丝丝在斜阳前
> 挂着
> 留恋。
> 是谁笑成这百层塔高耸，
> 让不知名鸟雀来盘旋？是谁
> 笑成这万千个风铃的转动，
> 从每一层琉璃的檐边
> 摇上
> 云天？

这时，浮现在林徽因嘴角的微笑是开启孩子们心门的钥匙，母亲抑扬顿挫的声音便如叮叮咚咚的泉水一般，让诗文汩汩地流进了孩子们的心中……怪不得梁从诫说"她的诗本来讲求韵律，比较'上口'，由她自己读出，那声音真是如歌。"林徽因也常常读古诗词，并讲解给孩子们听。

因为是战乱时期，头顶上不时盘旋着日寇的飞机，林徽因多么盼望早日赶走这些日本强盗，早日实现国泰民安，早日结束那些颠沛流离中的流亡生活。所以，那段时期，她最经常诵读的就是杜甫和陆游的爱国诗句。

当她读到陆游的"王师北定中原日，家祭无忘告乃翁"一句时，便会生一腔的悲愤，神情也顿时肃然起来。而读到杜甫的"剑外忽传收蓟北，初闻涕泪满衣裳"一句时，那种无限神往和欣喜若狂之态，便又会使孩子们在自己幼小的心灵里装下中国人的气节。林徽因诵读名句时的那种悲愤、忧愁的表情，每每让孩子们终身难忘。梁从诫说："五十年过去了，我们仍觉得声声在耳，历历在目。"这就是诵读的魅力。

流亡昆明时期，梁从诫大概还只是在念小学二年级，那个时候，林徽因便尝试给幼小的孩子示范朗读《唐雎不辱使命》，让孩子懂得何为"天子之怒"？何为"布衣之怒"？何为挺剑而起以死相拼？何为"不辱使命"的侠士情怀？其中唐雎的英雄胆气，秦王前踞而后恭的窘态，都在林徽因绘声绘色的朗读中，栩栩如生地展现了出来。梁从诫后来回忆：

> "母亲不仅读自己的诗，她也喜欢读漂亮文章，所以我小时候学到的古诗文最早都是我母亲读给我听的。如《战国策》的《唐雎不辱使命》，我到现在还会背，最早就是我母亲读给我听的。她把唐雎和秦王的精彩对话和神态，读得就像一部电影似的，我到现在都很难忘。我母亲是这样一位充满文学的审美意识及敏感性的女性。"

在李庄时，她从中研院历史语言研究所借到过几张劳伦斯·奥列弗的莎剧台词唱片，非常喜欢，常常模仿这位英国名演员的语调，大声地"耳语"："to be or not to be, that is the question!"惟妙惟肖的朗读，让梁思成和两个孩子都忍不住热烈鼓掌……梁从诫说：

> "她这位母亲，几乎从未给我们讲过什么小白兔、大灰狼之类的故事，除了给我们买了大量的书要我们自己去读之外，就

是以她自己的作品和对文学的理解来代替稚气的童话，像对成年人一样地来陶冶我们幼小的心灵。"

林徽因喜爱的琅琅诵读，让自己感动，让孩子感动！纯真的孩子是最好的裁判，他们从不会为虚情所动。

写情的文字，可以让我们读得声泪欲俱下而让听者深受其染；写景的文字，则可以讲得娓娓动听，而让听者犹身临其境……那些出神入化的诵读，那些玉石相撞般的美好声音，传达的是林徽因对孩子的挚爱！那些美好的声音不仅回旋在诵读者自己的心灵上，也会在孩子们美好无邪的心灵中产生美妙的和声。

在林徽因的儿女心中，母亲如歌的诵读，是这世界上最动听也最动人的美妙的声音……

第三章
为自己建的唯一房子

1938 年 1 月，经过千里迢迢、跋山涉水，林徽因全家老小，辗转逃难到了云南的昆明。

七彩云南，上苍最钟爱的一块中国净土，这里暂时远离了战火的硝烟，而昆明自古就有"春城"的美誉，早春的空气洁净而令人舒爽，闲适的白云在碧空中悠悠流转，远山如黛，垂柳依依。到处是鲜花绽放，明媚的阳光在枝头跳跃，鸟儿们在空中快活地自由飞翔，美丽的春城在林徽因眼里就是一幅灵动的画，让她似乎淡忘了长达五个月的逃亡生活及一路的艰辛。林徽因一家颇感欣慰，迢迢旅途的辛苦跋涉，终于换来了片刻的安宁和美好。

林徽因一家算是幸运的，通过老朋友的关系，借住在翠湖巡律街前市长的宅院。诗人的心顿时明媚起来，林徽因忍不住一次次提笔写下那一刻心中的新奇和欢喜：

昆明即景之一茶铺

这是立体的构画，
描在这里许多样脸
在顺城脚的茶铺里
隐隐起喧腾声一片。

各种的姿势，生活
刻划着不同方面：
茶座上全坐满了，笑的，
皱眉的，有的抽着旱烟。

老的，慈祥的面纹，
年轻的，灵活的眼睛，
都暂要时间茶杯上

停住，不再去扰乱心情！

一天一整串辛苦，
此刻才赚回小把安静，
夜晚回家，还有远路，
白天，谁有工夫闲看云影？

不都为着真的口渴，
四面窗开着，喝茶，
跷起膝盖的是疲乏，
赤着臂膀好同乡邻闲话。

也为了放下扁担同肩背
向运命喘息，倚着墙，
每晚靠这一碗茶的生趣
幽默估量生的短长……

这是立体的构画，
设色在小生活旁边，
荫凉南瓜棚下茶铺，
热闹照样的又过了一天！

昆明即景之二小楼

张大爹临街的矮楼，
半藏着，半挺着，立在街头，
瓦覆着它，窗开一条缝，
夕阳染红它如写下古远的梦。
矮檐上长点草，也结过小瓜，
破石子路在楼前，无人种花，
是老坛子，瓦罐，大小的相伴；
尘垢列出许多风趣的零乱。

但张大爹走过，不吟咏它好；
大爹自己（上年纪了）不相信古老。

151

他拐着杖常到隔壁沽酒，

宁愿过桥，土堤去看新柳！

诗中不难看出，林徽因经历了那些动荡漂泊的流亡生活之后，她的诗，正从那些细腻而精微的抒情笔触中转趋于一种散文诗的形态，以更方便地表达来自现实生活的情绪，但诗中表现出的情感却一如既往的真挚而淳厚。

虽然昆明风景如画，但七彩云南的风景再美，毕竟不能充饥。当时物价飞涨，物资匮乏，而他们一家，上有老下有小，梁思成和林徽因的微薄积蓄只能勉强维持日常的基本开销，不时还陷入捉襟见肘的境地中。偏偏屋漏又逢连阴雨，祸不单行，刚安置好新家，一家之主梁思成就病倒了。艰苦的逃亡生活，让他的脊椎不堪重负，背部肌肉因痉挛而痛彻骨髓，因病而起的"扁桃体脓毒"，几让梁思成疼痛到喝水都觉得困难。

丈夫病倒，林徽因责无旁贷，成为全家的支柱。她必须出去工作挣钱养活全家。很快，她就找到了一份为云南大学的学生补习英语的工作。每周六节课，一个月40银元的课时费，好歹暂时缓解了家里的拮据状态。

每次林徽因去云南大学授课，都要翻越四个山坡，这使她本来就虚弱的身体备受折磨。但这份难得的工作却给林徽因带来了愉悦。次年，林徽因为云南大学设计了具有民族风格的"映秋院"女生宿舍。

忙完工作，拖着疲惫的身躯回到家里，林徽因的角色就是家庭主妇，她要忙于处理所有的家务事，洗一家人的衣服，买菜、做饭、打扫卫生，忙下来，常常让她累得气喘吁吁。在北平时，家里有佣人，她的主要精力是研究古建筑、读书、写文，但在这里一切都要自己亲力亲为，现在她就是家里的管家兼"佣人"，还要变着花样给家人做好吃的。

她在给闺蜜费慰梅的信里这样描述她的"家庭主妇"生活：

我一起床就开始洒扫庭院和做苦工，然后是采购和做饭，然后是收拾和洗涮，然后就跟见了鬼一样，在困难的三餐中间根本没有时间感知任何事物，最后我浑身痛着呻吟着上床，我奇怪自己干嘛还活着。这就是一切。

日子是艰难的，但远道而来的朋友们，让这个简陋的家又即时充满了昔日的欢笑，当然，还有如从前那般的高谈阔论。张奚若夫妇来了，陈寅恪来了，闻一多来了，赵元任来了，金岳霖也来了……一如北平的旧时光，他们谈文学，谈时态，也忧心于战事，但互相激励，共同经受着那段困苦岁月里的磨难。林徽因在给友人的信中写道："我喜欢听老金和张奚若笑，这在某种程度上帮助我忍受这场战争。这说明我们毕竟还是一类人。"

金岳霖在给费正清的信里这样描述林徽因：

> "……仍然是那么迷人、活泼、富于表情和光彩照人——我简直想不出更多的话来形容她。惟一的区别是她不再很有机会滔滔不绝地讲话和笑，因为在国家目前的情况下实在没有多少可以讲述和欢笑的。"

有朋自远方来，让林徽因仿佛回到了美好的从前，她竟然觉得昆明的阳光是那般温暖、和煦，就像身处意大利的沙滩一样。

但好景不长，即使偏安于春城的一隅，也逃不脱无处不在的战火。1939年初，昆明的上空也不再宁静。日寇的敌机不停地在头顶盘旋轰炸，林徽因一家只得迁移到乡下。他们搬到了郊区龙泉镇的麦地村。一时没有房子住，他们只能临时委身于一处又潮又湿又破旧的尼姑庵中。林徽因想到这对病中的丈夫和年幼的孩子都极不利，住在尼姑庵总不是长久之计，便决定建造一座自己的房子。

1939年秋天，与妻子一起设计好房子的施工图纸后，梁思成即率领营造学社考察团成员，对四川省的古建筑进行考察去了。林徽因几乎独自承担了房子的施工任务，她还要亲自动手运料，并跟乡下的泥瓦匠们一起做着和泥、脱坯等事情。每一块木板，每一根铁钉都尽量就地取材，能省就省。她忙得不亦乐乎！当丈夫归家时，这个规模不大的住宅工程已经初具雏形了。

1940年的春天如期而至，春暖花开的美丽季节里，梁思成和林徽因建成了梦想中的家——位于龙头村的一套崭新的小房屋，这是梁思成和林徽因这两位建筑师，在其一辈子中，亲自为自己所设计和修建的唯一一处住宅。

这座80多平方米的住宅，背靠高高的堤坝，屋子的周围是松树环绕，门前开满了色彩斑斓的野花。这套房子有三间住房和一间厨房，从主屋大门进去是会客厅，客厅里还有壁炉，有主卧、次卧和保姆房。其所带有的西式风格，在当时的南方农村还称十分之稀奇。

林徽因爱极了他们的新家，她激动地给好友费慰梅写信分享：

> 我们正在一个新建的农舍中安下家来，它位于昆明市东北

八公里处一个小村边上（编者注：就是龙头村），风景优美而没有军事目标。邻接一条长堤，堤上长满如古画中的那种高大笔直的松树。我们的房子有三个大一点的房间，一间原则上归我用的厨房和一间空着的佣人房，因为不能保证这几个月都能用上佣人。这个春天，老金在我们房子的一边添了一间"耳房"，这样，整个北总布胡同集体就原封不动地搬到了这里，可天知道能维持多久。

出乎意料地，这所房子花了比原先告诉我们的高三倍的钱。所以把我们原来就不多的积蓄都耗尽了，使思成处于一种可笑的窘境之中。所有我们旁边也盖了类似房子的朋友（当时龙头村建这种小房的还有李济、钱端升等人），高兴地互相指出各自特别啰嗦之处。我们的房子是最晚建成的，以致不得不为争取每一块木板、每一块砖，乃至于每根钉子而奋斗。为了能够迁入这个甚至不足以"蔽风雨"这是中国的经典定义，你们想必听过思成的讲演的屋顶之下，我们得亲自帮忙运料，做木工和泥瓦匠。

无论如何，我们现在已经完全住进了这所房子，有些方面它也颇为舒适。但看来除非有你们来访，否则它总也不能算完满，因为它要求有真诚的朋友来赏识它真正的内在质量……

那时昆明物价飞涨，米价由他们刚来时的三四元钱一担，一路飙升到一百多元一担，这座房子的造价也比原来高出了好几倍，为此花光了梁氏夫妇所有的积蓄，用林徽因的话形容就是"现在我们已经完全破产"。梁家的经济已处十分拮据的状态，多亏他们的美国朋友费慰梅和费正清夫妇雪中送炭，给予了他们及时的接济，帮助解决了房子的建筑款。

孩子们多么喜欢父母为家庭亲自建造的新房屋呀！女儿梁再冰觉得这小屋特别温馨，母亲的手仿佛有魔法似的，桌上的一块具民族特色的花布、瓶中的一束色彩斑斓的野花，都能让一个简陋的屋子顿然清爽雅致起来。林徽因一生追求美，即使在困苦的生活中，她也能把日子过得有滋有味。

林徽因在新居门前的院子里开辟出了一块菜地。大人们带着两个孩子，在阳光明媚的春天里播撒下玉米种子。过了几天，玉米出芽了，再过了几个月，玉米长成嫩棒子了。不到灌浆熟透的日子，孩子们就迫不及待地要掰下来煮熟了吃。在那样的环境下，不用怀疑，一个玉米棒子在孩子啃来，也会唇齿留香。

为了激励孩子们认真读书学习，林徽因省吃俭用给孩子们每人买了一本硬皮的"纪念册"，这在战时的乡下农村绝对是孩子们的奢侈品。林徽因亲笔给孩子们题写赠言："你的天性——动的天性，艺术。哪一天你负了它，你便负了你自己。"这位诗意的妈妈，忘了自己的儿子才八岁。梁从诫说，母亲的这句话直到自己老了，还在慢慢领悟。

林徽因对艺术的不懈追求，真实地伴随了她的一生。哪怕是在大西南的那些过得并不从容的日子里，她对当地的民俗风情和民族工艺，还是那样兴趣浓厚，一往情深。

三月节，是白族传统的盛大节日，是大理最热闹的时日，各省的客商云集这里，十里长棚，游人如织。其间，在苍山洱海怀抱中的蝴蝶泉，也要举行一年一度让白族青年男女引颈期盼的蝴蝶会。那一刻空中的云朵和地下的花树，都成了翩翩起舞的蝴蝶的翅膀，林徽因没有错过那个爱的盛会。

跟随着那些穿着红坎肩，黑丝绒领褂的漂漂亮亮的白族姑娘，还有那些穿着黑坎肩和白色宽裤的潇洒英俊的白族小伙子，林徽因带着两个孩子也汇集在蝴蝶泉边，也穿行在翅膀飞动的世界里。月亮升起来的时候，蝴蝶泉成了歌的世界，舞的海洋。姑娘和小伙子们用白族调唱的对口山歌，都是即兴发挥，充满着智慧，情深而意挚。孩子们目不暇接，已经看得发呆了，林徽因也听得如醉如痴。

新家所在的村子旁，有一座烧制陶器的土窑。爱好民族工艺的林徽因空闲时，也会带上两个孩子去那里看看，一坐就是大半天。她和孩子们欣喜地看到那个老师傅，把一团熟化而柔韧的泥放到轮盘上，再让轮盘飞快地转动起来。在老师傅驾轻就熟的操作下，片刻功夫便捏出一只好看的花盆，尤其是当捏出一个用处不雅的痰盂时，便会逗得林徽因和孩子们哈哈大笑。

但"梁园虽好，非久恋之家"。春天里建成的小屋，秋天里就不得不忍痛割爱而遗弃。他们在这辛辛苦苦亲手建立起的房子里只住了半年多，然后便随着营造学社迁至四川李庄。她在给费慰梅的信中痛惜地说这是"最让人绝望的问题"。梁思成也在信中说：

> "这次搬迁真是令人沮丧，它意味着我们将要和一群有十几年交情的朋友分离，去到一个远离任何大城市的全然陌生的地方。"

可以想象，对于这个在流亡中搭建的新居林徽因是何等不舍。这房子凝聚着她的心血和汗水，屋子里的每一个角落都洒满了她对家人的爱。

第四章
贫病中的坚持

林徽因的儿子梁从诫深情地回忆母亲说：

"我母亲对我这一生影响最大的有两件事：第一是她从小就教给我的做人原则是'Be Yourself'，要我本分分地做自己，是个什么样儿的人就是什么样儿，不要装腔作势，套句现在流行的说法就是'玩深刻'，必须是真的深刻，而不要故作深刻状，我母亲对这种故作姿态特别反感。第二，她的凛然大气对我影响很深……"

林徽因的"凛然大气"，在她所经历的长达九年的动荡不安的日子中，在她贫病交加的艰难岁月里，表现得尤为淋漓尽致。

1937年夏，林徽因夫妇在山西五台山发现建于唐代的佛光寺大殿。正当夫妻俩欣喜若狂地要进行深入研究时，"七七事变"爆发，日本侵华战争全面开始。

7月28日，日军占领北平。太阳旗在北平满大街招摇，民族的耻辱感顿然充满了林徽因的心头，她看着那一面面太阳旗，觉得是那么的刺眼和悲愤。几天后，他们家里收到一张署名"东亚共荣协会"的请柬，邀请他们参加一个会议，林徽因眉头都不皱，顺手即把请柬撕得粉碎。他们意识到北平非久居之地，不得不被迫中断野外调查工作，而无可奈何地加入了南下的逃亡大军。

林徽因在1937年10月写给沈从文的信中，这样说：

> 由卢沟桥事变到现在，我们把中国所有的铁路都走了一段！最紧张的是由北平到天津，由济南到郑州，带着行李小孩奉着老母，由天津到长沙共计上下舟车十六次，进出旅店十二次，这样走法也就很够经验的，所为的是回到自己的后方。……

不愧是建筑师，数字统计如此精确，正是这些精确的数字让我们真实地了解了逃亡生活的艰辛。

1937年11月，林徽因一家避难暂住长沙韭菜园。炮火洗礼的长沙在林徽因给闺蜜费慰梅的信中，表述得尤为真切：

"在日机对长沙的第一次空袭中，我们的住房就几乎被直接击中。炸弹就落在我们的临时住房大门十五码的地方，在这所房子里我们住了三间……可还没来得及下楼，离得最近的炸弹就炸了。它把我抛到空中，手里还抱着小弟，再把我摔到地上，却没有受伤。同时房子开始轧轧乱响，那些到处都是玻璃的门窗、隔扇、屋顶、天花板，全都坍了下来，劈头盖脑地砸向我们，我们冲出房门，来到黑烟滚滚的街上……"

林徽因在这封信中，描述了自己一家人在长沙遭遇日军空袭时那惊心动魄的一幕，读来揪心。

1940年冬，由于日寇对昆明的空袭日益加剧，林徽因一家被迫随中国营造学社由昆明再度西迁到四川宜宾，落脚在长江附近的一个小江村——李庄。这里距重庆有三天的水路。李庄属名副其实的穷乡僻壤，但那块地远离了战争，也远离了尘世的尘嚣。这里鸟鸣声声，炊烟袅袅，翠竹环绕，风景如画，几可视为那时期的世外桃源。

在抗战的那个特殊时期，包括国立同济大学、中央研究院、中央博物院、中国营造学社等等在内的重要文化机构，纷纷迁入李庄，顿时间，才俊云集，冠盖相属，让这处名不见经传的山村小镇骤然热闹起来。其中所云集的儒林学者，不仅有梁思成夫妇，还有傅斯年、李济、吴定良、董作宾、劳干、夏乃鼎、郭沫若、童第周等等著名人士，美国学者费正清和英国学者李约瑟也在其列。每个人的名字都是如雷贯耳，都是当年的文化精英。史上有人戏称，当时来自海外的一封国际邮件上，即使只写着"中国李庄"四个字，也可准确无误地送达。李庄，是一个特殊时期中中国的文化圣地。李庄，作为一个极富内涵的文化词条，被留在了中国文化的史册中。李庄，属于中国的文化精英们，当然，也属于梁思成和林徽因！

李庄，就是这样一处当年被梁思成戏称为"谁都难以到达的可诅咒的小镇"，居然在那个战火纷飞的动荡年代里，能成为当年学术界的一块净土，一处世外桃源，这不能不谓是一个奇迹！

从重庆坐船走，"上水三天，下水两天"，"没有任何办法可以缩短船行时间或改善运输手段"。梁思成先去重庆四处筹备营造学社的经费，林徽因则独自带着母亲和孩子，走陆路，坐敞篷卡车，从昆明一路颠簸到李庄，费时近两个星期。

林徽因一家住进了李庄简陋的农舍，那是一些低矮、阴暗和潮湿的住所，屋外抹上泥的竹篾，即是所谓的围墙，感觉总是摇摇欲坠。他们的生活条件比在昆明时更差了。两间陋室顶上的席棚是蛇鼠经常出没的地方，床上又常出现成群结队的臭虫。没有自来水和电灯，夜间只能靠一两盏菜油灯照明。四川的冬天潮湿、阴冷，再加上一路上的舟车劳顿，疲于奔命，到达李庄后，林徽因的肺病又一次恶性发作而致卧床不起。

而梁思成的身体也好不到哪里去，因早年的车祸所留下的后遗症，导致其脊椎软组织灰质化的毛病也变得愈来愈严重。

李庄的农舍里唯一能给林徽因养病用的"软床"是一张摇摇晃晃的帆布行军床。饮食上，平常也只能买些最便宜的粗食，偶尔有朋友从重庆或昆明带来一小罐奶粉，那就算是林徽因最难得的高级营养品了。林徽因的儿子梁从诫在镇上读小学，除了寒冬腊月能穿一双外婆亲手做的布鞋外，平时都只能穿草鞋。正在长身体的他总是吃不饱，有次嘴馋的他忍不住偷吃母亲的奶粉，被父亲发现后遭一顿痛打，这也是一向温和的梁思成第一次打孩子。

整个李庄没有一所医院，没有一位正式医生，没有任何药品。家里唯一的一只体温计被调皮的儿子失手碰破，大半年林徽因竟无法量体温。环境恶劣，条件艰苦，林徽因的病情一天天加重，却又得不到及时的治疗。她一天天消瘦下去，眼窝深陷，面色苍白，几乎看不到一丝血色，才几个月的工夫，病魔就摧毁了林徽因那一向焕发着美丽光彩的容颜，她彻底变成了一个憔悴不堪、成天咳喘的孱弱病人。

当时，连煤油灯都是奢侈品。无数个夜晚，万籁俱寂时，全家只能就着两盏菜籽油灯发出的微弱的光各司其职。当时，梁思成颈椎灰质化的病痛，同样也折磨得他抬不起头来。他常常在画板上放一个小花瓶托住下巴埋头书写，姐弟俩头碰头专心做着功课，而林徽因只要感觉身体稍微好一点就半坐半卧在床上，翻阅各种资料典籍，为梁思成的书稿做种种补充、修改和润色。今天，还可以从当年林徽因用土纸写成的手稿上，看到林徽因病中所留下的那些承载着病痛并透着心血的字迹。

1942年冬，林徽因夫妇的美国老朋友，当时的美国驻华大使特别助理费正清先生来到李庄看望他们，顿时即被他们在如此艰苦的环境中仍坚持学术工作的坚毅精神所深深感动。费正清由衷赞叹："他们都已成了半残的病人，却仍在不顾一切，在极端艰苦的条件下致力于学术研究。"

据费慰梅回忆：当时林徽因一家生活十分窘迫。买的第一件东西是一口水缸，那时水缸十分重要，因为储存水是每个家庭首要的事务。烧饭是在一个三条腿的火盆上，它的顶部离厨房的泥地不过18英寸。照明用菜油灯，但是很贵，所以最好天黑就睡。物资中的布匹尤其匮乏……总之，"战争、通货膨胀和原始的生活方式，把梁家变成了穷人家。"原本还算殷实的梁家彻底变得一穷二白，他们的餐桌上，每天只能见到糙米和辣椒。梁思成为了给病中的妻子买回急需的营养品，不得不典当掉从不离身的派克钢笔和美国手表，还有仅存的一两件西服，但那也只能给妻子换回可怜的几尾草鱼和几两肉。梁思成自我调侃："把这块手表'红烧'了吧，这件西服可以'清炖'吗？"经常感冒的女儿再冰也学着爸爸的口气说："伤风感冒可以出售吗？"有时，林徽因为女儿和儿子讲解到杜甫的长诗《北征》时，那一刻，便感觉那些描绘战乱及其带给老百姓疾苦的诗句，即犹如自己眼前生活的真实写照一般。

抗战开始以来，辗转几千公里的逃难，梁思成一家几乎把全部"细软"都耗光了，但是，战前和营造学社同仁们调查古建筑所获的数以千计的照片、文字纪录和实测草图等原始资料，他们却自始至终悉心保存，一张也没有遗失。只有那些无法携带的照相底版，以及一些不便携带的珍贵的文献，他们在离开北平前，全部存放在了天津一家外国银行的地下保险库里。当时以为这是最安全的，不料1939年天津大水时，地下室被淹，所存资料几乎全部被毁。这个不幸的消息两年后传到李庄，梁思成夫妇心疼得忍不住失声痛哭。

就在这几间四面透风的农舍里，梁思成夫妻俩同几位共处患难的同事，请来当地的木匠，用白木头做了几张简陋的绘图桌，摊开了他们的资料，决心着手全面系统地总结整理他们战前的调查成果，并开始撰写《中国建筑史》。同时，为了实现他们多年的夙愿，又决定用英文撰写并绘制一部《图像中国建筑史》，以便向西方世界科学地介绍中国古代建筑的奥秘和成就。他们一面讨论，一面用一台古老的、发着劈啪声响的打字机打出草稿。最后又和他亲密的助手莫宗江一道，绘制了大量英汉对照注释的精美插图。

四十年后，美国学者费正清在自传中还专门为此写了一段深情而客观的话：

> "倘若是美国人，我相信他们早已丢开书本，把精力放在改善生活境遇去了。然而这些受过高等教育的中国人却能完全安于过这种农民的原始生活，坚持从事他们的工作。"

谁能想到，当年三十六岁的林徽因，随同丈夫梁思成来到这个偏僻荒凉的小镇，在一间陋室的病床上煎熬了五年之久。费正清、费慰梅夫妇得知他们在李庄窘迫的现状，多次写信劝说贫病交加的林徽因远走高飞，来美国治病。并建议他们到美国从事报酬丰厚、待遇优越的工作。

但林徽因拒绝了，她说："我们的祖国正在灾难中，我们不能离开她，假如我们必须死在刺刀或炸弹下，我们要死在祖国的土地上。"

林徽因最受不了的就是成天无所事事而百无聊赖。在敌机的随时轰炸中，她最为忧心的，并不是自己的身家性命，而是东奔西突中荒芜了大量的时光，尤其是陷入家务琐事而导致"什么事也做不成"，这最为让林徽因苦恼。她在给费慰梅的信中大倒苦水：

> "我必须为思成和两个孩子不断地缝补那些几乎补不了的小衣和袜子……当我们简直就是干不过来的时候，连小弟在星期天下午也得参加缝补。这比写整整一章关于宋辽清的建筑发展或者试图描绘宋朝首都还要费劲得多。这两件事我曾在思成忙着其他部分写作的时候高兴地和自愿地替他干过。"

早在1936年，她跟费慰梅就这样探讨过：

> "是的，我当然懂得你对工作的态度。我也是以这种态度工作的……最认真的成绩是那些发自内心的快乐或悲伤的产物，是当我发现或知道了什么，或我学会了去理解什么而急切地要求表达出来，严肃而真诚地要求与别人共享这点秘密的时候的产物。对于我来说，'读者'并不是'公众'，而是一些比我周围的亲戚朋友更能理解和同情我的个人。"

仿佛是命运的捉弄，林徽因，一位志向如此高远的女人，上帝却偏偏给其一副孱弱的身躯，偏偏要她去承载不断的病痛，偏偏要她去面对一个战火纷飞的年代。也偏偏是她，这样一个惜时如金，总与时间赛跑的女人，却在李庄漫长的五年时间里，在病痛缠身、环境恶劣的状况下，痛惜时光虚掷。林徽因称得上天资聪颖，但她后天的勤奋、坚韧和执著，更值得称道。林徽因随时准备挑战自己羸弱的身体。在她一生勤勉的背后，是她那颗至为高傲的心，让她务必让自己有限的精力实现更为高蹈的人生价值。

在李庄，她收到费慰梅的信，不禁感慨万千，几年前她们在北平过着相同的生活，如今却天渊之别。林徽因这样回信：

> "读着你用打字机写的信，我不禁泪流满面。字里行间如此丰富有趣，好像你们就在眼前。不像我总是盯着自己眼皮底下那点之味孤寂的生活，像一个旧式的家庭妇女……"

不见高朋满座，没有谈笑风生，生活之枯燥，让她郁闷不已。而最让她不能忍受的是无休止的病痛和困顿中的煎熬，她恐怕不止一次地在心里绝望地叫喊着：今生再也没有机会了……

这就是林徽因的人生追求和人生焦虑，这个被称为"骄傲的女神"的林徽因，像一块海绵那样，充分地、尽情地吸纳着新知，不给自己休息，不让自己浪费一分一秒，就像最了解她的金岳霖的意味深长的说法，"实际上她真是没有什么时间可以浪费，以至于她有浪费掉她生命的危险。"

1944年，林徽因一家辗转来到四川重庆，听闻日寇攻占贵州，重庆城内人心惶惶。小从诫问妈妈该怎么办？林徽因不假思索地回答："中国念书人总还有一条后路嘛，我们家门口不就是扬子江吗？"

小从诫着急了，忙问妈妈是不是不管他了，没想到抱病的母亲深情地握着儿子的手，仿佛道歉似的小声地说："真要到了那一步，恐怕就顾不上你了。"气若游丝的林徽因，那一刻的语气淡定而平和。听到这个回答，梁从诫的眼泪不禁夺眶而出。这不仅是因为他感到自己受了"委屈"，小小年纪的他，确实是被母亲所言中表现出的那种凛然之气所震撼了。她仿佛已经不再是那个疼爱自己的妈妈，而是一名随时准备慷慨赴义的女战士，宁死也不作亡国奴！在林徽因身后，当谈及林徽因的那种对国家和民族的一腔忠诚的情怀时，梁从诫说："正是这样一种爱国热诚，对我有深深的影响。"

梁思成、林徽因曾被称为"金童玉女"，不妨了解一下最真实的"玉女"林徽因吧。知母莫如子，我们还是来看看儿子眼中的母亲，这或许才是最真实的林徽因：

> 战时"大后方"艰苦、暗淡的生活，腐蚀了许多青年人的意志，使他们动摇，彷徨，想放弃学术事业，有人不想再当穷知识份子，而想走升官发财之路。这一切使母亲写出了她唯一的一首政治诗《刺耳的悲歌》。她在诗中以悲怆的笔调抨击了那些看见别人做了官、发了国难财而眼红的青年人，也抨击了政府骗取青年的爱国热情，征召他们去参加目的可疑的什么"青年军"（抗战后国民党利用"青年军"镇压学生运动、打内战，证明了母亲这个"不问政治"的人政治上的敏感性）。极为可惜的是，那诗稿在"文革"中荡然无存！
>
> 从母亲1944年留下的几首短诗中可以看出，她在李庄的最后两年中心情是多么恶劣、消沉。但这并不仅仅是自身病痛所

致，更多的，也许还是出于"长安不见"的忧愁。她这时爱读杜、陆后期的诗词，不是偶然的。在她和父亲身上，常表现出中国汉族读书人的那种传统的"气节"心理。

1946 年，母亲终于回到了朝思暮想的北平，但是，这几年里，疾病仍在无情地侵蚀著她的生命，肉体正在一步步地辜负著她的精神。她不得不过一种双重的生活：白天，她会见同事、朋友和学生，谈工作、谈建筑、谈文学……有时兴高采烈，滔滔不绝，以至自已和别人都忘记了她是个重病人；可是，到了夜里，却又往往整晚不停地咳喘，在床上辗转呻吟，半夜里一次次地吃药、喝水、咯痰……夜深人静，当她这样孤身承受病痛的折磨时，再没有人能帮助她。她是那样地孤单和无望，有著难以诉说的凄苦。往往愈是这样，她白天就愈显得兴奋，似乎是想攫取某种精神上的补偿……

一九四八年的北平，在残破和冷落中期待著。有人来劝父亲和母亲"南迁"，出国，却得不到他们的响应。抗战后期，一位老友全家去了美国，这时有人曾说"某公是不会回来的了"。母亲却正色厉声地说："某公一定回来！"这不仅反映了她对朋友的了解，也反映了她自己的心声。那位教授果然在新中国成立前不久举家回到了清华园。

母亲的病没有起色，但她的精神状态和生活方式，却发生了重大的变化。……新政权突然给了他们机会，来参与具有重大社会、政治意义的实际建设工作，特别是请他们参加并指导北京全市的规划工作。这是新中国成立前做梦也想不到的事。作为建筑师，他们猛然感到实现宏伟抱负，把才能献给祖国、献给人民的时代奇迹般地到来了。对这一切，母亲同父亲一样，兴奋极了。她以主人翁式的激情，恨不能把过去在建筑、文物、美术、教育等等许多领域中积累的知识和多少年的抱负、理想，在一个早晨统统加以实现。只有四十六岁的母亲，病情再重也压不住她那突然迸发出来的工作热情……现在，她被正式聘为清华大学建筑系的一级教授、北京市都市计划委员会委员、人民英雄纪念碑建筑委员会委员，她还当选为北京市第一届人民代表大会代表、全国文代会代表……她真正是以林徽因自己的身份来担任社会职务，来为人民服务了。这不能不使她对新的政权、新的社会产生感激。（摘自梁从诫《倏忽人间四月天》）

林徽因历经九年的异地流亡生活，除了"长安不见使人愁"的乡恋情节让林徽因的情绪渐趋"恶劣、消沉"之外，其间的病魔缠身，当然也会让"她是那样地孤单和无望，有着难以诉说的凄苦"。但源自于她骨子里的那份"神韵"，却从未消失过，甚至每每让见到林徽因的人惊诧不已。萧乾的夫人，也是职业翻译家的文洁若曾经这样描述过对林徽因的印象：

> "按说经过八年抗日期间岁月的磨难，她的健康已受严重损害，但她那俊秀端丽的面容，姣好苗条的身材，尤其是那双深邃明亮的大眼睛，依然充满了美感。至今我还是认为，林徽因是我生平见过的最令人神往的东方美人。她的美在于神韵：天生丽质和超人的才智，与后天良好高深的教育相得益彰，没想到已生了两个孩子、年过四十的林徽因尚能如此打动同性的我。"（引自文洁若《才貌是可以双全的——林徽因侧影》）

和林徽因一样出道于民国的女性作家赵清阁，自称和林徽因的第一次见面是一种神交。在赵清阁见到林徽因那刻，林徽因虽现弱不胜衣之态，但同样光彩照人：

> "林女士已经四十五岁了，却依然风韵秀丽。她身材窈窕，穿一件豆绿色的绸晨衣，衬托着苍白清瘦的面色，更显出恹恹病容。她有一双充满智慧而妩媚的眼睛，她的气质才情外溢。我看着她心里暗暗赞叹，怪不得从前有过不少诗人名流为她倾倒！"（引自赵清阁《京华二十日记》）

1954年，林徽因去世的前一年，那时她已经病入膏肓，但却仍拖着一副弱不禁风的身子，前去阻止当局拆掉北京的老城墙。她的儿子梁从诫分析：

> "在她已经病得几乎走不动的时候，还能有那么大的勇气去做这件事，唯一的解释就是她的社会责任感及历史责任感在支持着她，她认为自己不可做对不起民族及子孙后代的事。"

学历史的梁从诫先生，在中国组建了第一个民间环境保护组织"自然之友"。他一生都在致力于环境保护及文物保护工作，而这点，正是受到了其母亲林徽因的影响，他希望能像母亲所毕生坚持和追求的那样，为子孙后代们保留祖先留给我们的文化遗产和自然遗产，因为这两项珍贵的遗产一旦失去，便不可复得。作为母亲，九泉之下的林徽因若能听闻孩子所言，该何其欣慰！

第六卷

至情至性林徽因：
谁爱这不息的变幻

像我这样的女人，总是以一个难题的形式出现在感情里。

——林徽因

林徽因是一个综合体。她的外貌温婉柔媚，但她的性格又直率刚烈。作为建筑师，她不乏严谨、勤奋和吃苦耐劳的精神；作为诗人和作家，她又具有天生的诗意、灵性和充沛的情感。冲动时，她比谁都冲动，但理智时，她又比谁都理智。她有女人的细腻，也有男人的豪爽，她有时比女人更女人，但有时又比男人更爷们，这就是林徽因，一个奇怪而矛盾的综合体。她那令人目眩神迷的光彩，能让男人倾倒，也令女人悄然远离……

第一章
与凌叔华："八宝箱"逸闻

英年早逝的徐志摩一生虽然如焰火般短暂，但也如烟花般绚烂、璀璨。诗人徐志摩的一生是浪漫多情的一生，他的一生离不开女人，也没有离开过女人。事实上，他的身边，一直环绕着那个时代最优秀的女人。他与这些女人的情感纠葛也使诗人短暂的一生更富传奇色彩，出现在徐志摩的故事中的那些活色生香的女人，除了众所周知的张幼仪、林徽因和陆小曼以外，还有一位，那便是被徐志摩誉为"中国的曼殊菲尔"的凌叔华。

曼殊菲尔是一位英国的女作家，徐志摩对她的爱慕到了顶礼膜拜的地步，曾忘情地称赞她"像夏夜榆林中的鹃鸟，呕出缕缕的心血制成无双的情曲，即便唱到血枯音嘶，也不忘她的责任是牺牲自己有限的精力，替自然界多增几分的美，给苦闷的人间几分艺术化精神的安慰。"而对于曼殊菲尔的外貌，在天性爱美的徐志摩眼里，惊为仙人！在徐志摩的文字中曾对曼殊菲尔有过这样的描述："眉目口鼻子清之秀之明净，我其实不能传神于万一；仿佛你对着自然界的杰作，不论是秋水洗净的湖山，霞彩纷披的夕照，或是南洋莹彻的星空，你只觉得它们整体的美，纯粹的美，完全的美，不能分析的美，可感不可说的美……"按说，原本在徐志摩的心中，所痴恋的林徽因才是才貌俱佳的极品女人，凌叔华怎可与之媲美，何以他却把"中国的曼殊菲尔"这项桂冠颁给了凌叔华？在徐志摩看来："只有 L（凌叔华姓氏的第一个字母）是唯一有益的真朋友。"这话真是意味无穷！

凌叔华出生于文化古城北京的一个官宦世家，且世代与书画结缘。她父亲凌福彭和康有为是同榜进士，并点翰林。凌福彭和当时京城的一些著名画家过从甚密，并亲自组织了"北京画会"，家里常有文人墨客出出进进。泰戈尔来华抵京时，凌叔华曾在私宅设家庭茶会欢迎泰戈尔，可见凌叔华及其父亲在京城之文化地位均不凡。

凌叔华曾拜慈禧的御用"代笔"女画师缪素筠学画画，随一代"清末怪杰"辜鸿铭学习英语和古典诗词，齐白石更是义务指点她画画。她在文学创作和绘画方面都有出色的作品。她的小说在 20 世纪 20 年代便独放异彩。她的诗写得也很好，经久耐读。有人赞誉她是"一个生活于梦幻的诗人。"凌叔华为人温婉中庸，堪为当时标准的中国闺秀，她与冰心、苏雪林、庐隐等一并被称为"新闺秀派"。

徐志摩与结发妻子张幼仪奉父命而无奈结合，但最终徐志摩为了追求真爱，毅然与之分手而让一段婚姻告终；与林徽因之相遇，情也真、意亦切，但却终是一厢情愿而未成正果；陆小曼与徐志摩几经周折终成眷属，惟最后还是悲剧收场。《不容青史尽成灰》的作者刘绍唐说过，"仅有凌叔华本最有资格做徐志摩的妻子、徐家媳妇的"。

1924 年，泰戈尔访华，徐志摩一直陪伴大诗人左右。凌叔华作为燕京大学学生代表去迎接泰戈尔，由此同时结识了徐志摩和后来成为其丈夫的陈西滢。

凌叔华不但长相俊美，皮肤白皙，尤以名媛的谈吐，出类拔萃的才华，令众人倾慕。据说，泰戈尔曾对徐志摩说过，凌叔华比林徽因"有过之而无不及"。那时，北京的那些留过洋的人及部分文教人士每月有一次聚餐会。后将聚餐会的对象扩大为全部新月社的成员，由徐志摩主持。20 世纪 20 年代社交公开已蔚然成风，林徽因、凌叔华和陆小曼夫妇都入盟新月社，成为聚餐会的常客。

林徽因那一刻已经婚约在身，名花有主。对徐志摩只谈诗歌，不谈情感。而凌叔华和陆小曼却都被徐志摩的凛凛才气所吸引，遂与之越走越近。

徐志摩作为刚刚离异的单身男士，与陆小曼、凌叔华同时交往并互通信函。但陆小曼毕竟是"罗敷有夫"，徐志摩最初还是有些迟疑的。而凌叔华正待字闺中，徐志摩对凌叔华的才貌一见倾心，相识仅仅半年，鸿雁传书就有七八十封，相当于两天一封。一生中，他唯一一次为人作序即凌叔华的第一部小说《花之寺》。他的处女诗集《徐志摩的诗》出版扉页上的题词"献给爸爸"，也是出自凌叔华的手笔。可见两人的交往十分密切，相知极深。

然而徐志摩对凌叔华的感情，却是像雾像雨又像风。凌叔华性情随和温顺，善于开解，徐志摩对她信任有加，无所不谈，凌叔华当时是苦闷的徐志摩最好的倾听者，无意中充当了徐志摩的心理按摩师，甚至有人谓之的"情感垃圾桶"，他们之间算是"比友谊多一点，比爱情少一点"的那种不可言传的爱吧。

凌叔华后来也曾公开坦言："说真话，我对徐志摩向来没有动过感情，我的原因很简单，我已计划同陈西滢结婚，陆小曼又是我的知己朋友。"

可浪漫而率性的徐志摩在与两位才女同时通信时，万万没有料到将来会上演一出"拿错信"的闹剧。

1924年8月，徐志摩送泰戈尔回印度后，由印度回国，住在上海新新旅馆，那一日，同时收到凌叔华和陆小曼各自的一封信。第二日早晨，徐志摩的父亲徐申如前往去望儿子，不一会，陆小曼的丈夫王赓恰巧也来拜访他。徐志摩深知其父看好性格随和、出生大富大贵之家的凌叔华，为了讨好父亲，缓和因与张幼仪离婚而一度紧张的父子关系，即说："叔华有信。"然后就顺手拿起放在枕边的一封信给父亲。徐申如打开信来阅读，站在徐申如身边的王赓也好奇地侧过头来看，突然，徐志摩发现王赓额头上气得青筋直冒，于是忙回头看了看自己的枕边。大惊失色的徐志摩知道自己闯了大祸了！凌叔华的信分明仍在枕边，父亲手中的是陆小曼的信。

不久，陆小曼与王赓离婚，自此，徐志摩与陆小曼的关系迅速明朗化，很快就再次走进了婚姻的殿堂。他们的事在京城闹得沸沸扬扬。也许正是这封"阴错阳差"的信，加速了置身情感漩涡中的当事人做出了当时唯一的抉择。

多年以后，徐志摩亲口对好友蒋复璁说："看信这一件事是'阴错阳差'，我总认为王赓与陆小曼离婚是因我而起，自有责任。"徐志摩敢爱敢当，毅然娶了陆小曼。更有趣的是1926年10月，徐志摩与陆小曼结婚时，给王赓发一喜帖，王赓竟还送一份礼品祝贺，不失谦谦君子之风。

林徽因比凌叔华小四岁，她和凌叔华在"新月社"聚餐会期间，一度交往较密，凌叔华家设家宴请泰戈尔时，林徽因还欣然作陪。凌叔华的性格，平易随和，不像林徽因那么率直任性，两人交往一直和和气气，从无冲突，可称安之若素。可是徐志摩逝世后引起的"八宝箱"事件，使得这两位才女在这场纠葛中性情尽显，令人扼腕叹息。

徐志摩生前有一个小提箱，里面装有他亲笔书就的日记、文稿等，即所谓的"八宝箱"。徐志摩曾两次寄存于他最信任的女朋友凌叔华处。

1925年，徐志摩打算去欧洲避避风头，当时他插足陆小曼与王赓之间引来满城风雨，陆小曼的处境同样不堪。临行前，他特意将"八宝箱"交予自己最信赖的女朋友凌叔华保管。

不久后，去了武昌的凌叔华曾托人把"八宝箱"带给上海的徐志摩。徐志摩又把箱子寄放在了硖石老家。后来，徐志摩客居胡适家中，从老家拿回箱子，但感觉放在胡适家不便，所以他便再次把箱子交给那时从武昌回到北平的凌叔华保管。

只是，这次寄存时，箱子里多了几样东西，首先是陆小曼的两本初恋日记，写于1925年徐志摩欧游期间。徐志摩临行前嘱咐陆小曼把他远行后她的所思所念记成日记，等他回来后当信看。陆小曼从那时起便把日记本当作爱人的化身，夜深人静时，便在洁白的日记本上倾吐相思。不过据知道真相的凌叔华说，那日记里面有不少牵涉是非处，其中骂林徽因的最多。除了陆小曼的这两本日记和徐志摩1925年由欧洲返国、坐西伯利亚铁路途经俄国时写的几篇稿件之外，"八宝箱"里还新添了徐志摩写于1925年和1926年间的两本日记及他两次欧游期间写给陆小曼的大量情书——大部分是英文的，文笔极其优美。凌叔华默默地尽着一个好友的托付之责。

1931年11月19日，徐志摩因飞机失事而早逝，有关这个"八宝箱"的秘密也渐渐被传播开去。当然，最想看到这个小箱子的两个人还是陆小曼和林徽因。

陆小曼作为妻子，理所当然想争取到编辑出版徐志摩日记和书稿的专利，为此特于1931年12月26日致信胡适，信中殷切写道：

> ……他的全部著作当然不能由我一人编，一个没有经验的我，也不敢负此重责，不过他的信同日记我想由我编（他的一切信件同我给他的日记都在北平，盼带来。）……还有他别的遗文等也盼你先给我看过再付印。我们的日记更盼不要随便给人家看。千万别忘。"

在另一封信中她又写道：

> "林先生前天去北平，我托了他许多事情，件件要你帮帮忙。日记千万叫他带回来，那是我现在最宝爱的一件东西，离开了已有半年多，实在是天天想它了，请无论抄了没有先带了来再说。文伯说叔华等因徐志摩的日记闹得大家无趣，我因此很不放心我那一本。你为何老不带回我，岂也有别种原因么？这一次求你一定赏还了我吧，让我夜静时也好看看，见字如见人。也好自己骗骗自己。你不要再使我失望了。

徐志摩去世后，陆小曼幡然醒悟，自此深居简出，远离徐志摩生前厌恶的"销筋蚀骨"的生活，一心整理徐志摩"八宝箱"中的遗稿，将其中两本日记以《爱眉小札》和《眉轩琐语》为题发表。

斯人已逝，音容不再，林徽因作为挚友，只是想看看"八宝箱"里那本与自己有关的"康桥日记"。这也是人之常情。此时的林徽因没有了多年来习惯的矜持，她心中充满了对徐志摩猝然离世的悲痛，她不在乎世人异样的眼光，她的一言一行，表现得无比率真：

> "实说，我也不会以诗人的美谀为荣，也不会以被人恋爱为辱。我永是'我'，被诗人恭维了也不会增美增能，有过一段不幸的曲折的旧历史也没有什么可羞惭。我只是要读读那日记，给我是种满足，好奇心满足，回味这古怪的世事，纪念老朋友而已。"

语气中一如既往的傲气和倔强。

于是，林徽因亲自登门到史家胡同凌叔华的寓所向凌叔华索取，不料遭凌叔华婉拒："家中书物皆堆叠成山，甚少机缘重为整理，日间得闲当细检一下必可找出来阅。"如此，林徽因只好转而求胡适帮忙。几经交涉，终于看到朝思暮想的"康桥日记"，哪知打开日记却大失所望，有几页竟然不翼而飞，显然是与自己有关的内容已经被裁去了，林徽因心头腾起一团怒火，最终这股难以名状的怒气全发泄给了"好好先生"胡适：

> "我从前不认得她（指凌叔华），对她无感情，无理由的，没有看得起她过。后来因她嫁通伯（指陈西滢），又有《送车》等作品，觉得也许我狗眼看低了人，始大大谦让真诚的招呼她，万料不到她是这样一个人！真令人寒心。志摩常说：'叔华这人小气极了。'我总说：'是么？小心点吧，别得罪了她。'女人小气虽常有事，像她这种有相当学问知名的人也该学点大方才好。"

本来还算得上是朋友的凌叔华与林徽因却因为"八宝箱"事件交恶，两位佳人从此老死不相往来。而林徽因最想看的那半册日记从此没了踪影，也成了文坛上的一个永远的谜。

与林徽因芥蒂已深的凌叔华，晚年这么说到林徽因："可惜因为人长得漂亮又能说话，被男朋友们给宠得很难再进步。"（引自郑丽园文《如梦如歌》）随和淡定如凌叔华，到了晚年还竟然用略带贬义的口吻评论林徽因，可见"八宝箱"事件终未释怀。

徐志摩生前与这几位女性纠缠不清，没曾想，死后仍能掀起她们之间的"战争"。他是她们的债主？还是他前世亏欠了她们？于尘世里的人，唯有空留一声叹息，此情可待成追忆，只是当时已惘然……

林徽因虽然从事着理性、严谨的建筑工作，但毕竟身为女人，就有着女人的率真、任性，即便是有点"小小的不讲理"，通常也让人觉出一份可爱。原本就是毫无心机、毫不设防的女子，因了对诗人徐志摩的无限眷恋，对昔日情怀的无限缅怀，而一任自己真诚的心，坦露于喧嚣的尘世中，天真而烂漫。

第二章
与冰心：太太的客厅

作家李健吾与林徽因曾经交往密切，他评价林徽因的性格特征时直言不讳：

> "绝顶聪明，又是一副赤热的心肠，口快，性子直，好强，几乎妇女全把她当作仇敌。"

林徽因的美貌与才情赢得了当时许多男性精英的爱慕、尊敬甚至崇拜。但在京城上层知识女性中，她几乎没有一个真正的女朋友。梁思成的外甥女吴荔明在其所著的《梁启超和他的儿女们》一书中也毫不避讳地说：林徽因是"刀子嘴，豆腐心"。在吴荔明看来，林徽因和亲戚里的众多女性相处都不太和谐，只与自己的母亲梁思庄没有芥蒂。

林徽因在诗歌《黄昏过泰山》里也这样写道："心是孤傲的屏障一面"，恃才傲物，面对思想交流不在同一水平的人，她常选择沉默是金，这也便给人一种不可接近的孤傲形象。"口快，性子直"的林徽因脾气急躁，有时候急起来脱口而出，全不顾对方的感受。有一次，她的一个学生的素描作业较差，她极不满意，当时就发火了："怎么不像人画的？"

1987 年，一头银丝的冰心在《入世才人灿若花》中列举五四以来著名女作家，其中公开赞美林徽因说：

> "1925 年我在美国的绮色佳（Ithaca，位于美国纽约州）会见了林徽因，那时她是我的男朋友吴文藻的好友梁思成的未婚妻，也是我所见到的女作家中最俏美灵秀的一个。后来，我常在《新月》上看到她的诗文，真是文如其人。"

而事实上，早年冰心与比自己小四岁的林徽因之间，曾经有过一些纠缠不清的是非恩怨。

冰心与林徽因的祖籍都在福州，名副其实的老乡，冰心的丈夫吴文藻和林徽因的丈夫梁思成在清华读书时就是同窗好友，而且还住同一间宿舍。

　　1923 年，冰心以优异的成绩取得美国威尔斯利女子大学的奖学金。在去美国的杰克逊总统号邮轮上，冰心与吴文藻相识相恋。冰心在波士顿的威尔斯利女子大学研究院攻读文学学位，吴文藻在达特默思学院攻读社会学。1925 年夏天，冰心和吴文藻来到康奈尔大学补习法语，巧的是，梁思成与林徽因也不约而同双双来到康奈尔大学访友。于是，两对恋人在湖光潋滟、泉石幽深、山色如画的城市绮色佳相会，他们相约一起去郊游野炊，风景如画的异域留下了冰心与林徽因珍贵的野炊合影。照片上，她们笑得是那么灿烂和真诚，仿佛一对姐妹花。那照片是冰心与林徽因"作为友情的纪录"。但此一时彼一时，返国后，事过境迁，照片中的亲密情景荡然无存。画面中的那种轻松、开心和默契也已成为绝唱。更意料不到的是，因为冰心的一篇小说《我们太太的客厅》，两人竟公开结怨并成为宿敌。

　　1933 年 9 月 23 日，杨振声、沈从文从清华研究院教授吴宓手中接编天津《大公报·文学副刊》，并更名为《大公报·文艺副刊》后出版了第一期。林徽因兴奋地为"文艺副刊"写了创刊词《惟其是脆嫩》。同年 10 月 17 日，冰心所创作的短篇小说《我们太太的客厅》，也随后在《大公报·文艺副刊》上连载。

　　小说中，"我们的太太"是一个沙龙的女主人。当时，本地的艺术家、诗人以及其他稍有身份的人等，每逢清闲的下午，便想喝一杯浓茶或咖啡，甚或也想坐在温软的沙发抽几根好烟，一并会会身边的朋友。当然，尤其想有一个明眸皓齿且能说会道的人儿，陪着自己漫无边际的谈笑。想起那些美妙的情形，一个个自认为已经脱俗于尘世的绅士、先生们，便无需思索地拿起帽子和手杖，或走路，或坐车，把自己送到"太太客厅"里来。在这里，每人都能够尽情，都能够得到他们所想往的一切。而冰心小说里的那位阔太太，被描写得俗不可耐、庸俗、势力，还以勾引男人为乐。

　　但明眼的人，一看《我们太太的客厅》一文，就猜想到了冰心是在暗讽林徽因。因为那时每个星期六下午，便有若干文艺界的朋友来到林徽因的家中，以林徽因为中心，或谈论时代的种种现象和问题，也或探讨文学和写作。

　　据当代文人韩石山在其《碧海蓝天林徽因》一文中的考证，小说中的"不如十年前'二九年华'的'美'太太"，对应的是出生于 1904 年的林徽因。太太的女儿彬彬，对应的是出生于 1929 年，时年 5 岁的梁再冰。

"不是一个圆头大腹的商人，却是一个温蔼清癯的绅士"，其对应的是在营造学社任职的梁思成。当时，"梁思成林徽因建筑事务所"在北平已经挂牌营业。

"一个瘦瘦高高的人，深目高额，两肩下垂，脸色微黄，不认得他的人，总以为是个烟鬼。"这儿所指者，其实就是哲学家金岳霖，金岳霖的后半生一直寄住在梁思成、林徽因家里。

"约有四十上下年纪，两道短须，春风满面"的文学教授，对应的则是 1891 年出生的北大文学院院长胡适。

"很年轻，身材魁伟，圆圆的脸，露着笑容"的政治学者，对应的应该是 1900 年出生，25 岁便做了清华大学政治学教授的钱端升。

尤其在《我们太太的客厅》一文中还涉及到一个很特别的人物柯露西："一个美国所谓之艺术家，一个风流寡妇。前年和她丈夫来到中国，舍不得走，便自己耽搁下来了。"韩石山认为柯露西对应的该是 1932 年与费正清在北平结婚的费慰梅。

在冰心的笔下，还有一位"白袷临风，天然瘦削"的诗人，最为让人瞩目。冰心对其描写道："头发光溜溜的两边平分着，白净的脸，高高的鼻子，薄薄的嘴唇，态度潇洒，顾盼含情，是天生的一个'女人的男子'"。甚至还谓道，该诗人与林徽因一见面，便"微俯着身，捧着我们太太的指尖，轻轻地亲了一下，说：'太太，无论哪时看见你，都如同看一片光明的云彩……'"。显然，在韩石山看来，这位"女人的男子"无疑对应的是已经因飞机失事而遇难的徐志摩。

按照韩石山的说法，这些都不算什么，即便是影射，也还在可容忍范围之内。可怕的是，小说中竟然不顾时人最为避讳的家庭隐私，一再暗示林徽因是庶出，即是妾的女儿。

林徽因何其敏锐？恰好她刚由山西考察庙宇回到北平，还带回了几坛又陈又香的山西醋。她读了小说后，立即叫人送了一坛子老陈醋给冰心。

对于冰心与林徽因的关系，李健吾总结说："她们是朋友，同时又是仇敌。"

但晚年的冰心，显然一切皆释怀。1992 年 6 月 18 日，就王国藩起诉《穷棒了王国》的作者古鉴兹侵犯名誉权一事，中国作协的张树英与舒乙曾拜访冰心，请她谈谈对此事的看法。冰心在谈了原告不应该对号入座之后，便"不知道是她老人家因为激动，还是有意留下一句话，忽然讲到《我们太太的客厅》。冰心说：'《太太的客厅》那篇，萧乾认为写的是林徽因，其实是陆小曼，客厅里挂的全是她的照片'"。

林徽因从小就承袭了父亲热衷于高朋满座的传统，爱好在志同道合者之中畅谈艺术。他们家搬到北总布胡同的四合院后，文化聚会日渐增多。由于林徽因身上散发出来的艺术活力和性格魅力，以及来自梁思成之深厚的文化修养与不凡的见识，很快便围绕着梁思成夫妇，聚集了一批当时中国知识界的一流学者和文化精英。他们常常在星期六的下午，不约而同来到梁家，边品茗边海阔天空地神聊。其中有颇具声望的文化界领袖胡适；有豪爽坦率的政治学家张奚若；有名满九州的诗人徐志摩；有快乐幽默的哲学家金岳霖；有不苟言笑的经济学家陈岱孙；有曾发掘殷墟的人类学和考古学家李济等等。此外，哲学家邓叔存、国际政治问题专家钱端升、物理学家周培源、社会学家陶孟和、美学家朱光潜、北方文坛的领军人物沈从文和美国学者费正清夫妇等等，也是梁思成夫妇家的常客。在"太太的客厅"里，会聚了当时的文坛名人、学界精英和社会名流。这种朋友间的私人聚会，无拘无束，他们有着相近的知识背景和思想观点，一杯清茶，几块点心，畅谈文学，评论时事，天南地北，古今中外，无所不谈，甚是畅快。

每逢聚会，林徽因都会不知不觉成为谈话的主角。才情横溢的林徽因思维敏锐，擅长提出并捕捉话题，具有极强的亲和力，并且还能及时调动客人的情绪，使众学者谈论的话题既有思想深度，又有社会广度，既有学术理论高度，又有强烈的现实针对性，可谓谈古论今，皆成学问。随着时间的推移，林徽因家的交往圈子影响越来越大，吸引越来越多的文化精英走到一起来，去共同享受一种精神的盛宴，由此形成了20世纪30年代京派最有名的文化沙龙。虽然冰心之《我们太太的客厅》一文有影射林徽因之嫌，但事实上，林徽因家的客厅全然不受影响，仍是高朋满座，笑语盈盈，被妙语连珠所填充"太太的客厅"，竟然一时传为京城文化界里的佳话。

林徽因的魅力，不仅仅只是出身、经历、容貌、才华，她的独特魅力还在于，她是一个有信念、有追求并为此肯付出不懈之努力的人。林徽因对自己的人生绝不马虎，绝不容许自己平庸、空虚和懈怠，在她身上，不止体现了唯美的人生姿态，还散发出了活力四射的文化情怀。可以说，林徽因是一个充满男儿气的女人，由此也就不难理解为何她的客厅里总是才华横溢的男士居多。

对于这个备受世人瞩目，具有很深厚的文化特质和沙龙特色的"太太客厅"，曾引起过许多知识分子特别是文学青年的心驰神往。

当时在燕京大学读书的文学青年萧乾这样回忆：

那天，我穿着一件新洗的蓝布大褂，先骑车赶到达子营的沈家，然后与沈先生一道跨进了北总布胡同林徽因那有名的'太太的客厅'。听说林徽因得了很严重的肺病，还经常得卧床休息。可她哪像个病人，穿了一身骑马装。她对我说的第一句话是：'你是用感情写作的，这很难得。'给了我很大的鼓舞。她说起话来，别人几乎插不上嘴。别说沈先生和我，就连梁思成和金岳霖也只是坐在沙发上吧嗒着烟斗，连连点头称赏。林徽因的健谈决不是结了婚的妇人那种闲言碎语，而常是有学识，有见地，犀利敏捷的批评。我后来心里常想：倘若这位述而不作的小姐能像十八世纪英国的约翰逊博士那样，身边也有一位博斯韦尔，把她那些充满机智，饶有风趣的话一一记载下来，那该是多么精彩的一部书啊！她从不拐弯抹角，模棱两可。这种纯学术的批评，也从来没有人记仇。我常常折服于林徽因过人的艺术悟性。

　　优雅、古朴的北总布胡同三号，一个常年飘着丁香花香味儿的四合院，以其一间"太太的客厅"，见证着林徽因的才情和精彩。

第三章
与费慰梅：乐莫乐兮心相知

林徽因在诗歌《十月独行》里感叹："像坐一条寂寞船，自己拉纤"。也许是对她那磁石般的男人缘的平衡，林徽因的女人缘，显然不佳。但上苍对寂寞的她是眷顾的，在自己的国度难觅到同性朋友，就送给她一个异国的闺蜜。

1932年，当一个美国女孩奇迹般地从天而降时，那就是林徽因人生之最美好际遇的开始！正是这一年，她认识了自己一生最为重要的、与自己一见倾心的、几乎是唯一的一个女性知己费慰梅。

费慰梅生于美国马萨诸塞州剑桥镇，她的父亲坎农博士当时是哈佛大学校长，也是一位伟大的生理学家。按《费正清在华二十年》一书中的说法："全世界的科学家都知道他"。费慰梅的母亲是一位酷爱旅行、思想开放的作家，1931年费慰梅从哈佛拉德克利夫女子学院艺术系毕业。次年，独自一人漂洋过海来北平与未婚夫费正清结婚。

费正清1932年来到中国，执教清华，任讲师，讲授经济史。他在北平认识了梁思成、林徽因夫妇并与他们成为最亲密的朋友。按1982年出版的费正清英文版自传《心系中国：50年的回忆》一书中所述，费正清这个中国名字是梁思成替他取的。他的英文原名是John King Fairbank，一般译为约翰·金·费尔班克。梁思成告诉他，"正清"意喻正直清廉，加之"正"、"清"两字又跟其英文原名John King谐音，梁思成便认为"费正清"一名较合适于他，且谓"使用这样一个汉名，你真可算是一个中国人了！"。

费慰梅的英文原名是Wilma Canon Fairbank，中文译名为威尔玛·坎农·费尔班克。当然，费慰梅从夫而姓"费"。在梁思成看来，"慰梅"是"Wilma"的谐音，故而为她也赋予了一个极好听的汉语名字。林徽因说，"梅"是中国古诗词中经常吟咏的对象，极富诗意。这对美国夫妻非常喜欢梁思成给他们起的中文名字，以至这两个名字一直和费正清夫妇相伴终生。费正清后来取得牛津大学哲学博士学位，回美国任教哈佛。1942年，美国政府派费正清来华，身份是美国国务院文化关系司对华关系处文官和美国驻华大使特别助理。在此之前，这位35岁的外交官已经是哈佛大学的教授了。

　　和费慰梅相遇的这一年，林徽因 28 岁，儿子梁从诫是年也出生了。为便于哺育儿子，她从东北回到北平，并租下了北总布胡同三号，也就是那处日后渐渐出名的四合院。新婚燕尔的费慰梅当时 23 岁，刚刚来到这座"有城墙环绕的古老的东方城市"，借住在离北总布胡同只有数百米远的大羊宜宾胡同里。这年秋天，在一个外国人办的美术展上，费慰梅夫妇和林徽因夫妇邂逅，用费慰梅的话说，她和林徽因"一见钟情"了。莫说孤芳独情，兴许性情相映。自此，两个女子，一个来自西方，一个身在东方，在最美的年华，相知相惜，一起绽放。

　　费慰梅晚年为林徽因和梁思成写回忆录时，著名中国史研究专家史景迁在代序中追忆了这段异国友谊之最初的明媚时光："人们似乎听见，在一个高朋满座的客厅里，连珠般的欢笑声夹杂着杯盘的碰撞声。"

　　经过东西方文化沐浴的林徽因，她所需要的友谊，常意味着对方能和她进行纯粹精神领域的"谈话"。她所需要的女朋友，就是一个能与她对等交流思想和见解并能分享生活情趣的女人。她需要自己也能对女朋友尽情畅谈所感知到的艺术、文学和其他事物。她把这种"谈话"看得极为宝贵，甚至视为是她日常生活中最为重要的内容。她当然也希望能从这种谈话中得到相应分量的收获，从而让自己的心灵更加充盈，而不是渐渐枯竭。费慰梅恰恰契合了林徽因对理想朋友的所有期待。

　　林徽因从不掩饰她对家长里短的厌恶，如果要她与几个女人凑在一起闲聊柴米油盐或者婆婆妈妈，对她来说是白白浪费时间。她也毫不掩饰自己对此的鄙视。她甚至痛恨家务，觉得那是对自己宝贵生命的消耗。在她不得不花大量时间来埋头家务的时候，她烦恼地跟费慰梅倾诉：

> 　　当我在做那些家务琐事的时候，总是觉得很悲哀，因为我冷落了某个地方某些我虽不认识，对于我却更有意义和重要的人们。这样我总是匆匆干完手头的活，以便回去同别人'谈话'，并常常因为手上的活老干不完，或老是不断增加而变得很不耐烦。这样我就总是不善于家务……。(1936 年 5 月)

　　与她对繁琐家务的冷落相对应，林徽因对人的精神活动一向表现出极大的热情。她认为人生的乐趣和精义，全在那些精神活动上。她对美和艺术的看法敏锐而灵动，跳跃而感性，天生女性思维的优势，是她身边那些"比我年岁大"的男士们所无法企及的。金岳霖就曾在给费正清夫妇的信中这么说：

"她激情无限，创造力无限，她的诗意，她敏锐的感受力和鉴赏力，总之，人所渴求的她应有尽有，除却学究气。学究气的反面是丰富多彩。看看林徽因，是多么丰富多彩，而可怜的我，多么苍白。"

费慰梅晚年仍在回忆那段曼妙的"客厅"时光：

"我常在傍晚时分骑着自行车或坐人力车到梁家，穿过内院去找林徽因，我们在客厅一个舒适的角落坐下，泡上两杯热茶后，就迫不及待地把那些为对方保留的故事一股脑倒出来……"

林徽因则在相识几年后的信中这样感慨：

"我从没料到，我还能有一位女性朋友，遇见你真是我的幸运，否则我永远也不会知道和享受到两位女性之间神奇的交流……"（1937年林徽因给费慰梅的信）

林徽因和费慰梅不但情趣相投，专业上也几乎一致，早年都是美术专业，她们都对中国艺术充满兴趣，她们对"美"都有天然的鉴赏力，也很"内行"。而最重要的一个因素是林徽因具一口纯正的爱尔兰英语，她们一直用英语侃侃而谈。费慰梅也说："毫无疑问，若不是有着这样的语言媒介，我们的友情是不会如此深刻，如此长久的。"娴熟地说着英语的林徽因，则更适合谈论文学和切磋艺术，这种方式可以让交流直抵心灵。对于林徽因来说，用英语畅谈，是一种远离了"家长里短""闲言碎语"的交流方式，她喜欢并沉醉于这种生活，那时，她即仿佛"生活在别处"。

林徽因在读宾夕法尼亚大学时就跟同窗比林斯说过："在中国，一个女孩子的价值完全取决于她的家庭。而在这里（指美国），有一种我所喜欢的民主精神。"林徽因从费慰梅身上再次看到西方人的热情、自由、独立，而这恰恰是她大为欣赏的。

费慰梅为病中的林徽因打开了另一扇窗子。她邀请林徽因骑马，以此来增强林徽因的体质。林徽因买了一对马鞍，一套马裤，换上这套装束，林徽因显得格外英姿飒爽。两个知心朋友，远离了城市的喧嚣，她们相约骑马到郊外踏青。呼吸着清新的空气，享受着蓝天白云下的闲适。

她们一会儿让马信步缓行，一会儿让马轻快小跑，身上随风飘起的红色披巾，就像一团熊熊燃烧的火焰……这种西方式的娱乐方式带给林徽因的愉悦，无疑也是别人所不能给予的。她在给费慰梅的信中感激地说：

> "我在双重文化养育下长大，不容否认，双重文化的滋养对我不可或缺，在你们真正进入我们的生活之前，我总觉得精神贫乏，若有所失。我在北平的朋友都比我年岁大，比我老成……今秋和初冬那些野餐、骑马，使我的整个世界焕然一新。"（1935年）

林徽因与费慰梅相识于徐志摩去世后不久，慰梅这样猜测她们情谊的根源：

> 我常常暗想，她为什么在生活的这一时刻如此热情地接纳了我这个朋友？这可能同她失去了那不可替代的挚友徐志摩有点关系。在前此十年中，徐志摩在引导她认识英国文学和英语的精妙方面，曾对她有过很深的影响。我不知道我们彼此间滔滔不绝的英语交谈是不是曾多少弥补过一些她生活中的这一空缺。（引自费慰梅《中国建筑之魂——一个外国学者眼中的梁思成林徽因夫妇》）

事实上，林徽因对费慰梅的品味是极其欣赏的。费慰梅是一个艺术家，尤其喜欢水彩画。阿兰德波顿曾赞叹费慰梅的水彩画是一种"让世界变得更美好更幸福"的艺术。她的画里明朗、柔雅，没有一丝灵魂的分裂和挣扎，更没有颓废和偏激。林徽因的艺术感觉，也是如此。费慰梅任重庆美国大使馆文化参赞的时候，暂住在重庆的一个小房子里，林徽因一进屋便惊叹不已："我像是走进一本杂志！"要知道，家居布置也是林徽因的兴趣所在。

物理学上讲同性相排斥，但林徽因幸运地遇到了作为同性的忠实欣赏者，费慰梅这样描述她这位才女知己：

> 她的神经犹如一架大钢琴的复杂的琴弦。对于琴键的每一触，不论是高音还是低音，重击还是轻弹，它都会做出反应。或许是继承自她那诗人的父亲，在她身上有着艺术家的全部气质。她能够以其精致的洞察力为任何一门艺术留下自己印痕。

年轻的时候，戏剧曾强烈地吸引过她，后来，在她的一生中，视觉艺术设计也曾经使她着迷。然而，她的真正热情还在于文字艺术，不论是口头表达还是写作……（引自费慰梅《中国建筑之魂——一个外国学者眼中的梁思成林徽因夫妇》）

1934年夏天，费慰梅夫妇邀请林徽因夫妇去山西度假，刚好林徽因夫妇本也准备到山西作古建筑考察，便愉快地结伴同行。这次难忘的经历深深地铭刻在林徽因的脑海，她在重病手术前，提笔给慰梅写信，她说自己仿佛又置身山西之旅，想起了她们的"夏日行宫"……

巧手慧心的费慰梅用旅游照片做成了一个私人剪贴本，并附有简洁、风趣的文字：

> "我们的山西历险记包括了四位主人公，还有两位科班毕业的建筑师、两位天才烹饪大师、一位历史学家、一位画家、一位卓有成就的摄影师、一位天津大公报的记者，一位行李打包专家以及她在艺术上的死对头、最早起床的人，第二名起床的人，两位第三名起床的人……"

这些诙谐生动的文字旁边，是他们四个人的黑白照片。（见纪录片《梁思成 林徽因》）这本泛黄的剪贴本默默传达着他们在一起是何其温馨并富有情趣！

也正是在这次山西旅游的朝夕相处中，费慰梅发现了她俩的不同之处：

> 这次碰到的一些事，我们感觉都不太好，可是她在这时候就会大声咒骂起来，这对从小受到父母教育要'随时保持风度'的我来说，颇受刺激。我开始怀疑，她面对现实而大声抗议，我为了保持风度而消极在等待它过去，到底谁对？可能两个都对，可能两个都不对。我们是两个不同的人，出自两种完全不同教养的人。（引自费慰梅《林徽因与梁思成》）

由此可见，优雅知性的林徽因也有急躁暴怒的一面。偶尔她也喜怒于色，毫不掩饰真性情。

"人生得一知己足矣，斯世当以同怀视之"。费慰梅夫妇这对来自西方的挚友，为林徽因夫妇做了很多重情重义的事。在林徽因一家最艰难的流亡岁月里，费氏夫妇不但给予了他们物质上诸多的帮助，所给予他们的精神上的慰藉更是无价之宝。

在这中美两家的充满深情厚谊的史册上，还有一件绝对堪称奇迹的往事：

20世纪40年代，梁思成有一批寄存在费慰梅家的书稿图片，因为当时中美两国不能通信，无法寄回。梁思成托一个素不相识的人捎来口信，让费慰梅寄到英国一个姓刘的女学生那里。费慰梅照办了，可是刘姓学生却没有把这个包裹转交到梁思成手中。二十一年后，蒙在鼓里的费慰梅才知道真相，她寝食难安，然而，即使能找到当年的那张包裹寄达单，就算能证明她的清白之外，她几乎没有办法在茫茫人海中再找到二十一年前的那个神秘的刘小姐。

费慰梅问梁思成的儿子梁从诫，在北平他家和他父亲的同事中能否打听到那位刘小姐。梁从诫的回答令人黯然：

> "我们都没有听说过在英国的这位学生。我父亲一定是误把她当成一个负责的人。如果包裹不是寄丢了的话，那么只能怪他自己看错了人。不管怎样，都已过去了二十一年，现在一切都太晚了。"

是的，如果邮包真是误投，那么一切都迟了。但随着时间的推移，那珍贵的包裹却总映现在慰梅的脑际，它虽然失踪，或被梁思成日后所遗忘，但慰梅坚信它一定会在什么地方。她决定再努力一次。

费慰梅给伦敦的好友，一位退休的大使兰博特爵士写了一封信，将情况告诉了他，求他帮忙。爵士把费的信交给了英国建筑史学会的提姆洛克，他记起大约两年前，学会里的一位秘书女士就住在纽卡索，而且曾经担任过那里建筑学院的注册组员。他打了电话给她，碰巧她也想起了有这么一位学生，二十年前的一位高年级生，刘怀贞。她回电话说查到刘后来成为一名注册建筑师，目前大概在新加坡开业。洛克马上打电话给英国建筑师注册处查到了刘的登记号，有了这个登记号，他从英国皇家建筑师学会即刻找到了她目前在新加坡的地址。

奇迹真的出现了：这个二十三年前由费慰梅邮寄给梁思成的包裹，最终又寄回到梁思成的遗孀林洙手中。还有什么友谊比这更感人、更珍贵呢？好友如斯，知己如梅。

费慰梅曾给林徽因画过一副素描，在这副素描里，林徽因已不再年轻，由于常年病痛缠身，显然也没有曾经的貌美如花，但面容清癯的画中人，眼神依然专注而执著，好像又发现了一件值得她探究的事。嘴唇微张，似乎正准备滔滔不绝地讲述什么。这就是一个知己眼中的林徽因。无疑，她画出了林徽因的神韵和精神。

返回美国后，费慰梅坚持研究和写作。宾夕法尼亚大学出版社出版了她为梁思成夫妇所作的传记《梁思成与林徽因———对探索中国建筑历的伴侣》。该书后由上海文艺出版社出版简体版《中国建筑之魂——一个外国学者眼中的梁思成与林徽因夫妇》。1984年麻省理工学院出版社出版了费慰梅作为编委的梁思成的英文遗作《图像中国建筑史》。

2002年4月4日，费慰梅在位于马萨诸塞州剑桥市的家中平静而安详的离世，享年92岁。据说，她的追思礼的程序单内页上，除了印着自己年轻时的照片，还印着早她47年离世的林徽因曾经为其所作的一首小诗。

人与人，之所以结交为友，是相互欣赏、相互理解的结果。精神人格上的相互支撑和挽扶，人生信念的相互辉映，不止是智者的情怀，也是凡俗赋予人的基本情怀。而当费正清夫妇在美国得知梁思成的死讯后，痛不能抑，他们说了一句蕴义尤深的话：

　　"失去梁思成、林徽因夫妇，对于我们来说，就好像失去了大半个中国"。

第四章
与林洙：天上掉下个林妹妹

1948 年，林徽因朴素高雅的客厅里来了一个腼腆、拘谨的女孩。她来自林徽因的老家福州，来北平报考清华大学的先修班，那年她 20 岁，她叫林洙。林徽因去世七年后，她顶着流言蜚语走进了梁家，成为了梁思成的第二任妻子。此后，她与"文革"中受尽折磨的梁思成风雨同舟，陪他到了人生尽头，随后还任劳任怨地照顾林徽因的母亲，并为她养老送终。

那年在上海结束了中学教育后，林洙同时考上了上海圣约翰大学和南京金陵女子大学，但是公职人员的家庭，经济上难以负担。林洙的父亲是铁道部的工程师，想让她北上去考清华的先修班。林洙动身之前，她的父亲给同乡林徽因写了一封信，恳请她帮助女儿进入先修班，并拜托照顾女儿。

林洙在家乡早就听闻了林徽因的美貌、经历和才学，她像灰姑娘崇拜白雪公主一样崇拜林徽因，林徽因就是她的偶像。林洙第一眼看到林徽因就赞叹不已：

> 我承认一个人瘦到她那样很难说是美人，但是即使到现在我仍旧认为，她是我一生中所见到的最美、最有风度的女子。她的一举一动，一言一语都充满了美感，充满了生命，充满了热情，她是语言艺术的大师。我不能想象她那瘦小的身躯怎么能迸发出这么强的光和热。她的眼睛里又怎么能同时蕴藏着智慧、诙谐、调皮、关心、机智、热情的光泽。真的，怎么能包含这么多的内容。当你和她接触时，实体的林徽因便消失了，而感受到的则是她带给你的美，和强大的生命力。她是这么吸引我，我几乎像恋人似的对她着迷。（引自林洙《困惑的大匠梁思成》）

此时的林徽因已经四十四岁，深陷病榻，被病魔折磨得瘦骨嶙峋，但在林洙的眼里，依然难以掩饰林徽因骨子里的那种美。

林徽因对这女孩也一见如故，犹如亲妹妹一般。不仅安排林洙到一位教授家借住，还拖着病体主动每周抽出时间为林洙补习英语。因为先修班那一年没有办，林徽因决定每周二、周五下午亲自辅导她的英语。而林徽因当时肺结核已经到了晚期，英语课只能断断续续进行，直至完全停止。病中的林徽因对林洙简直关照得事无巨细，让林洙好像回到家里一般温暖。

林洙与梁思成的第一面是在清华建筑系的楼道里，当时她扎着鲜艳的头巾，穿着一条淡雅的裙子。她羞怯地与梁思成打招呼，这位儒雅的长者扬了扬眉毛，笑着说："这么漂亮的姑娘，一定是林小姐。"

林洙聪明好学，林徽因越发喜爱，不久她们就成了无话不谈的忘年蜜友。林洙一有时间就往林家跑，听林徽因谈艺术，谈文学，谈建筑，谈往事……林徽因在林洙面前展示了一个全新的天地，这个天地里充满了博学、机智、风趣，一下子就把初出茅庐的林洙深深吸引了，而林洙也不知不觉间成为林徽因寂寞时最好的聆听者。

林徽因就像一位大姐姐一样关心着林洙，她还热心地为林洙张罗婚事，不久，林洙就和梁思成夫妇的学生程应铨结婚，婚礼也是林徽因一手帮忙操办的。林徽因还特别挑了一套清代官窑青花茶具作为新婚贺礼。程应铨也是梁思成夫妇多年的助手，得知新婚的林洙夫妇手头拮据，林徽因竟然把林洙叫到家里，递给她一个存折说："这是早年营造学社的一笔专款，专门用来资助年轻人的学习生活的。"她让林洙去取款，急需多少取多少。林洙欲推辞，林徽因又说："不要紧的，这钱你先借用，以后再还。"林洙去银行取钱时，发现存折上是梁思成的名字，林徽因掩饰说："学社的钱当然要用梁思成的名字呀！"后来，林洙还钱时，林徽因却说："营造学社已经不存在了，你把钱还给谁呀？快别提这事了。"

只是，谁都没有想到，林洙会离婚。就像林洙从没想到会成为梁思成的第二任夫人一样。

1955年林徽因病逝，留下梁思成在喧嚣日起的尘世里踽踽独行。

林徽因的儿子梁从诫回忆那段日子说：

　　我母亲去世后，我父亲变得十分沉默，那段时间他画了大量的水彩画，藉以排遣他心中的悲哀和对母亲的思念。一直到他遇到我的继母林洙女士后，才从悲哀的情绪中平复过来。我刚开始也不太能接受我的继母，她只比我大几岁，是我这一代的人，但后来我了解到她是一位相当有爱心且宽厚的人，我们就成了无话不谈的朋友。

1959 年，作为清华大学建筑系资料馆的管理员，林洙担当了为梁思成整理资料的工作。工作之余，他们也时常聊天说笑，心灵手巧的林洙还会做些家乡小菜，端给林徽因的母亲吃。林徽因撒手人寰后，善解人意的林洙给梁思成带来了些许温暖和慰藉。

日久生情，终于，有一天忙完工作后，梁思成鼓足勇气递给林洙一封信：

> 眉：（注：福州地区所有人家的大女儿的小名都叫"眉"，梁思成一直亲昵地叫林洙"眉"）
>
> 真是做梦没有想到，你在这时候会突然光临，打破了这多年的孤寂，给了我莫大的幸福。你可千万千万不要突然又把它"收"回去呀！假使我正式向你送上一纸"申请书"，不知你怎么"批"法？……我已经完全被你"俘虏"了……
>
> 心神不定的成

林洙当着梁思成的面读完了这封信，梁思成却胆怯了，嗫嚅着说："我以后……再不写这样的东西了……"

林洙看到梁思成像犯错了的小学生，百感交集，情不自禁扑到敬爱的师长、朋友的怀里，泪水盈盈，泣不成声，那是感动和幸福的泪。

1962 年 6 月，林洙与比她年长 27 岁的梁思成结婚，没有亲友的祝福，没有像样的婚礼，还要顶着来自年龄、学识和社会地位等诸多差距而引起的流言蜚语，两颗经受着煎熬的心，在一场忘年之恋中相知相惜。梁思成晚年曾亲口对老友陈占祥说："这些年多亏了林洙！"一个"多亏"，道出了对林洙默默付出的无限感激之情。林洙在陪伴梁思成的近十年里，不仅仅只是妻子，她还是丈夫的保姆、护士和理发师。

善良知足的林洙觉得那是她一生最快乐、最幸福的日子。林洙对采访她的《南方人物周刊》记者吴虹飞说：

> "他了解我每一时每一刻的思想，往往是我刚要开口说话，他就把我要说的话，说出来了。"

说也奇怪，林洙与林徽因交谈，每次都是林徽因口若悬河，她永远插不上嘴，只是默默倾听。而与梁思成聊天，就连林洙这类本来不善言辞的人，也能在这个赫赫有名的"梁公"面前，滔滔不绝，热忱地发表自己幼稚的见解。而梁思成则在一旁静静地饶有兴味地倾听。他是她的师长，现在却成为接受她倾诉的朋友，他们无话不谈。

在婚后仅有的一张合影中，梁思成穿着深色中山装，衣冠笔挺，站在高一级的台阶上，显得比林洙高出一头来，他微笑着。林洙身体略微右倾，似乎要靠在梁思成身上。她剪着短发，穿着一件碎花对襟棉袄，脚踩一双黑色布鞋，甜甜地笑着。那么朴实，那么灿烂。梁思成由衷地感慨："原来真正的夫妻该是这样轻松和美地在一起的！"

但属于他们的这样舒心的日子并不多。"文革"期间，红卫兵、工宣队曾经找林洙训话，要她和"反动学术权威"梁思成划清界限！言下之意即"离婚"。

梁思成不想连累林洙，三番五次对她说："你还是离开我好。"

爱，让人变得坚强而勇敢。林洙不但没有离开爱人，反而竭尽全力地保护着梁思成。"文革"时，梁思成停发工资，身无分文，患心力衰竭，病入膏肓却无法住院，林洙与北医三院几位大夫暗中保持着联系，充当着丈夫的护士和医生。当时，梁思成被批判，处境凄凉。于梁思成的晚年悲剧，如果说其中还存有几许宽慰和温暖，那么就是忠心耿耿的"愚妻"林洙所给予的爱和照顾。

从 1966 年到 1969 年，林洙一个月工资才 62 元，却要养活一家 5 口人：梁思成，两个年幼的孩子，还有林徽因的生母何雪媛。"她（何雪媛）爱吃红烧肉，每顿饭都有。她的脑子好像有些糊涂，因为她记得的事情，全部都是民国时期的事了。"丈夫离开人世了，林洙仍无怨无悔地继续照应着何老太太，以让她颐养天年，病重时还为她请了两个保姆，直到何雪媛 90 多岁时去世。

1987 年，林洙在美国哈佛大学的佛格博物馆亲眼看到了一对汉代铜虎，便记起了当年的一幕。有一次，她帮梁思成整理图书资料时，林洙翻出了一个厚厚的牛皮纸信封，里面装的是一些精美的雕塑品的图片。梁思成取出其中一张汉代铜虎图片，即刻持在手掌上把玩起来。梁思成情不自禁地对林洙说："眉，你看看多……""美"字刚要说出口，忽然想起那是当时最犯忌的字眼，于是改口说道，"多……多么'毒'啊！"两个人忍不住相视大笑。这些图片，就是后来梁思成的著作《中国雕塑史》里的珍贵资料。

站在一对活灵活现的汉代铜虎跟前，林洙那一刻耳边似乎又响起了丈夫"特别"的赞叹："多……多么'毒'啊！"林洙忍不住轻声笑了。时过境迁，不知天堂里的丈夫是否也会会心一笑呢？

1972 年，梁思成病逝，林洙才 44 岁。斯人已去，音容不在，有人问她这么多年来她得到了什么。林洙的回答简洁而坦然："丈夫给了我快乐。"

2004 年 6 月，为纪念林徽因诞辰 100 周年，清华大学出版社以新书名《梁思成、林徽因与我》，再版了林洙的《建筑师梁思成》一书。林洙花了一个暑假的时间，将一些内容重新整合修订，又添了些不为人知的细节。她更多的，还是追述梁思成的学术生涯，这些与林徽因息息相关而与她自己没多大关系。就像那本书的封面，题目是三个人的故事，但封面上却只有一张梁思成与林徽因的合影。而在读者的眼中，林洙是一朵平实的花，不容易让人看到，倒是很容易让人忽略。林洙的信条是：坚持带给身边的人最实在的幸福。

或许因为爱着丈夫，林洙对丈夫的前妻林徽因也是敬爱有加、赞不绝口：

"她是我一生中见过的最美丽最有气质的女人。风华绝代，才华过人。"

当然，从林洙对梁思成、林徽因的母亲的悉心呵护中，或许也可感觉到林洙对林徽因的报恩和崇拜吧！

晚年，林洙家客厅的沙发上摆着一本作家出版社的《徐志摩婚恋传奇》。因为据说又要写林徽因的连续剧了，不少人来找她回忆林徽因和徐诗人的不可回避的"友谊"。然而她和别人知道的是一样的多。

> "我只是想，假如有人来问我这件事情，我从保护林徽因的角度，怎么跟他们来说这个事。"

丈夫去世的第二年，林洙便全身心投入到了整理梁思成遗稿的工作中。先后参与编辑了《梁思成文集》《梁思成建筑画集》《梁思成全集》《梁》等书。她的快乐在于让更多的人分享她丈夫的思想与精神。

就像梁思成的长女梁再冰最初也强烈反对这桩婚事一样，就像古代的女子丧夫之后要守寡终身才能得到贞节牌坊一样，很多人不理解梁思成为什么在林徽因去世后再娶。

林徽因的去世，是梁思成胸口永远的痛，而他面对的无奈和残酷，是必须继续活着，而要活下去，首先要学会慢慢遗忘，而不是一味沉浸于对过去的回忆之中。而这个时候，善良的林洙出现了。

孤独者常常需要一个情投意合的伴侣，而林洙恰恰就是。虽然梁思成娶了林洙，但林徽因却一直还留在他的心里。1963年春天，梁思成新婚不久，在一个春光明媚的四月天，梁思成去了八宝山公墓，他给林徽因墓送花去了。事先他没有告诉林洙，林洙一直在家焦急地等着丈夫回家吃午饭，久等不回，直到下午一点才看到梁思成捧着一盆仙客来回来，他默默地握着林洙的手，表示歉意。林洙看到自己的丈夫如此重情，越发敬重。

林徽因先梁思成而去，她留在世间的光环也无可避免地逐渐淡去，于是，人们的注意力，也便逐渐凝聚到了梁思成的身上。但在人们的心目中，曾经在梁思成身边的林徽因，事实上，是和梁思成永远不可割离的！不过，有句名言又说，每一个伟大的男人背后都有一个默默无闻的女人。林洙有幸成了这样一个女人！显然，这个女人绝对不是锋芒毕露的林徽因！梁思成和林徽因，当年堪称才子佳人之配，而梁思成和林洙之间，却是渐入暮年的昔日才子和一位平凡的淑女组合。惟林洙，一个不为世人所悉的女人，却做出了极不平凡的事情，她无怨无悔地成为才子身边的那个毫不起眼却又极其重要的女人。连林徽因的儿子也非常敬重自己的这位善良的继母：

我继母的宽厚可以从她照顾我外祖母，也就是林徽因的母亲，这件事上看得很清楚。我外祖母一直跟着我们住，母亲生前把她托付给我父亲，我父亲临终时又把她托付给我的继母，我的继母就一直尽心照顾我外祖母直到外祖母过世。我在编《林徽因文集》时，我的继母也非常支持，得到她很多的协助。

林徽因是否生前结下了善缘，使得在自己匆匆离开尘世后，能在梁思成的日子里出现这样一位同姓的好妹妹？是否在冥冥之中，感觉到了自己所拜托的林洙，正替代自己照料受尽磨难的丈夫和风烛残年的老母，还有自己最牵挂的一对儿女？

天上掉下个林妹妹，倘若林徽因泉下有知，定会含笑于九泉。

第五章
与张幼仪：柔情还剩一襟晚照

在远离故国的伦敦康桥，浪漫多情的徐志摩向林徽因展开了炙热猛烈的爱情攻势，十六岁少女的心弦被拨动了。据说林徽因回了徐志摩一封信，信中说：

> "我不是那种滥用感情的女子，你若真的能够爱我，就不能给我一个尴尬的位置，你必须在我与张幼仪之间作出选择。你不能对两个女人都不负责任……"。

信中提及的张幼仪即徐志摩的结发妻子。

1915 年，15 岁的张幼仪就读于江苏都督程德全在苏州创立的"江苏省立第二女子师范学校"，该校首任校长杨达权，非常重视女子教育，张幼仪在此受到了良好的文化教育，而并非徐志摩所鄙夷的"乡下土包子"。但就在那年，尚未结业的张幼仪就被接回家与徐志摩成亲了。替她做媒的正是她的四哥张嘉璈，当时任浙江都督朱瑞的秘书，他在巡视学校时意外发现杭州一中有一位才华横溢的学生，他就是徐志摩。做哥哥的以为替自己最疼爱的妹妹找到了一位如意郎君，却没想到，正是他看好的俊杰徐志摩逼着自己的妹妹成了民国第一桩离婚案中的女主角。

当时徐家是江浙一带屈指可数的富商，张家有着显赫的政治经济地位，两家联姻，可谓门当户对。徐父申如欣然定下了二人的婚约。于是 15 岁的张幼仪辍学嫁到徐家做了少奶奶。徐志摩那一刻的态度，也唯有遵父母之命，媒妁之言。

新婚三年后，张幼仪生下长子徐积锴，小名阿欢，不久徐志摩就到美国留洋去了。1920 年在英国伦敦的徐志摩收到张幼仪的哥哥张君劢的信，被迫极不情愿地把张幼仪接到他身边。

张幼仪曾经回忆当年丈夫徐志摩接她的情景：

> 我斜倚着尾甲板，不耐烦地等着上岸，然后看到徐志摩站在东张西望的人群里。就在这时候，我的心凉了一大截。他穿

着一件瘦长的黑色毛大衣，脖子上围了条白丝巾。虽然我从没看过他穿西装的样子。可是我晓得那是他。他的态度我一眼就看得出来，不会搞错的，因为他是那堆接船的人当中唯一露出不想到那儿表情的人。

此时的张幼仪还蒙在鼓里，自己的丈夫徐志摩痴恋林徽因坠入情网难以自拔。但女人的直觉和身为妻子的敏感，让张幼仪已经隐隐感到风雨欲来。

徐志摩接到张幼仪后，两人住在乡下沙士顿，不久，他们的第二个孩子，也正孕育在张幼仪的腹中。这本是天大的喜事，男丁稀少的徐家马上又要添丁进口，可徐志摩的表现让妻子震惊。

情窦初开的徐志摩正在狂热追求林徽因，哪里顾得上张幼仪，一听张幼仪怀孕便极不耐烦地说："把孩子打掉。"那年月打胎是非常危险的，张幼仪低眉顺眼地说："我听说有人因为打胎死掉的呢。"徐志摩冷冰冰地回应道："还有人因为游泳死掉的呢，难道你看到人家不游泳了吗？"

徐志摩一心只求早点离婚，见张幼仪不答应，便一走了之，将怀有身孕的张幼仪一人孤零零地撇在沙士顿。异国他乡，举目无亲，唯一可以依靠的丈夫已经拂袖而去，张幼仪孤独地孕育着孩子，眼看产期临近，只好写信给二哥求救。随后她来到巴黎，后来又去了柏林，1922 年张幼仪顺利生下小儿子彼得。徐志摩明知张幼仪的去向，却不理不睬，似乎这个孩子跟他毫无瓜葛。

沉浸在对林徽因的爱恋之中的徐志摩在接到林徽因的信后，为了办理离婚手续，才想起了妻子，一路找到柏林。当时小儿子彼得还没满月，徐志摩就逼迫张幼仪在离婚协议书上签了字。在金岳霖和吴经熊的见证下签好离婚协议后，徐志摩便跟着张幼仪去医院看了小彼得，徐志摩"把脸贴在窗玻璃上，看得神魂颠倒"，"他始终没问我要怎么养他，他要怎么活下去（注：句中的我指张幼仪）。"

不久，徐志摩将《徐志摩、张幼仪离婚通告》刊登在《新浙江》副刊《新朋友》上，他如此坦陈他的婚姻观：

> 无爱之婚姻无可忍，自由之偿还自由，真生命必自奋斗自求得来，真幸福亦必自奋斗自求得来！彼此前途无限……彼此有改良社会之心，彼此有造福人类之心，其先自作榜样，勇决智断，彼此尊重人格，自有离婚，止决痛苦，始兆幸福。

被遗弃的张幼仪如徐志摩所想，真正获得了身心的自由。她去做自己想做的新女性了，虽然是被动式的。离婚后，张幼仪到巴黎投靠二哥张君劢，并随其去了德国，入裴斯塔洛齐学院攻读幼儿教育。哪知天有不测风云，三岁的小彼得因病夭折，张幼仪痛不欲生。这个一生下来就不招父亲待见的儿子最终还是匆匆离世。

在德国，张幼仪带着一颗破碎的心边工作边学习，学得一口流利的德语，她严肃的人生理念契合德国严谨的工作作风，找到了自信，找到了新的人生支撑点。张幼仪将自己的一生分为"去德国前"和"去德国后"。去德国以前，凡事都怕，怕做错事，怕得不到丈夫的欢心，怕离婚，委曲求全；到德国后，变得无所畏惧。该经历的都经历了，丈夫遗弃，儿子夭折，还有什么打击比这些带给一个女人的创痛更深？

伤痛让人清醒，她骤然顿悟，人生在世，一切都要靠自己。别人的怜悯，换不来现实的安稳。离婚丧子之痛，让张幼仪一夜长大，懦弱少妇，转身成为铿锵玫瑰，就算风雨兼程，她无所畏惧，很快她活出了属于自己的精彩。

1926 年夏，张幼仪被八弟张禹九接回上海，不久她又带长子阿欢去北平读书，直到张母去世，她携子回沪。她的"媒人"四哥张嘉璈已经是中国银行副总裁，并主持上海各国银行事务，而一直觉得愧对张幼仪的徐父将张幼仪认作义女，并把海格路 125 号的一栋豪宅（位于今华山路范园）送给张幼仪。一时间，张幼仪母子在上海安定下来，日子衣食无忧。

张幼仪先是在东吴大学教德语，后来在张嘉璈的支持下出任上海女子商业银行副总裁，与此同时，八弟张禹九与徐志摩等四人在静安寺路开了一家云裳服装公司，张幼仪又出任该公司总经理，成为商界英才，颇让徐志摩刮目相看。1934 年，二哥张君劢主持成立了国家社会党，干练的她又应邀管理该党财务，具一身精气神的张幼仪，哪里还是徐志摩当年不屑一顾的"乡下土包子"。

为人严谨的张幼仪一生恪守妇道，洁身自好。含辛茹苦一人抚育儿子，代替徐志摩照顾徐家父母，徐志摩去世后，又为他树碑立传，投资出版徐志摩作品全集。所有事，她都习惯亲力亲为。她意念中那种包容、坚强的力量，强大到了连自己都佩服自己。

1953 年，张幼仪在香港与邻居中医苏纪之结婚。婚前，她写信到美国征求大儿子徐积锴的意见："因为我是个寡妇，理应听我儿子的话。"

儿子的回信情真意切：

"母孀居守节，逾三十年，生我抚我，鞠我育我……综母生平，殊少欢愉，母职已尽，母心宜慰，谁慰母氏？谁伴母氏？母如得人，儿请父事。"

阿欢在美国做的是土木工程师，这封信颇得其父遗韵。

时过境迁的张幼仪为这一段沉重生活打了一个生动的比喻：

"我是秋天的一把扇子，只用来驱赶吸血的蚊子。当蚊子咬伤月亮的时候，主人将扇子撕碎了。"

1967 年，张幼仪 67 岁的时候，曾和苏医生一起周游西洋。张幼仪也借机到英国康桥、德国柏林故地重游。她站在当年和徐志摩一同居住过的小屋外，思绪万千，竟然没办法相信自己曾那么的懦弱和那么的无助过！那时的她，甚至怯懦到想要结束自己的生命。与第二任丈夫苏纪之共同生活了 18 年后，苏纪之病逝，张幼仪即去了纽约居住。1988 年，张幼仪以 88 岁的高龄病死于纽约。在诗人徐志摩情感履历中，张幼仪是寿命最长的女人。

晚年的张幼仪，有人问及她爱不爱徐志摩？而她的回答中，对爱的定义，堪称经典：

"你晓得，我没办法回答这个问题。我对这个问题很迷惑，因为每个人总告诉我，我为徐志摩做了这么多事，我一定是爱他的。可是，我没办法说什么叫爱，我这辈子从没跟什么人说过'我爱你'。如果照顾徐志摩和他家人叫做爱的话，那我大概是爱他的吧。在他一生当中遇到的几个女人里面，说不定我最爱他。"

这样的回答，是承受人生之艰难，读懂人世之沧桑后的淡定超然，这是历练，更是实力。

"你最爱的人，伤你最深；能伤你最深的，才是你最爱的人。"也许，爱与伤害，从来都是相伴而生。但对自己伤害最深、最冷酷无情的那个人，张幼仪终生不曾言徐志摩半句不是。

但徐志摩呢？瑰丽的爱情令他着魔，诗人的气质，就更让他平添了几分于爱的疯魔之态。一心追求"爱、自由和美"的诗人的确异乎于常人。可是，残酷的现实最终粉碎了他的爱情幻梦。

林徽因和父亲早徐志摩一年从英伦回国，一旦回到传统的现实社会，那曾经发生过的爱情故事仿佛也变得不再真切。家族中的人一致反对，怎么能容忍林徽因插足别人的家庭？怎么能容忍清白的名节受污？林徽因回到了现实。徐志摩痴狂了，林徽因却冷静下来，她终究不忍心别人因她而像自己母亲那般被遗弃吧？人生的关口，她无比清醒地知道，谁才是真正适合陪她一生的伴侣。

林徽因是一个清醒而冷静的女子，就在她写给徐志摩的深情的悼念文章里，依然在说：

> "这几天思念他得很，但是他如果活着，恐怕我待他仍不能改的。事实上太不可能。也许那就是我不够爱他的缘故，也就是我爱我现在的家在一切之上的确证。"

1947 年，林徽因病危住院时，她以为自己快不久于人世了，特地央人请来张幼仪母子，虽然她已经虚弱到不能开口说话，但依然仔仔细细打量了眼前的两个人。一个是自己年轻时无意中伤害过的徐志摩的前妻，一个是徐志摩唯一的儿子，她这样的举动是耐人寻味的。林徽因是想对这位坚韧的女子致歉？还是想在弥留之际再看一眼徐志摩的亲生骨肉？……

张幼仪越发坚信这个躺在病床上的女人自始至终是爱着自己的前夫的。但她始终也没琢磨清楚，这个与自己的前夫曾经那么相爱的女子，这个紧紧抓住了自己前夫的心的女子，这个因其而让自己的家庭遭到破坏的女子，为何曾经沧海，最终却没有嫁给自己的前夫？她更不明白，在死亡线上苦苦挣扎的她，此次见面意味着什么？

此时的林徽因如何能言？感情的纠葛，原本就复杂莫辨，岂是嫁与不嫁这么简单？当年她为了眼前这个和自己的母亲有着相同经历的女子而放弃了爱情，放弃了最纯真的初恋，这份苦衷，能与谁说？这份心思，谁能懂得？唯有心中那盏永不熄灭的莲灯，仍在寂寥地摇曳：

> 如果我的心是一朵莲花
> 正中擎出一枝点亮的蜡，
> 荧荧虽则单是那一剪光，
> 我也要它骄傲的捧出辉煌。
> 不怕它只是我个人的莲灯，
> 照不见前后崎岖的人生——
> 浮沉它依附着人海的浪涛
> 明暗自成了它内心的秘奥。

单是那光一闪花一朵——
像一叶轻舸驶出了江河——
宛转它飘随命运的波涌
等候那阵阵风向远处推送。
算做一次过客在宇宙里，
认识这玲珑的生从容的死，
这飘忽的途程也就是个——
也就是个美丽美丽的梦。

　　生命每天都在出发，人，终究只是大地上短暂的过客，总有一天必须同自己的历史揖别而回归尘土。就像一滴水回到空中又返回大海，哪怕是沦落红尘的匆匆过客，也必须经受良知和心智的驱使，从而平静、泰然地走完自己的人生之旅。

　　即使离去，也选择在惠风和煦的人间四月天，当晨曦微露时，只留下一脸淡然和安详，接受春光的洗礼⋯⋯

　　生如夏花之绚烂，死如秋叶之静美。

　　林徽因，前无古人、后无来者，一代杰出的知性女人；林徽因，一位集才气、美质和傲岸于一身的民国女子！人间四月芳菲尽，那是一个唯美而动人的传奇故事；四月芳菲林徽因，那是一个被高山流水所永远吟诵的不朽灵魂！

2006 年 8 月 18 日，在杭州西湖花港公园竖立了一尊林徽因石碑。石碑依傍着垂柳依依的西子湖畔，石碑主体镂空镌刻出林徽因的优雅倩影。碑体制作严谨，画面秀美而不失灵动，而这些正是身为建筑学家和诗人的林徽因生前所拥有的主要精神特质。

附录：

林徽因大事纪年谱

1904 年 1 岁

6 月 10 日，林徽因生于浙江杭州陆官巷。

原籍福建闽侯，祖父林孝恂，光绪己丑科（1889 年）进士，初为政知县候选，历任浙江海宁、石门、仁和各州县，他资助的青年赴日留学的学生，多参加孙中山领导的革命运动。祖母游氏，生有子女七人。

林徽因父林长民（1876 年生），字宗孟，为孝恂长子，1906 年赴日留学，不久回国，在杭州东文学校毕业，后再度赴日早稻田大学，习政治法律；叔林天民（1887 年生），字希实，早年亦留学日本，习电气工程；大姑林泽民，嫁王永昕；二姑生一女后去世；三姑林嫄民，嫁卓定谋；四姑林丘民，嫁曾仙舟；五姑林子民，嫁李石珊。

林徽因之堂叔林觉民、林尹民均为黄花岗革命烈士。

1909 年 5 岁

迁居蔡官巷一宅院，林徽因随祖父母、姑母等居此，由大姑母林泽民发蒙读书。

1912 年 8 岁

1 月 1 日，南京临时政府成立，林长民为福建代表，任参议院秘书长。并与汤化龙等人在上海发起组织"共和建设讨论会"。4 月 13 日，正式成立"共和建设讨论会"，拥在日的梁启超为领袖，电其归国。10 月 27 日，将"共和建设讨论会"、国民协会等团体合并，林长民参与组织民主党。林长民住北平，全家由杭州移居上海，住虹口区金益里，林徽因与表姐妹们入附近爱国小学，读二年级，并侍奉祖父。

1913 年 9 岁

林长民被选为众议院议员，任秘书长。母亲何雪媛（1882 年 - 1972 年，林长民第二夫人，浙江嘉兴人）带妹妹麟趾（后夭折）去北平，住前王公厂旧居，林徽因留沪。

1914 年 10 岁

是年，林长民任北平政府国务院参事，全家迁居北平。

1916 年 12 岁

4 月，袁世凯称帝后，全家迁居天津英租界红道路，林长民仍留北平。林徽因与表姐们同入英国教会办的培华女子中学读书。

1917 年 13 岁

张勋复辟，全家迁居天津，惟林徽因留京。后林徽因同叔叔林天民至津寓自来水路，诸姑偕诸姊继至。林长民由宁归，独自回京。7 月 17 日，因支持段祺瑞讨伐张勋复辟，林长民被任命为司法总长。8 月，举家由津返京。

1918 年 14 岁

3 月 24 日，林长民与汤化龙、蓝公武赴日游历。家仍居北平南长街织女桥，林徽因自信能编字画目录，及父归，阅之以为不适用，颇暗惭。但林徽因料理家事，屡得其父褒奖。认识梁启超之子梁思成。

1920 年 16 岁

春，林长民赴英讲学，林徽因亦随父去读中学。3 月，林长民赴瑞开国联会，由法去英。7 月，林徽因随父到巴黎、日内瓦、罗马、法兰克福、柏林等地旅行，9 月回伦敦，以优异成绩考入 St. Mary's College（圣玛莉学院）学习。9 月 24 日，徐志摩由美到英。10 月上旬，与在伦敦经济学院上学的徐志摩初次相遇。

1921 年 17 岁

徐志摩与林徽因有论婚嫁之意。林谓必先与夫人张幼仪离婚始可。8

月，林徽因随柏烈特全家赴英南海边避暑。林长民独居伦敦。9月14日，租屋期满，因归期延至10月14日，林徽因借住柏烈特家，林长民住他处。10月14日，林徽因随父由英赴法，乘"波罗加"船归国。11月至12月间，林长民、林徽因抵上海，梁启超派人接林徽因回北平，仍进培华女中读书，林长民暂居上海。

1922年18岁

在培华女中读书。3月，徐志摩赴柏林，经金岳霖、吴经熊作证，与张幼仪离婚。春，林徽因、梁思成婚事"已有成言"，但未定聘。9月，徐志摩乘船回国，10月15日抵达上海，不久北上来京，林、徐暂告不欢。

1923年19岁

在培华女中读书。春，新月社在西单石虎胡同七号成立，林长民、林徽因等参加并祝贺。5月7日，梁思成带梁思永骑摩托车去追赶"国耻日"游行队伍，至南长街口被一大轿车将左腿撞断，住协和医院。彼时林徽因到医院探望。7月出院后，终身留下残疾。林徽因经常与表姐王孟瑜、曾语儿参加新月社俱乐部文学、游艺活动。林徽因毕业于培华女中，并考取半官费留学。

1924年20岁

4月23日，印度诗哲泰戈尔来华访问，在日坛草坪讲演，林徽因搀扶上台，徐志摩担任翻译。文载："林小姐人艳如花，和老诗人挟臂而行，加上长袍白面，郊荒岛瘦的徐志摩，犹如苍松竹梅的一幅三友图。"一时成为京城美谈。5月8日，为庆祝泰戈尔先生64岁诞辰，林徽因、徐志摩等在东单三条协和小礼堂演出泰翁诗剧《齐德拉》，林徽因饰公主齐德拉，徐志摩饰爱神玛达那。演出前，林徽因饰一古装少女恋望"新月"，以示新月社组织的这场演出活动。泰戈尔在京期间，由林徽因、徐志摩等陪同，前往拜会了溥仪、颜惠庆。6月，林徽因、梁思成、梁思永同往美国留学，7月7日抵达绮色佳康奈尔大学。林选户外写生和高等代数；梁选水彩静物画、户外写生和三角。9月，结束康校暑期课程，林、梁同往宾夕法尼亚大学就读。同月，梁思成母亲李惠仙病故。"有几个月

（林徽因、梁思成）在刀山剑树上过活。比城隍庙十五殿里画出来还可怕。思成后来忏悔了。"

1925 年 21 岁

在宾大学习。1 月 18 日，林徽因与闻一多等在美参加"中华戏剧改进社"。11 月 22 日，郭松龄在滦州倒戈反奉，通电张作霖，林长民受邀为"东北国民军"政务处长。12 月 24 日，郭部兵败，林长民被流弹击中，死于沈阳西南新民屯，年 49 岁。

1927 年 23 岁

9 月，林徽因结束宾大学业，得学士学位，后转耶鲁大学戏剧学院，在 G·P·贝克教授工作室学习舞台美术半年。12 月 18 日，梁启超在北平为梁思成、林徽因的婚事"行文定礼"。

1928 年 24 岁

3 月，结束舞美学业。3 月 21 日，林徽因与梁思成在加拿大温哥华姐姐家结婚。之后按照其父梁启超的安排，赴欧洲参观古建筑，于 8 月 18 日回京。9 月，梁思成、林徽因受聘于东北大学建筑系，分别为主任、教授。林徽因回福州探亲，受到父亲林长民创办的私立法政专科学校同人欢迎和宴请。11 月，梁启超病重住院，梁思成、林徽因赶赴北平。

1929 年 25 岁

1 月 19 日，梁启超病故，梁思成、林徽因为其父设计墓碑。8 月，林徽因从东北回到北平，在协和医院生下其女儿，取名再冰，意为纪念已故祖父梁启超"饮冰室"书房雅号。张学良以奖金征东北大学校徽图案，林徽因设计的"白山黑水"图案中奖。

1930 年 26 岁

秋，徐志摩到沈阳，劝林徽因回北平治病。12 月，林徽因肺病日趋严重，协和医院大夫建议到山上静养。

1931 年 27 岁

3月，林徽因到香山双清别墅养病。先后发表诗《那一晚》《谁爱这不息的变幻》《仍然》《激昂》《一首桃花》《山中一个夏夜》《笑》《深夜里听到乐声》《情愿》及短篇小说《窘》。9月，梁思成、林徽因应朱启钤聘请，离开东北大学，到中国营造学社供职。梁任法式部主任，林为"校理"。秋，林徽因病愈下山。11月19日，林徽因在协和小礼堂为驻华使节讲中国古代建筑。同日，徐志摩为听林徽因学术报告，在途中因飞机失事身亡。11月22日，林徽因、梁思成得悉徐志摩坠亡，即以铁树、白花编制小花圈，梁思成随与金岳霖、张奚若赶到徐遇难处处理后事。同月，由林徽因等主持，在北平为徐志摩举行追悼活动。12月7日，发表散文《悼志摩》。

1932 年 28 岁

6月中旬，林徽因再次到香山养病。夏，林徽因、梁思成去卧佛寺、八大处等地考察古建筑，并发表《平郊建筑杂录》。7月至10月，作诗《莲灯》《别丢掉》《雨后天》。8月，生子从诫。意为纪念宋代建筑学家李诫。在一次聚餐时，林徽因结识美籍学人费正清、费慰梅夫妇。

1933 年 29 岁

是年，林徽因参加朱光潜、梁宗岱举办的文化沙龙，每月集会一次，朗诵中外诗歌和散文。秋，林徽因与闻一多、余上沅、杨振声、叶公超等筹备并创办了《学文》月刊。9月，林徽因同梁思成、刘敦桢、莫宗江去山西大同考察云冈石窟。10月7日，发表散文《闲谈关于古代建筑的一点消息》。11月，林徽因同梁思成、莫宗江去河北正定考察古建筑。11月18日，发表诗《秋天，这秋天》。同月，林徽因请萧乾、沈从文到北总布胡同谈《蚕》的创作。12月，作诗《忆》。

1934 年 30 岁

1月，中国营造学社出版梁思成的《清式营造则例》一书，林徽因为该书写了《绪论》。2月、5月，发表诗《年关》《你是人间的四月天》，小说《九十九度中》。年初，为叶公超主编的《学文》月刊一卷二期设计了富有建筑美的封面。夏，林徽因、梁思成同费正清夫妇以及一位美国传教士朋友汉莫，一起结伴去山西汾阳、洪洞等地考察古建筑。9月5日，发表散文《窗子以外》。10月，林徽因、梁思成应浙江建设厅邀请，到杭州商讨六和塔重修计划，之后又去浙南武义宣平镇和金华天宁寺做古建筑考察。

1935 年 31 岁

3月，林徽因与梁思成合著《晋汾古建筑预查纪略》一文。6月，发表诗《吊玮德》，短篇小说《模影零篇：一、钟绿，二、吉公》。10月，作诗《灵感》《城楼上》。11月19日，发表散文《纪念志摩去世四周年》。冬，林徽因经常与费正清夫妇到郊外练习骑马。

1936 年 32 岁

1至11月，发表诗《深笑》《静院》《风筝》《记忆》《无题》《题剔空菩提叶》《黄昏过泰山》《昼梦》《八月的忧愁》《冥思》《空想外四章：你来了、"九一八"闲走、藤花前、旅途中》《过杨柳》《静坐》；散文《蛛丝和梅花》《究竟怎么一回事》；短篇小说《模影零篇：三、文珍》。5月28日，林徽因、梁思成等去河南洛阳龙门石窟、开封及山东历城、章邱、泰安、济宁等处作古建筑考察。9月，担任《大公报》文艺作品征文评委。10月，在《平津文化界对时局的宣言》中，向国民党当局提出抗日救亡八项要求，林徽因为文艺界发起人之一，并在宣言上签名。是年，选编《大公报文艺丛刊小说选》并为之作序。

1937 年 33 岁

1月至7月，发表诗《红叶里的信念》《十月独行》《时间》《古城春景》《前后》《去春》；话剧《梅真同他们》；短篇小说《模影零篇：四、绣绣》。任朱光潜主编的《文学杂志》编委。林徽因、梁思成应顾祝同邀请，到西安做小雁塔的维修计划，同时还到西安、长安、临潼、户县、耀县等处作古建筑考察。7月，林徽因同梁思成、莫宗江、纪玉堂赴五台山考察古建筑，林徽因意外地发现榆次宋代的雨花宫及唐代佛光寺的建筑年代。7月12日，林徽因一行到代县，得知发生"卢沟桥事变"，于是匆匆返回北平。8月，林徽因一家从天津乘船去烟台，又从济南乘火车经徐州、郑州、武汉南下，9月中旬抵长沙。11月下旬，日机轰炸长沙，林徽因一家险些丧生。不久，他们离开长沙，经常德、晃县、贵阳、镇宁、普安、曲靖到昆明。

1938 年 34 岁

1月，林徽因一家住昆明翠湖前市长巡律街住宅，不久，莫宗江、陈明达、刘志平、刘敦桢也到了昆明，经与中美庚款基金会联系，组建营造学社西南小分队。作诗《昆明即景：一、茶铺，二、小楼》。

1939 年 35 岁

年初，因日机轰炸，林徽因一家搬至郊区龙泉镇麦地村。2月5日，发表散文《彼此》。6月28日，发表诗《除夕看花》。冬，梁思成、刘敦桢等去云南、四川、陕西、西康等地作古建筑考察，林徽因为云南大学设计女生宿舍。

1940 年 36 岁

初冬，营造学社随史语所入川，林徽因一家亦迁四川南溪县李庄镇上坝村。不久，林徽因肺病复发，从此抱病卧床四年。

1941 年 37 岁

在李庄镇。春，三弟恒在对日作战中身亡。

1942 年 38 岁

在李庄镇。春，作诗《一天》。梁思成接受国立编译馆委托，编写《中国建筑史》，林徽因为写作《中国建筑史》抱病阅读《二十四史》，作资料准备。她写了该书的第七章，五代、宋、辽、金部分，并承担了全部书稿的校阅和补充工作。11月4日，费正清、陶孟和从重庆溯江而上，去李庄访问林徽因、梁思成。

1944 年 40 岁

在李庄镇。作诗《十一月的小村》《忧郁》《哭三弟恒》。费慰梅到李庄访问林徽因。

1945 年 41 岁

在李庄镇。8 月，日本侵略者宣布无条件投降。梁思成陪林徽因到重庆检查身体，大夫告诉梁思成，林徽因将不久于人世。

1946 年 42 岁

2 月，林徽因在费慰梅陪同下乘机去昆明拜会西南联大校长梅贻琦，建议清华大学增设建筑系，住唐继尧后山祖居：一座花园别墅，与张奚若、钱端升、金岳霖等旧友重聚。7 月 31 目，同西南联大教工由重庆乘机返回北平。为清华大学设计胜因院教师住宅。11 月 24 日，发表散文《一片阳光》。作诗《对残枝》、《对北门街园子》。

1947 年 43 岁

夏，饱经欧战浸染的萧乾，由上海来清华园探望林徽因，两人长谈七年来各自的经历。作诗《给秋天》《人生》《展缓》《病中杂诗·小诗（一）、小诗（二）、写给我的大姊、恶劣的心绪》。12 月，做肾切除手术。

1948 年 44 岁

2 月 18 日，作诗《我们的雄鸡》。2 至 5 月，发表诗《空虚的薄暮》《昆明即景》《年轻的歌》《病中杂诗九首》《哭三弟恒》。11 月，国民党当局迫使北平高校南迁。清华园展开反迁校斗争，林徽因说："我们不做中国的'白俄'。"大军攻城前夕，张奚若带两名解放军到林徽因家，请梁、林划出保护古建筑目标，为此深感新政权对他们的信任。

1949 年 45 岁

北平解放，林徽因被聘为清华大学建筑系一级教授。2 月，为百万大军挥师南下，与梁思成等编印《全国重要文物建筑简目》。春，送女儿再冰参加南下工作团。7 月，政协筹委会决定把国徽设计任务交给清华大学和中央美院。清华大学由林徽因、李宗津、莫宗江、朱畅中等七人参加设计工作。

1950 年 46 岁

6 月，经过三个多月的努力，清华大学和中央美院设计的国徽图案完成并在中南海怀仁堂接受评选，经周总理广泛征求意见，清华小组设计图案以布局严谨、构图庄重而中选。6月23日，林徽因被特邀参加全国政协一届二次会议。9月30日，毛泽东主席发布国徽图案命令。是年，林徽因被任命为北京市都市计划委员会委员兼工程师，提出修建"城墙公园"的设想。

1951年47岁

是年，为挽救濒于湮灭的景泰蓝传统工艺，抱病与高庄、莫宗江、常莎娜、钱美华、孙君莲诸人深入工厂做调查研究，并设计了一批具有民族风格的新颖图案，为"亚洲及太平洋区域和平会议""苏联文化代表团"献上一批礼品，深受与会人员欢迎。

1952年48岁

是年，梁思成、刘开渠主持设计人民英雄纪念碑，林徽因被任命为人民英雄纪念碑建筑委员会委员，抱病参加设计工作。与助手关肇邺一起，经过认真推敲，反复研究，终于完成了须弥座的图案设计。5月，为迎接即将到来的建设高潮，林徽因、梁思成翻译了《苏联卫国战争被毁地区之重建》一书，并由上海龙门书局印行，为国家建设提供了借鉴。应《新观察》杂志之约，撰写了《中山堂》《北海公园》《天坛》《颐和园》《雍和宫》《故宫》等一组介绍我国古建筑的文章。

1953年49岁

10月，当选为建筑学会理事，并任《建筑学报》编委。被邀参加第二届全国文代会，时任中华全国美术工作者协会副主席江丰在美术家协会的报告上，对林徽因和清华小组挽救景泰蓝的成果，给予了充分肯定和高度评价。

1954年50岁

6月，林徽因当选为北京市人民代表大会代表。秋，林徽因不抵郊外风寒，由清华园搬到城里去住。不久，因病情恶化住同仁医院。

1955 年 51 岁

4 月 1 日 6 时 20 分，病逝于同仁医院。4 月 2 日，《北京日报》发表讣告，治丧委员会由张奚若、周培源、钱端升、钱伟长、金岳霖等 13 人组成。4 月 3 日在金鱼胡同贤良寺举行追悼会，遗体安放在八宝山革命公墓。

参考文献

1. 林徽因．人间四月天．北京：当代世界出版社，2010
2. 林徽因．林徽因全集：建筑．新世界出版社，2012
3. 【美】费慰梅．梁思成与林徽因．法律出版社，2010
4. 费慰梅．梁思成与林徽因：一对探索中国建筑史的伴侣．中国文联出版社，1997
5. 林洙．困惑的大匠：梁思成．山东画报出版社，2001
6. 吴荔明．梁启超和他的儿女们．上海人民出版社，1999
7. 林杉．一代才女林徽因．作家出版社，2005
8. 陈学勇．林徽因寻真．中华书局，2006
9. 清华大学建筑学院．建筑师林徽因．清华大学出版社，2004
10. 费正清．费正清对华回忆录．知识出版社，1992
11. 丁文江、赵丰田．梁启超年谱长编．上海人民出版社，2009
12. 叶君．知性：林徽因精品文集．北方文艺出版社，2012
13. 陈学勇．莲灯诗梦：林徽因．人民文学出版社，2012
14. 张清平．林徽因传．百花文艺出版社，2007
15. 伊北．你若盛开　清风自来．中国华侨出版社，2012
16. 田时雨．一个真实的林徽因．东方出版社，2004
17. 张邦梅著，谭家瑜译．小脚与西服．台湾智库文化出版公司，1996
18. 刘介民．风流才子徐志摩．广东人民出版社，2003
19. 刘培育．金岳霖回忆与回忆金岳霖．四川教育出版社，2000

后　记

不承想，从最初朦朦胧胧的一种愿望，到忽一日一本书付梓，其间历经了二十多年的漫漫时光。

第一次听到林徽因的名字，还是在 20 世纪 90 年代初，那时我还是大学里中文系的一名学生。一次偶然的机会，聆听一位老教授的《现代诗歌赏析》课程。讲台上，两鬓斑白的老教授侃侃而谈，有句话倏尔钻入我的耳膜："徐志摩的很多情诗其实是写给一个叫林徽因的民国女子的……"徐志摩为何要给林徽因写情诗？他们之间有着怎样的恋情？林徽因又是怎样的一位民国女子？……好奇的心弦被轻轻拨动，如溪水般叮叮咚咚响彻不停，但老教授却戛然而止，绝口不提了。这多少又有点让我怏怏。

唯那份关于林徽因的好奇感，却一直绵延至我参加工作以后。林徽因，一个谜一样的名字让我充满了无限的遐想。

习惯于逛书店的我，忽一日发现市面上有了林徽因的传记。我读到的最早的关于林徽因生平的作品，是 1993 年初版的《一代才女林徽因》，作者是曾任《人民日报》出版社社长的林杉。此后，只要是看见涉及林徽因的书籍，我便特别上心。不是去书店买来珍藏，便是去图书馆借来细细品读。尤其是南通大学陈学勇教授于 2004 年 11 月出版的《林徽因寻真》更是让我如获至宝，不知不觉间，我即成为林徽因事实上的忠诚粉丝，兴许还是"最粗"的那根粉丝！

从此，爱好在文学中涂鸦的我，便开始长期专注于介绍林徽因生平的所有文字，并利用网络和电脑，分门别类地收集和整理了与林徽因有关的大量史料，尤其是对一些尚未成定论的"史实"，随时记下自己的某些见解和看法。从自己的那些杂乱的读书札记中，也陆陆续续整理出了不少有用的素材，但从没想过会写出一本书来。更多时候，只是林徽因的魅力使然，总觉得她是一位特别有故事的女子，而对林徽因的深深的敬仰，则真真切切长驻在了我的心田。

机缘在一个初春的周末悄然而至，那天意外接到漂牛贤弟的电话："姐姐，有没有兴趣写民国名人传记？"接着，他列举了一长串民国名人的名字，其中"林徽因"三个字一经响在我的耳边，便迅即对我产生了磁石般的引力。一位极富内涵的民国才女的形象，即刻占据了我的脑海。我略一沉吟，回话："嗯，我试试看吧！"

自此，我的全部业余时间，差不多都交给了家里的那台电脑和全市最大的图书馆。虽然曾有两本散文集出版，但于人物传记还是初次尝试。于是，我开始着手准备详细的写作提纲。所幸，对于写作最缺时间的我，每年都能从寒假、暑假获得比较集中而充分的写作时间，特别是在写作尾声，日子又恩赐了我一段自由支配的暑假时间。在接近完稿的最后两个月里，我几乎过着"茶饭不思"的日子，心中时时刻刻被一位民国女子的灿然和美丽所填满。在电脑前，我经常一坐下来就是五六个小时，有时灵感来了，便把自己关在书房里，不吃不喝，埋头撰写，连父母喊我吃饭，我都浑然不觉。常常是，等我走出书房时，手脚都是僵硬的。因长期伏案劳累，我的颈椎严重受损，最要命的是舌尖一度麻木，味觉失灵，给我搭脉的老中医说是劳累过度所致。什么叫呕心沥血，我算是有了真切的体会。但累只是表象，心底的那份愉悦感，却是不可言状的。

初稿终于在 2013 年的 7 月底完成，交稿的时间也所剩无几了。我给自己预留的最后修改书稿的时间也只有一个月。恰好期间，文友江苏运河中学的黄立杰老师携一位全国知名的语文特级教师来特区"南巡"，我自然该尽地主之谊。闲谈中，他获悉我正在写关于林徽因的传记，甚是欣喜，原来，他也是林徽因的景仰者。一直担任校报主编的他，自告奋勇，愿意帮我阅稿。在他看完了第一章后，得知他将要参加驾驶证的路考，我不忍心白天挥汗练车的仁兄，晚上还要为我的书稿操心，遂嘱其一心准备路考，莫要再为我的书稿继续分神。

但在我潜心埋头于书稿的修改和润色时，还会不时去想，请谁当我这本书的第一读者呢？我首先想到的是女人。同样身为教师的闺蜜张晓萍女士，应该是合适的人选。晓萍姐在文字中也经历过不少磨砺，其在意外患眼疾的情况下，坚持阅完这本书稿，而且还提出了不少极为中肯的建议，这于提高这本书的成色，颇有帮助！晓萍姐还提议在作品上架之前，多找几位读者看看，尽量倾听他人的意见。女儿极力推举她的零石姐姐，爱好文学的零石也是我多年的挚友，知母者莫如女，母女之间的想法不谋而合。随后，零石便在百忙之中，帮我耐心地整理文稿，并尽可能地把凌乱的书稿重新加以细致的排版，让我从中获得更为清晰的文字感觉。此外，零石对我的文字也提出了一些不无裨益的建议。末了，她俩的意见惊人的一致："还是再找一位专业人士帮你看看稿吧！"

她们所谓的"专业人士"，其实，早存在于我心里。我比谁都清楚，他，是最合适的！可是，也只有我最清楚，不久前，他才看完了我的第二本散文集《静看云起》的书稿，恐怕连气都还没有喘匀呢！在那本长达 17 万字的书稿上，遍处皆是他用红色字体所做的记注，同时，还有不少用深黑色字体所表达的几近"苛刻"的意见和不乏尖锐的质疑。其实，我与他，不过是普通文友，甚至连面都未曾晤过，他何以如此用心？按他自己之所曰："对我，看字是一种乐趣！"

如果再贸然请他读稿，我是否"得寸进尺"，太过"贪婪"了呢？但终因从书稿的质量着想，我再次怯怯相求。哪知，仁兄略一迟疑，仍又应允，这让我喜出望外。于是，在炎热的夏日，仁兄，又开始日以继夜地为我的这本书稿润色，其阅读几近达字斟句酌，是凡书中出现的重要的历史概念，均在可查的资料范围内，一一求证，以甄别所涉情节和人物的真伪……

中秋节前夕，我和弟子们正在海边赏月，仁兄发来了信息："既然答应了看稿，就会履行自己的承诺，尽力把事情做好，虽没十全十美，但一点也不草率。书稿已读毕，我可以轻松过中秋了。"这位仁兄，不草率到什么程度呢？其告诉我，有次早上，他脑子里突然跳出"北京"两字，随后便立即通过文档自身的识别方式，发现了我的书稿后三章中，有 30 多处出现了"北京"，且其中大部分系"北平"之误，他决定再回头看看书稿的前三章，估计其中也有这个问题。

读到这里，你或会自然想到这是一位经验丰富的专司看字的业内人士？非也，他的饭碗和文学丝毫无涉，但称其是一介学究，一点不假。此仁兄即我的文学论坛文友"和和"先生。近十多年来，和和作为活跃于网络的自由学者，在纸媒和网络上，留下了不乏人文情怀的百余万字的作品。看稿，于他也不过是随缘遣兴而已。

2014 年 4 月 1 日，是林徽因 59 周年忌日，而 2014 年 6 月 10 日，则是林徽因 110 周年诞辰。我期待着这本《万古人间四月天　最暖不过林徽因》，能为一代民国女杰之在天之灵送去我的一份虔诚的祭奠。当然，倘书中所注入的那些出自于我内心的真情实感，能够获得来自读者的共鸣，我自当欣慰。

最后，诚挚感谢漂牛贤弟以及他所带领的优秀而专业的团队，感谢他们为拙作上架所做出的诸多努力！感谢和和先生、张晓萍女士、零石女士以及黄立杰先生！感谢他们的默默相助！正是由于他们辛勤看稿，赐我珠玉，从而使本书增色许多！当然，还得感谢年迈的父母、懂我的丈夫和知心的女儿！我深知，我的家人为这本书的早日面世，付出了大量的时间和精力以全力支持我，这无私的爱，会终生留在我的心底，成为一道温馨的人生风景。

特别说及，江苏美术出版社为我这本书的出版提供了诸多的方便，这儿特向贵社表示由衷的谢忱！

仍不忘说及，此书成稿涉及了大量的文献记载和历史资料。付梓之际，对书中所援引文字的原创者，一并致以衷心感谢！由于资料冗杂，致所引用的部分文字，或未及一一注明出处，于此遗憾，也表示我深深的歉意！

颜婧　于癸巳年中秋　珠海静园